HEYNE
BÜCHER

Von Mary Stewart sind als
Heyne-Taschenbücher erschienen:

Der Efeubaum · Band 01/372
Begegnung in Delphi · Band 01/447
Die Bucht der Delphine · Band 01/629
Schatten im Nebel · Band 01/708
Rubin mit kalten Augen · Band 01/920
Flammender Kristall · Band 01/5035
Der Erbe · Band 01/5336
Rühr nicht die Katze an · Band 01/5703
Tage des Unheils · Band 01/6969
Die Herrin von Thornyhold · Band 01/8250
Merlins Abschied · Band 01/6395

MARY STEWART

DAS JAHR AUF VALMY

Roman

WILHELM HEYNE VERLAG
MÜNCHEN

HEYNE ALLGEMEINE REIHE
Nr. 01/6635

Titel der Originalausgabe
NINE COACHES WAITING
Aus dem Englischen übersetzt von Hansjürgen Wille/Barbara Klau

4. Auflage

Printed in Germany 1992
Umschlagillustration: Walter Wyler/Agentur Luserke
Umschlaggestaltung: Atelier Ingrid Schütz, München
Druck und Bindung: Elsnerdruck, Berlin

ISBN 3-453-02232-7

Erstes Kapitel

Ich war dankbar, daß niemand am Flughafen war, um mich abzuholen.

Wir erreichten Paris, als es gerade zu dämmern begann. Es war ein milder grauer Märztag, mit dem Duft von Frühling in der Luft. Unten glänzte der feuchte Asphalt; der Himmel über dem Flughafen wirkte sehr hoch. Der Regen am Nachmittag hatte ihn blaßblau gewaschen. Kleine Wolken trieben in dem feuchten Wind, und ein letzter Sonnenstrahl färbte sie golden. Hinter dem Flughafengebäude zogen sich die glitzernden Telegrafendrähte über der Straße entlang, auf der die Autos bereits die Scheinwerfer eingeschaltet hatten. Ein Teil des Gepäcks stand auf dem Asphalt. Ich konnte meinen eigenen schäbigen Koffer sehen. Er war einmal sehr gut gewesen, kräftiges Leder, in das Papas Initialen eingeprägt waren, die jetzt unter dem vom Londoner Regen verschmierten Anhängeschild halb versteckt waren. Miß L. Martin, Paris. Symbolisch, dachte ich mit einer Belustigung, die nicht ganz echt war. Miß L. Martin, Paris, die zwischen einem stämmigen Mann in makellosem Anzug und einer schönen jungen Amerikanerin, die einen hellen Nerz lässig über ein Kostüm geschlungen hatte – das diskret verkündete, daß sie schon einmal vor kurzem in Paris gewesen war –, dahintrottete. Meiner bescheidenen Aufmachung sah man gewiß an, daß sie einmal bessere Tage gesehen hatte, so wie Papas alter Koffer, der jetzt dort unter dem eleganten Erster-Klasse-Gepäck stand.

Aber ich war hier, nach neun Jahren wieder zu Hause. Neun Jahre. Mehr als ein Drittel meines Lebens. Es war eine so lange Zeit, daß ich mir jetzt in dem Gedränge vor der Zollbarriere so fremd vorkam, wie sich vermutlich jeder bei seinem ersten Besuch im Ausland vorkommt. Ich merkte, ich mußte mich sogar anstrengen, um meine Ohren an die Flut der französischen Worte um mich herum zu gewöhnen. Ich ertappte mich sogar dabei, da alle um mich herum kleine

Freudenrufe ausstießen, als sie von ihren wartenden Freunden und Verwandten begrüßt wurden, daß ich in der Menge fremder Gesichter nach einem ausspähte, das ich kannte. Aber das war absurd. Wer hätte dasein sollen, um mich abzuholen? Madame de Valmy persönlich? Ich lächelte bei dem Gedanken. Es war sehr gütig von Madame de Valmy, daß sie mir Geld geschickt hatte, damit ich mir vom Flughafen ein Taxi nehmen konnte. Mehr konnte sie kaum für eine von ihr engagierte Angestellte tun. Und das war ich. Es war gut, daß ich das gleich von Anfang an nicht vergaß.

Der Zollbeamte, der ein Stück Kreide in der Hand hielt, betrachtete meinen schäbigen Koffer. Als ich vortrat, um zu sagen, daß es meiner sei, stieß ein vorübereilender Flughafenangestellter gegen mich, und meine Handtasche fiel dabei zu Boden.

»*Mille pardons, Mademoiselle. Excusez moi.*«

»*Ce n'est rien, Monsieur.*«

»*Je vous ai fait mal?*«

»*Pas de tout. Ce n'est rien.*«

»*Permettez moi, Mademoiselle. Votre sac.*«

»*Merci, Monsieur. Non, je vous assure, il n'y a pas de mal...*«, und auf meine wiederholten Versicherungen, es sei alles in Ordnung und ich hätte keinen nicht wiedergutzumachenden Schaden erlitten, ging er endlich weiter.

Ich sah ihm einen Augenblick nachdenklich nach. Der triviale kleine Zwischenfall hatte mir gezeigt, daß die Kluft der neun Jahre im Grunde gar nicht so groß war. Ohr und Gehirn hatten sich jetzt mit einem Klicken, das ich geradezu hören konnte, wieder angepaßt.

Und das durfte nicht wieder geschehen. Es war auch etwas, das ich nicht vergessen durfte. Ich war Engländerin. Madame de Valmy hatte betont, sie wolle eine Engländerin haben, und ich hatte nichts dabei gefunden, sie in dem Glauben zu lassen, daß meine Kenntnis Frankreichs und französischer Dinge denen eines durchschnittlichen englischen Mädchens entsprach, das in der Schule Französisch gelernt hat. Sie hatte tatsächlich viel Aufhebens davon gemacht. Obwohl ich wahrscheinlich, da ich so sehr darauf bedacht gewesen war, die Stellung zu bekommen, das alles zu wichtig genommen hatte. Schließlich konnte es Madame de Valmy ziemlich gleichgültig sein, ob ich Engländerin, Französin oder sogar Hottentottin war, solange ich meine Arbeit ordentlich machte und nicht in die französische Sprache verfiel, wenn ich mit dem kleinen Philippe englisch sprechen sollte. Und man konnte kaum behaupten, ich hätte sie betrogen, denn ich war wirklich Engländerin; Papa war Engländer gewesen und Maman wenigstens zu einem Viertel. Und selbst für mich waren jene frühen Jahre verblichen und fern, die Jahre, als Maman und ich mit Grandmère draußen in Passy wohnten und die Boches in Paris waren und Papa in irgendeinem nicht näher bezeichneten, aber sehr gefährlichen Ort weilte und wir uns nie erlaubten, englisch zu sprechen oder auch nur zu denken. Selbst für mich waren jene Jahre in der Vergangenheit versunken, sie lagen so weit zurück, daß sie jetzt kaum noch zu mir zu gehören schienen. Sehr viel wirklicher waren die letzten neun Jahre in England – von denen ich sieben im Waisenhaus in Camden Town verbracht hatte und die letzten beiden in einer bedingten Unabhängigkeit – einer Travestie von Freiheit – als ›Mädchen für alles‹ und Aufpasserin in einer kleinen Vorschule für Jungen in Kent. Diese endlosen, mit grünem Linoleum ausgelegten Korridore, die Wurst montags und donnerstags, die Stapel schmutziger Hemden, die gezählt werden mußten, und der Geruch von Kalk und Karbolseife in dem Klassenzimmer, wo ich die Anfangsgründe des Französischen gelehrt hatte. An das alles konnte ich mich viel deutlicher erinnern als an das hübsche alte Haus in Passy oder sogar an die Dachwohnung in der Rue du Printemps, in die wir, nachdem der Krieg vorüber und Papa heimgekommen war, gezogen waren.

Der Zollbeamte sagte müde: »*Vous n'avez rien à déclarer?*« Ich fuhr zusammen und erwiderte mit fester Stimme auf englich: »Nichts. Gar nichts...«

Draußen warteten Taxis. Ich sagte zu dem Fahrer. »Bitte zum Hotel Grillon«, und der leicht überraschte Ausdruck, mit dem er die elegante Adresse vernahm, amüsierte mich. Dann stellte er den alten braunen Koffer neben mich in das Taxi. Die Tür wurde zugeschlagen, der Gang eingeschaltet, und wir fuhren ab.

Wenn ich noch ein Gefühl des Fremdseins gehabt hätte, es wäre jetzt verschwunden. Mit knirschenden Bremsen bog das Taxi in die Hauptstraße ein, rutschte natürlich auf dem nassen Asphalt und brauste Paris entgegen. Ich saß hinten in dem vertrauten Geruch von Gauloises, verwittertem Leder und verbrauchter Luft, und die Alte Welt umschloß mich in einer Wolke vergessener Eindrücke, die plötzlich die letzten neun Jahre auszulöschen schienen, als wären sie nie gewesen. Das Taxi war eine Büchse der Pandora, und ich hatte nicht nur den Deckel gehoben, sondern saß darin. Diese schmerzlich-süßen Erinnerungen – Dinge, die ich nie zuvor bemerkt, nie vermißt hatte, bis ich sie jetzt unverändert sah, Teil jenes Lebens, das vor neuen Jahren aufgehört hatte.

Der Fahrer hatte eine Zeitung gelesen; sie lag in einem Fach neben dem Armaturenbrett. Ich konnte den vertrauten verwischten schwarzen Druck sehen und die Ecke eines verschwommenen Bildes. Ein Bus nahte sich, an dem das Fahrtrichtungsschild schon erleuchtet war: Senlis. Ich sah die vielen Mädchen und Arbeiter, die auf der hinteren Plattform dicht zusammengedrängt standen und zwischen den Gittern und den Seilen hin und her schwankten. Und jetzt tauchten die häßlichen Vororte auf, hohe Häuser mit schmiedeeisernen Balkons und gerippten Läden; Tafeln mit den abblätternden Reklameschildern; Bonbel, Sunil, Ancre Pils; schäbige kleine Tabakläden, deren Lichter sich orangen und golden auf dem feuchten Pflaster spiegelten; in einer Cafébar fiel grelles Licht auf Reihen glitzernder Flaschen und Metalltische hinter beschlagenen Scheiben; Dubo, Dubonne, Dubonnet. Und dort vor uns am Ende der langen geraden Route de Flandres leuchtete Paris.

Ich war wieder in Frankreich; das war von dem Traum der vergangenen neun Jahre Wirklichkeit geworden. Wie prosaisch oder gar langweilig meine neue Stellung sein mochte, ich war wenigstens in das Land zurückgekehrt, das ich beharrlich als meine Heimat betrachtet hatte. Wenn ich Madame de Valmy getäuscht hatte, dann unter einem Druck, der für mich eine Notwendigkeit war. Nun, jetzt war ich hier. Dies war Frankreich. Die erleuchteten Vororte, die vorüberschwammen, waren die meiner Heimat. Es würde nicht mehr sehr lange dauern, und wir würden im Herzen von Paris sein und uns unseren Weg durch den dichten Verkehr in der Rue Royale bahnen und dann auf die große glänzende Place Concorde gelangen, wo die Fenster des Grillon durch die noch kahlen Äste der Kastanien auf die Seine blickten. Und morgen würden wir uns wieder auf den Weg machen, tiefer nach Frankreich hinein, durch Wiesen, Weinberge, über Hügel und die Alpen, bis wir das Château Valmy erreichten, das hoch über seinen Wäldern unweit des kleinen Dorfes Soubirous in Hochsavoyen stand. Ich konnte es schon vor mir sehen, da ich es seit Beginn der Reise mir hundertmal ausgemalt hatte – das Märchenschloß eines Traums, etwas Fernes, Romantisches und Unmögliches, eine Art Walt-Disney-Reklameplakat für ein Zahnpulver. Natürlich würde es nicht so aussehen, aber trotzdem...

Als ich in London mit Madame de Valmy sprach, hatte sie mir zwar nicht viel von der Familie gesagt, bei der ich arbeiten würde, aber ich hatte das Wesentliche der ziemlich komplizierten Geschichte erraten. Der alte Comte de Valmy, Philippes Großvater, war ungeheuer reich gewesen, und nach seinem Tode war der Besitz zwischen die drei Söhne aufgeteilt worden, den neuen Comtes Etienne, Léon und Hippolyte. Etienne erbte den größten Teil des Vermögens, das Château Valmy und das Pariser Haus; Léon unter anderem ein hübsches kleines Gut in der Provence, das Bellevigne hieß, und Hippolyte eine große Besitzung am Ufer des Genfer Sees, ein paar Kilometer unterhalb des Valmyschen Guts. Als der alte Comte starb, war Etienne noch nicht verheiratet und war dankbar gewesen, als sein Bruder Léon ihm anbot, in Valmy zu bleiben und das Gut für ihn zu verwalten. Da Etienne Paris vorzog, ging er dorthin, während Léon in Valmy blieb und es gelang ihm, außer dem Gut auch sein eigenes kleines im Süden zu leiten. Der jüngste Bruder, Hippolyte, der, wie ich zu verstehen geglaubt hatte, ein ziemlich bedeutender Archäologe war, wohnte zwischen seinen Ausgrabungsreisen im Ausland still in seinem Hause in Thonon-les-Bains. So war es einige Jahre gewesen. Dann hatte Etienne, als schon niemand mehr damit gerechnet hatte, geheiratet, und zwei Jahre später war Philippe geboren worden. Die Familie hatte weiter in Paris gewohnt, bis im letzten Jahr den fast neunjährigen Philippe das gleiche schwere Unglück getroffen hatte, wie mich einst. Seine Eltern waren auf dem Rückflug von einem Urlaub in Italien beim Absturz des Flugzeuges ums Leben gekommen, und Philippe hatte Paris verlassen, um fortan bei seinem Onkel Hippolyte in Thonon zu leben. Hippolyte war noch unverheiratet. »Aber das Kind«, sagte Madame de Valmy, aufrecht neben einem Régencespiegel in ihrem Salon im *Claridge* sitzend, »liebt ihn über alles. Hippolyte – mein Schwager – wollte nichts davon hören, daß der Junge zu uns nach Valmy kam, obwohl Valmy offiziell Philippes Zuhause ist.« Sie lächelte dabei so hold und vage, daß ich glaubte, ich könne Hippolyte verstehen. Ich konnte mir nicht vorstellen, wie sie, die exquisite Héloise, sich mit einem neunjährigen Jungen balgte. Philippe war bestimmt besser in der Villa Mireille bei Onkel Hippolyte aufgehoben. Selbst ein Archäologe, dachte ich, war gewiß weniger unnahbar als Madame de Valmy. Zumindest konnte er die natürliche Leidenschaft des kleinen Jungen für das Graben im Schmutz verstehen.

Aber ein Archäologe muß gelegentlich auf Befehl graben. Philippe war nur ein paar Monate in der Villa Mireille gewesen, als Monsieur Hippolyte einen Auftrag ausführen mußte, der ihn für mehrere Monate nach Griechenland und Kleinasien führte. Die Villa Mireille wurde geschlossen, und Philippe fuhr nach Valmy, wo er bei seiner Tante und seinem Onkel für die Dauer von Hippolytes Abwesenheit bleiben sollte. Aber seine in Paris aufgewachsene Kinderfrau, die sich schon in der kleinen Stadt Thonon nicht hatte einleben können, war entsetzt über die Aussicht gewesen, vielleicht ein halbes Jahr in dem abgelegenen Tal in Savoyen leben zu müssen, und war unter Tränen und Vorwürfen nach Paris zurückgekehrt...

Und darum war ich jetzt hier. Und es war seltsam, daß, obwohl mir Paris ganz vertraut vorkam, ich mich noch nicht zu Hause fühlte. Ich war eine Fremde, eine Ausländerin, auf dem Wege in ein fremdes Haus. Vielleicht hat Einsamkeit nichts mit dem Ort und den Umständen zu tun; vielleicht ist sie in einem selbst. Vielleicht nimmt man, wo immer man auch ist, seine Einsamkeit mit...

Ich sagte mir die Namen der Valmys leise vor und dachte über sie nach: Héloise de Valmy, elegant und unnahbar, mit der hoheitsvollen Kühle, die sicherlich bald schmelzen würde; Philippe de Valmy, mein Schüler, von dem ich nichts wußte, außer daß er neun Jahre alt und nicht sehr stark war; sein Onkel, der stellvertretende Herr des Schlosses, Léon de Valmy...

Und da geschah etwas Seltsames. Jetzt, da ich die Namen aussprach, war es, als sei mein Unterbewußtsein ein Magnet, der einige dieser Erinnerungen, die mir ganz entfallen waren, aus den vielen herauszog, und ich hörte meine Mutter sagen: »Léon de Valmy.« Ich glaubte, sie las es aus einer Zeitung vor. »Léon de Valmy. Er hat sich beim Polo das Rückgrat gebrochen, und wenn er sich überhaupt wieder erholt, wird er sein Leben lang in einem Rollstuhl fahren müssen.« Dann hörte ich Papa gleichgültig sagen: »So? Nun, das ist ja traurig, obwohl ich sagen muß, es ist schade, daß er sich nicht das Genick gebrochen hat. Es wäre kein großer Verlust.« Und als Maman sagte: »Charles!« fügte er ungeduldig hinzu: »Warum soll ich aus meinem Herzen eine Mördergrube machen? Du weißt, ich verachte ihn.« Und Maman sagte: »Ich kann nicht verstehen, warum«, und Papa lachte und erwiderte: »Nein, du würdest nicht...« Dann verstummten die Stimmen, und etwas, das Angst hätte sein können, blieb in mir zurück, und ich fragte mich, ob ich das alles wirklich gehört oder ob mir nur wieder einmal meine romantische Phantasie einen Streich gespielt hatte.

Ich klopfte an die Scheibe.

»Schnell«, sagte ich.

Zweites Kapitel

Die kleine Stadt Thonon-les-Bains liegt etwa zwölf Meilen östlich von Genf am südlichen Ufer des Genfer Sees. Auf dem Flughafen in Genf erwartete uns der von Valmy gekommene große schwarze Chevrolet, der uns sanft durch die äußerst eleganten Straßen von Genf fuhr, über die Brücke am Ende des Sees, an Gärten vorüber, in denen die Magnolien bereits blühten, und dann ostwärts zur französischen Grenze und nach Thonon.

Madame de Valmy hatte auf dem Flug von Paris nach Genf sehr wenig mit mir gesprochen, und ich war dankbar dafür, nicht nur, weil meine Augen und mein Gesicht mit neuen Eindrücken beschäftigt waren, sondern weil – obwohl sie sehr liebenswürdig gewesen war – ich mich ihr gegenüber immer noch etwas befangen fühlte.

Sie saß mit geschlossenen Augen da. Sie sah müde und besorgt aus, obwohl nichts, schien es, ihre sehr kühle Eleganz beeinträchtigen konnte. Sie war wohl etwa fünfundfünfzig und war noch eine schöne Frau, von jener Schönheit, der das Alter kaum etwas anzuhaben vermag. Sie hatte einen gut geformten Kopf, eine schmale, leicht gebogene Nase, und nur wenn man genauer hinblickte, sah man die feinen Falten, die sich um Mund und Augen zogen. Ihre Haut war blaß und hell und geschickt geschminkt. Ihre Brauen, die sich ein wenig arrogant über ihren geschlossenen Lidern wölbten, waren behutsam nachgezogen. Ihr Haar war silberweiß. Nur ihr Mund mit den rot angemalten Lippen und die Hände, die in grauen Handschuhen auf ihrem Schoß lagen, waren zu dünn, um schön zu sein.

Ich lehnte mich in meiner Ecke zurück. Vor mir waren die breiten Schultern von Madames Chauffeur. Neben ihm saß ebenso breit und straff Madames Zofe Albertine. Wenn ich, wie die klassischen Geschichten von Erzieherinnen es mich erwarten ließen, weder ganz in den Salon noch in den Gesindeflügel gehören würde, so saß ich jetzt wenigstens in dem Auto auf dem richtigen Platz. Ich war dafür dankbar, da mir Albertine nach dem, was ich bisher von ihr gesehen hatte, nicht sehr sympathisch war.

Sie war eine dunkelhaarige Frau von vielleicht fünfundvierzig mit einem mürrischen Gesicht und häßlichen Händen. Obwohl sie gestern abend in Paris, als ich bei Madame de Valmy war, die meiste Zeit im Zimmer gewesen war, hatte sie kein einziges Mal mit mir gesprochen, und ich hatte gesehen, wie sie mich kalt und gehässig musterte, was mich verwundert hatte, aber jetzt wurde mir klar, daß das ihre Natur war und nichts zu bedeuten hatte. Sie saß steif neben dem Chauffeur und hielt Madames Schmuckkoffer fest auf ihrem Schoß. Weder sie noch er sagte ein Wort. Keiner von beiden schien, soweit ich es beurteilen konnte, die geringste Notiz von dem anderen zu nehmen. Sie paßten so wunderbar zueinander, daß ich mich ganz ohne Ironie fragte, ob sie ein Ehepaar seien (später bekam ich heraus, daß sie in Wirklichkeit Bruder und Schwester waren). Bernard, der Chauffeur, hatte tadellose Manieren, aber auch er sah aus, als ob er nie lächelte, und er hatte fast die gleiche mürrische Miene wie die Frau. Ich hoffte, das sei nicht typisch für die Savoyarden. Wieder blickte ich verstohlen zu Madame hin. Es sah nicht so aus, als ob, was die Heiterkeit betraf, zwischen dem Salon und dem Gesindeflügel einem viel Wahl blieb.

Nun, mein Reich würde schließlich das Schulzimmer sein.

Ich blickte wieder aus dem Fenster und dachte ein wenig über Philippe nach und noch ein wenig mehr über Léon de Valmy, den Krüppel, den seine Frau kaum erwähnte, und von dem Papa gleichgültig gesagt hatte: »Es ist schade, daß er sich nicht das Genick gebrochen hat.«

»Das dort in der Ferne«, sagte Madame de Valmy, »ist Soubirous. Sie werden es gleich, wenn die Straße wieder unten zwischen den Bäumen in den Wald führt, nicht mehr sehen.«

Ich reckte den Hals, um besser sehen zu können. Das Dorf Soubirous lag in einer großen weiten Mulde von Wiesen und Obstgärten zwischen den es umschließenden Bergen. Ich konnte den nadeldünnen Wasserstreifen sehen und die Reihen der Weiden, wo zwei Wasserläufe durch Weideland sich hindurchschlängelten.

»Und Valmy?« sagte ich, als der Wagen wieder bergab fuhr und auf der einen Seite der Straße sich dichter Wald erstreckte.

»Wir müssen doch jetzt wohl bald dort sein?«

»Der Wald links hier ist der Valmy-Wald. Er erstreckt sich fast bis nach Thonon hinunter. Der Merlon – das ist der Name des Flusses – bezeichnet die Grenze zwischen Valmy und Dieudonné, dem Gut rechts von der Straße. Wir überqueren den Fluß gleich, und dann« – sie lächelte – »werden Sie Valmy sehen.«

Wir waren eine kleine Weile durch das Tal gefahren, rechts der Wald von Dieudonné und jenseits des Flusses die bewaldeten Berge von Valmy, ein wilder Forst, in dem Stechpalmen zwischen Eichen und Birken glänzten und die elefantengrauen Stämme der hohen Buchen, um die sich Weißdorn und wilde Klematis schlangen. Über diesem Berghang lag ein Hochplateau, und dort stand vor einer weiteren Waldkulisse und einem noch höheren Berg Schloß Valmy, in dessen Fenstern sich die Sonne spiegelte. Ich sah es nur einen flüchtigen Augenblick, aber das genügte, um zu erkennen, daß es keine romantische Burg mit Türmen und Zinnen war. Es war ein viereckiger Bau mit der klassischen Grazie des 18. Jahrhunderts, und dennoch war es, als schwebe ein Märchenschloß dort oben über dem dunklen Meer der Bäume im Licht. Es sah auch so aus, als sei es unerreichbar, aber ich hatte kaum Zeit, mich zu fragen, wie man hinaufkam, da bog der Wagen schon von der Hauptstraße ab und fuhr über eine schöne kleine Steinbrücke, die sich über den Merlon spannte, und dann durch einen steilen Tunnel aus Bäumen den Berg hinauf.

Die Straße nach Valmy führte im Zickzack steil bergan, aber der große Wagen glitt wie ein Lift hinauf, erst durch den Wald, dann über den kahlen Berghang und schließlich an der hohen Parkmauer des Schlosses entlang. Oben war eine mit Kies bestreute Auffahrt, so groß wie ein kleines Feld. Mühelos bogen wir in sie ein und gelangten in einer wunderbaren Kurve zu dem großen Nordportal, vor dem wir hielten.

Der Chauffeur hielt Madame de Valmy die Tür auf und half ihr beim Aussteigen. Albertine kletterte, ohne mir einen Blick oder ein Wort zu gönnen, mit Decken und Handgepäck hinaus. Ich stieg ebenfalls aus und stand wartend da, während

Madame de Valmy einen Augenblick in leisem schnellem Französisch, das ich nicht verstehen konnte, mit Bernard sprach.

Einen Moment fragte ich mich, ob ihre Instruktionen etwas mit mir zu tun haben könnten, denn die kleinen dunklen Augen des Mannes ruhten unverwandt auf mir, als ob er gar nicht hörte, was seine Herrin sagte. Aber es war wohl nur die Neugier einem Neuankommenden gegenüber, denn schon verbeugte er sich vor ihr, und ohne mich noch eines Blickes zu würdigen, machte er sich daran, das Gepäck auszuladen.

Madame de Valmy wandte sich mir zu. »Da sind wir«, sagte sie überflüssigerweise, aber mit solcher Anmut, daß dieser Gemeinplatz fast wie ein Willkommen klang. Sie lächelte mich an und ging dann dem Hause zu.

Als ich ihr folgte, hatte ich nur einen verworrenen Eindruck von der Größe und Schönheit des Schlosses – die große viereckige Fassade mit der Freitreppe davor, der Steinboden zur Linken, durch den man in den Hof und zu den Nebengebäuden gelangte, der sonnige Hang dahinter mit dem Gemüsegarten, der zu einem weiteren mit Bäumen bestandenen Berg aufstieg... Ich sah das alles nur vage, ohne es zu bemerken. Was auf mich einstürmte, waren die Sonne und die Weite und die Musik der Bäume. Überall leuchtete das goldene Licht des Spätnachmittags, die Luft war kühl und rein, schwer vom Duft der Tannen und dem schwachen Geruch von Schnee.

Ich ging hinter Madame de Valmy die Freitreppe hinauf und an einem sich verbeugenden Diener vorüber in die Halle des Schlosses.

Drittes Kapitel

Im ersten Augenblick sah ich die Frau gar nicht, die uns ein paar Schritte hinter dem großen Portal erwartete.

Die Halle wirkte gewaltig, aber das kam vor allem daher, daß sie sehr hoch und dämmerig war. Der Boden war ein Schachbrettmuster aus schwarzem und weißem Marmor, und der Eingangstür gegenüber führte eine Treppe zu einem breiten Treppenabsatz hinauf, der sein Licht von einem Fenster erhielt, durch dessen fünf hohe Spitzbogen breite Sonnenstrahlen hereinfielen. An dem Treppenabsatz teilte sich die Treppe in zwei Fluchten, die anmutig geschwungen zu einer Galerie führten. Das alles sah ich, aber das schräg hereinfallende Licht erhellte nur die Mitte der Halle.

Ich blinzelte noch wie geblendet, als eine Frau auf uns zukam, um uns willkommen zu heißen. Ich nahm an, es sei die Wirtschafterin. Sie war eine stämmige Person von etwa sechzig Jahren mit einem dicken freundlichen Gesicht und grauem Haar, das sie in einem altmodischen Knoten aufgesteckt hatte. Sie hatte ein strenges schwarzes Kleid an, und ihr einziger Schmuck war, wenn man es so nennen konnte, ein goldgerandeter Kneifer, der aus einer Brusttasche herausragte und mit einer Kette an einer schlichten goldenen Nadel befestigt war. Ihr angenehmes Gesicht, ihr watschelnder Gang, ihre ganze Erscheinung waren die personifizierte Ehrbarkeit. Sie jedenfalls war keine undurchsichtige Savoyardin.

Sie blickte mich neugierig an, während sie Madame de Valmy begrüßte. Sie hatte eine heitere Stimme, die immer klang, als wäre sie ein wenig außer Atem, und erstaunlicherweise war ihr Französisch, obwohl sie es fließend sprach, sehr schlecht. Madame erwiderte ihre Begrüßung abwesend. In dieser gnadenlosen Lichtkaskade sah man die Falten in ihrem Gesicht deutlich. Abrupt sagte sie, an der Frau in Schwarz vorüberblickend: »Ist der Herr wohlauf?«

»Oh, ja, Madame. In den letzten Tagen war er wieder ganz wie früher, wenn ich mir erlauben darf, das zu sagen. Interessiert an allem, was vorging, wie er es lange nicht war, und voller Pläne. Ach, ganz wie in den alten Zeiten, Madame!«

Mit schnellen nervösen Bewegungen streifte Madame de Valmy ihre Handschuhe ab und sagte: »Wissen Sie, ob er etwas von Monsieur Hippolyte gehört hat?«

»Ich glaube, ja, Madame. Vor einer Woche ist ein Brief gekommen. Am Dienstag... nein, es war Mittwoch. Am Dienstag kam Ihr Brief aus London wegen der jungen Dame.« Sie hielt inne, keuchte ein wenig und nickte dann: »Ja, das stimmt. Der aus Athen kam am Mittwoch. Denn ich erinnere mich, an dem Tage war Armand Lestocq hier und...«

»Ist schon gut, Mrs. Seddon. Ich danke Ihnen.« Madame de Valmy schien kaum zugehört zu haben. »Sie sagten, der Herr sei oben? Bitte, schicken Sie jemand hinauf, damit man ihm sagt, daß ich mit Miß Martin hier bin.«

»Das habe ich schon getan, Madame. Er hat extra darum gebeten, sofort benachrichtigt zu werden, wenn Sie kämen.«

»Ach, danke.« Madame de Valmy wandte sich, immer noch etwas nervös, zu mir und sagte auf englisch: »Und dies, Mrs. Seddon, ist Miß Martin. Ich habe Ihnen über sie geschrieben, als ich den Herrn über ihr Kommen informiert habe. Miß Martin, dies ist die Wirtschafterin, Mrs. Seddon. Sie ist Engländerin, und so werden Sie sich hier nicht ganz verlassen zu fühlen brauchen. Ihr Mann ist unser Butler, und er und sie werden alles tun, was sie können, um Ihnen zu helfen.«

»Ja, das werden wir tun«, sagte Mrs. Seddon in herzlichem Ton. Sie strahlte mich an und nickte, wobei die goldene Kette auf ihrem Busen hüpfte und glitzerte.

»Sind Miß Martins Zimmer schon fertig?«

»O ja, Madame, natürlich. Soll ich sie jetzt hinaufführen und ihr alles zeigen?«

»Ja, wenn Sie das wollen, aber nicht sofort. Sie kommt nachher hinauf. Vielleicht erwarten Sie sie dort.«

»Natürlich, Madame.« Mrs. Seddon nickte, lächelte mich noch einmal an und ging dann keuchend die Treppe hinauf.

Madame de Valmy drehte sich um, als ob sie mir etwas sagen wolle, aber ich sah, daß ihre Augen an meiner Schulter vorüberblickten, und ihre Hände, die mit den Handschuhen gespielt hatten, bewegten sich plötzlich nicht mehr.

»Léon.«

Ich hörte nichts. Ich wandte mich rasch um. Aber selbst dann dauerte es noch ein paar Sekunden, ehe ich den Schatten sich von den anderen Schatten lösen und nähergleiten sah.

Obwohl ich gewußt hatte, was mich erwartete, blickten meine Augen instinktiv zu hoch und, wieder instinktiv, tiefer zu der sitzenden Gestalt hin, die lautlos näher kam und dann zwei Meter entfernt anhielt. Mitleid, Ekel, Neugier, die Entschlossenheit, nichts von den Gefühlen zu zeigen, die in mir miteinander kämpften – als ich mich umwandte, war das alles weggefegt wie Blätter, die ein Windstoß wegfegt. Die etwas dramatische Art seines Auftritts mochte zu der Wirkung beigetragen haben. Wer Léon de Valmy sah, konnte kein Mitleid für ihn empfinden. Der große, gutaussehende, kraftvolle Mann vermochte von seinem Rollstuhl aus, ohne ein Wort zu sagen, jeden anderen in der Halle auszulöschen – buchstäblich –, denn noch ehe der Rollstuhl anhielt, waren die in der Halle anwesenden Dienstboten wie vom Erdboden verschluckt. Nur Mrs. Seddon war noch zu hören, wie sie, sich am Geländer der Treppe festhaltend, mühsam die Treppe zur Galerie hinaufstieg.

Es war ein Tribut für Léon de Valmys überwältigende Persönlichkeit, daß ich im ersten Augenblick ganz vergaß, daß er ein Krüppel war; ich sah nur, dies war der schönste Mann, den ich je gesehen hatte. Zugegeben, meine Erfahrung in dieser Hinsicht war nicht groß, aber er wäre in jeder Gesellschaft aufgefallen. Die Jahre hatten sein interessantes Aussehen nur noch mehr betont, hatten seine Wangen mit vielen Falten überzogen und sein Haar ergrauen lassen, was einen überraschenden Kontrast zu den dunklen Augen und den dichten schwarzen Brauen bildete. Der schön geformte Mund hatte den fast grausamen Zug, der manchmal durch Schmerz entsteht. Seine Hände wirkten weich, als würden sie nicht genügend benutzt, und er war sehr blaß. Aber trotzdem war er kein Invalide. Er war der Herr des Hauses. Und die Hälfte seines Körpers, die noch lebte, war zweimal so stark wie die jedes anderen...

Er lächelte jetzt, als er seine Frau begrüßte und sich dann mir zuwandte, und das Lächeln machte ihn noch sympathischer. Es gab keinen Grund, daß ich plötzlich nervös wurde oder daß mir Héloise de Valmys Stimme, als sie uns einander vorstellte, so schrill zu klingen schien wie eine zu straff gespannte Saite.

Während ich sie beobachtete, dachte ich: Sie hat Angst vor ihm. Aber dann sagte ich mir, ich sei töricht. Diese Vermutung war nur die Folge von Papas abfälligem Urteil und meiner verdammten romantischen Phantasie. Nur weil der Mann wie Miltons gefallener Erzengel aussah und wie der Dämonenkönig durch eine Falltür in der Halle erschienen war, brauchte ich nicht unbedingt Schwefel zu riechen.

Es war verwirrend, daß man sich ein wenig bücken mußte, um ihm die Hand zu reichen, aber ich hoffte, ich hatte es mir nicht anmerken lassen. Ich hätte mich jedoch gar nicht darum zu beunruhigen brauchen. »Hat man Ihnen schon gesagt, was mit mir ist?« sagte er leise. Die fragenden dunklen Augen schweiften zu seiner Frau, die neben mir stand.

Ich spürte ihr Kopfschütteln mehr, als ich es sah. Sie tauschten einen Blick, und seine Brauen hoben sich. Er ließ sich aber nicht täuschen. Mich schuldbewußt meines Geheimnisses erinnernd, sagte ich unsicher: »Gesagt?«

»Von Luzifers Fall, Miß Martin.«

Ich starrte ihn mit weit aufgerissenen Augen an. Konnte er Gedanken lesen? Und wollte er, daß ich Schwefel roch, oder sah er sich wirklich selbst als den verdammten Engel, den er erwähnte? Seltsam, dieser Gedanke ließ ihn mir nur noch menschlicher und verletzlicher erscheinen.

Noch ehe ich etwas sagen konnte, lächelte er wieder. »Verzeihen Sie, ich hätte nicht so geheimnisvolle Andeutungen machen dürfen. Ich bezog mich auf den Unfall, der, wie Sie sehen...«

Hastig und ein wenig zu schlagfertig sagte ich: »Ich weiß. Ich war nur überrascht, weil es gerade das war, was ich selber dachte.«

»War es das wirklich?« Sein Lachen hatte einen leisen Ton von Selbstverspottung, trotzdem schien ihn meine Antwort zu erfreuen. Dann verstummte das Lachen, und seine Augen ruhten abschätzend auf mir. Ich erinnerte mich vielleicht recht spät, daß ich eine Angestellte und er mein Arbeitgeber war. Ich fühlte, wie ich rot wurde, und sagte rasch: »Jemand hat mir von Ihrem Unfall berichtet – jemand, den ich im Flugzeug von London nach Paris getroffen habe.«

»Ach, ein Bekannter von uns vielleicht?«

»Ich glaube, ja. Wir unterhielten uns, und als ich sagte, ich sei auf dem Wege hierher, erinnerte sie sich, daß sie Sie kannte.«

»Sie?« sagte Héloise de Valmy.

»Ihren Namen weiß ich nicht«, erwiderte ich. »Sie war schon älter, und ich glaube, sie stammte aus Lyon. Es ist mir wieder entfallen.«

Léon de Valmy stellte keine weiteren Fragen. »Wer es auch immer gewesen sein mag, es schadet nichts, daß sie es Ihnen gesagt hat.« Er zögerte einen Augenblick, sah auf seine Hände hinunter und fuhr dann leise fort: »Sie finden das sicherlich merkwürdig von uns, Miß Martin, aber ich glaube, meine Frau spricht nicht gern von meiner – Mißgestalt. Infolgedessen ist es für die, die mich zum erstenmal sehen, immer ein Schock. Und ich selber scheue mich immer – selbst jetzt nach zwölf Jahren noch –, neue Menschen kennenzulernen und den Schock in ihren Augen zu sehen. Vielleicht ist es närrisch von meiner Frau und mir... vielleicht halten Sie mich bereits für einen Neurotiker. Aber es ist eine sehr menschliche Torheit, Miß Martin. Wir verbringen alle unsere meiste Zeit damit, so zu tun, als sei etwas, das ist, nicht – und wir sind denen nicht dankbar, die uns aus diesem Traum herausreißen.«

Er blickte auf, und seine Augen begegneten den meinen. »Eines Tages wird es vielleicht aufhören, eine Rolle zu spielen –«, er zuckte die Schultern und lächelte ein wenig gezwungen, »aber bis dahin...«

Er hatte ganz ohne Bitterkeit gesprochen; nur in einem etwas gezwungenen Ton. Aber was er gesagt hatte, war so ganz anders als das, was ich von ihm erwartet hatte, daß ich, verwirrt und entwaffnet, impulsiv etwas Blödes darauf erwiderte.

Schnell sagte ich: »Nein, das darf Ihnen nichts ausmachen. Mißgestalt ist das verkehrte Wort. Und das ist das Letzte, woran jemand denken würde, wenn er Sie sieht... Wirklich.«

Ich hielt entsetzt inne. Wenn Linda Martin das Monsieur de Valmy gesagt hätte, wäre es schon schlimm gewesen, aber daß die neue Erzieherin es zu ihrem Arbeitgeber sagte, war unerhört. Mir kam nicht der Gedanke, daß er diese Worte herausgefordert hatte. Ich biß mir auf die Lippe und wünschte, ich wäre tausend Meilen weit weg. Mir war sehr unbehaglich zumute, und ich hörte mich stammeln: »Es – tut mir leid. Ich hätte das nicht sagen dürfen. Ich meinte nur...«

»Ich danke Ihnen, meine Liebe.« Seine Stimme klang ernst, aber seine Augen blitzten amüsiert. Dann sagte er leichthin: »Deine strohdumme Freundin, Lady Benchley, Héloise, hat, scheint's, ihre Existenz wenigstens damit gerechtfertigt, daß sie uns Miß Martin empfohlen hat. Es ist wirklich ein Glück, daß wir Sie gefunden haben, Miß Martin, und wir heißen Sie mit Freuden in Valmy willkommen.«

Er hielt inne, und wieder blitzten seine Augen. »Vielleicht ist das kein ganz glücklicher Ausdruck. Soll ich lieber sagen, ich hoffe, Valmy wird eine Heimat für Sie werden?«

Ziemlich steif antwortete ich: »Ich danke Ihnen. Sie sind sehr gütig. Ich bin glücklich, daß ich habe kommen dürfen, und ich werde mein Bestes tun, um...«

»Sich so zu verhalten, daß wir zufrieden sind? Das ist der übliche Gemeinplatz, nicht wahr? Warum machen Sie ein so erstauntes Gesicht?«

»Verzeihen Sie. Das war ungezogen. Ich dachte nur – Sie sprechen ein so vorzügliches Englisch«, sagte ich kläglich. Verdammt, würde ich meine verlorene Haltung nie wiedererlangen? Mit einem kühlen ›Sir‹ vollendete ich den Satz.

Da lachte er schallend. Es war ein fröhliches Lachen, das zugleich mir einen Pluspunkt gewährte und das Spiel beendete, was immer es für ein Spiel war. Ganz ungezwungen und sehr freundlich erkundigte er sich dann nach meiner Reise und meinen Eindrücken von dem Tal, und Madame de Valmy beteiligte sich lächelnd daran, und als sie mich von neuem willkommen hießen, spürte ich, wie die Verwirrung von mir abfiel und auch ich wieder ungezwungen wurde. Ja, noch mehr, ich begann sie zu mögen. Léon besaß viel Charme, und er hielt nicht mit ihm zurück. Und ich war um so empfänglicher dafür, weil ich müde, einsam und ein bißchen verstört war. Nachdem wir drei uns noch ein paar Minuten unterhalten hatten, war ich wieder obenauf, hatte mein Gleichgewicht wiedergefunden und alle Spannung und alles Unbehagen der letzten halben Stunde als Einbildung abgetan. Monsieur und Madame de Valmy waren ein hübsches und reizendes Paar, und ich würde sie mögen und gern in Valmy leben.

Schwefel? Unsinn!

Aber trotzdem, überlegte ich, Léon de Valmy hatte ein Spiel mit mir gespielt, und ich hatte das nicht gemocht. Sein Anblick hatte mich so erschüttert, daß ich ihn hatte bemitleiden und trösten wollen, was indessen völlig fehl am Platze war. Und ihn hatte das amüsiert.

Ich versuchte mir auch nicht zu erklären, warum ich diese Geschichte von der alten Dame aus Lyon erfunden hatte, und ich wußte, daß ich nie den Mut haben würde, Léon de Valmy zu gestehen, daß ich selber besser Französisch als er Englisch sprach und daß ich genau verstanden hatte, was er zu Héloise sagte, als ich, schließlich entlassen, die Treppe hinaufgegangen war, wo Mrs. Seddon mich auf der Galerie erwartete.

Er hatte leise gesagt, und ich hatte gespürt, er blickte mir dabei nach: »Trotzdem, Héloise, kann es sein, daß du einen großen Fehler gemacht hast.«

Meine Zimmer waren hübscher, als ich es je zu hoffen gewagt hätte. Sie hatten hohe Glastüren, die nach Westen gingen und vor denen ein Balkon war, von dem aus man das ganze Tal überblicken konnte.

Die Aussicht war so verlockend, daß ich hinaustrat und mich an die Steinbalustrade lehnte, um sie zu genießen. Der Balkon schwebte in einem goldenen Raum. Soubirous im Süden glitzerte wie ein Juwel.

Ich drehte mich um. Mrs. Seddon war mir bis an die Glastür gefolgt und wartete lächelnd, ihre dicken Hände unter dem dicken Busen gefaltet.

»Es ist – wunderbar«, sagte ich.

»Es ist hübsch hier«, sagte sie freundlich.

»Dies war immer der Schulzimmerflügel; der Herr und seine Brüder sind hier oben aufgewachsen, wissen Sie, und als dann Mr. Raoul geboren wurde, sind all die Umbauten vorgenommen worden.«

»Mr. ... Raoul?« fragte ich.

»Der Sohn des Herrn. Er lebt auf Bellevigne, dem Gut des Herrn im Süden.«

»Davon habe ich schon gehört, aber ich wußte nicht, daß er auch einen Sohn hat. Madame de Valmy hat nicht viel mit mir gesprochen. Ich weiß noch sehr wenig von der Familie.«

Sie blickte mich scharf an, und ich glaubte schon, sie würde etwas dazu sagen, aber sie sagte nur: »Nein? Nun, Sie werden schon alles früh genug herausbekommen. Mr. Raoul ist nicht Madames Sohn, wissen Sie. Der Herr war vorher schon einmal verheiratet, und das hat man ihm kaum verübeln können. Das Schloß ist zu groß für einen allein. Nicht daß«, fügte sie heiter hinzu, während sie durch das Zimmer ging, um einen Vorhang glattzustreichen, »der Herr damals allein in dem Hause gesessen hätte, wenn Sie verstehen, was ich damit meine. Er und sein ältester Bruder haben halb Europa auf den Kopf gestellt, wenn all die Geschichten wahr sind, die man sich erzählt, aber junge Leute müssen sich nun einmal die Hörner ablaufen, und der arme Herr kann das jetzt nicht mehr, selbst wenn er es wollte. Aber er würde es bestimmt allzu gern tun. Und der arme Mr. Etienne ist tot – Gott schenke ihm die ewige Ruhe! – und braucht sich keine Gedanken mehr über die Welt und das Fleisch und den Teufel zu machen, so wollen wir's wenigstens hoffen.«

Sie wandte sich mir wieder zu, ein wenig außer Atem von dem, was sie mir da anvertraut hatte, jedenfalls erwies es sich, daß sie Madame de Valmys Zurückhaltung nicht teilte. »Soll ich Ihnen Berthe schicken, damit sie Ihre Koffer auspackt?«

»Nein, danke.« Der Blick verriet, sie wußte genau, daß ich nicht wollte, daß ein Mädchen entdeckte, wie bescheiden meine Habseligkeiten waren. Ich nahm ihr das nicht übel, im Gegenteil, ich war ihr dankbar dafür.

»Sind Sie schon lange hier, Mrs. Seddon?«

»Ja, gewiß.« Sie nickte mir mit einer gewissen Selbstzufriedenheit zu.

»Ich bin vor zweiunddreißig Jahren hergekommen, als der Herr zum erstenmal heiratete.«

Ich saß auf der Bettkante und blickte sie interessiert an. »Zweiunddreißig Jahre? Das ist eine lange Zeit, Mrs. Seddon. Dann sind Sie wohl mit der ersten Madame de Valmy hergekommen?«

»Ja. Sie war wie ich aus Northumberland.«

»War sie Engländerin?« fragte ich überrascht.

»Ja, das war sie. Sie war ein schönes Mädchen, Miß Deborah. Ich war in ihrem Elternhaus schon in Stellung, als sie noch ein ganz kleines Mädchen war. Sie hat den Herrn in einem Frühling in Paris kennengelernt, und vierzehn Tage später waren sie verlobt. Ach, das war alles sehr romantisch. Sie sagte zu mir: ›Mary‹ – so heiße ich nämlich –, ›Mary‹, sagte sie, ›du kommst mit mir mit, nicht wahr? Ich fühle mich dann nicht so weit weg von zu Hause.‹« Mrs. Seddons Augen wurden feucht. »Und da ich mich selber kurz zuvor mit Arthur – das ist mein Mann – verlobt hatte, habe ich ihn geheiratet und ihn mitgenommen. Ich konnte ja schließlich Miß Debbee nicht allein in die Fremde ziehen lassen.«

Ich lauschte einem langen Bericht über Miß Debbee und weiteren über Miß Debbees Zuhause, ihren Vater, ihr Pony, ihre Kleider, Juwelen, ihre Hochzeit, ihre Hochzeitsgeschenke und Hochzeitsgäste. Nachdem sie gesagt hatte, wie gern Miß Debbees Mutter an der Hochzeit würde teilgenommen haben, wenn sie da noch gelebt hätte, und beginnen wollte, die Kleider von Miß Debbees Mutter, ihren Schmuck, ihre Hochzeit und so weiter zu schildern, was sie von ihrer eigenen Mutter wußte, fand ich, es war an der Zeit, sie behutsam wieder auf Frankreich zurückzulenken.

»Und da war Miß Debbees Sohn, nicht wahr? Sie wollten natürlich bleiben und für ihn sorgen?«

»Mr. Raoul?« Sie schürzte die Lippen ein wenig. »Sie hatten französische Kinderschwestern für ihn. Dabei war er ein so stiller kleiner Junge. Ein bißchen wie Monsieur Philippe. Sehr artig und machte einem nie die geringste Plage. Man hätte nie gedacht...« Aber da verstummte sie plötzlich, schüttelte den Kopf und seufzte tief.

Ich wartete. Sie zupfte, was ganz überflüssig war, an einem Sesselüberzug, um ihn glattzustreichen. Vage sagte sie: »Mr. Raoul leitet das andere Gut für den Herrn, Bellevigne im Süden... Ach, nun, er ist nicht so oft hier, wie er es sein sollte, aber das ist auch ganz gut, denn er ist derjenige, der den Herrn am meisten daran erinnert, daß er ein hilfloser Krüppel ist, trotz all seiner Energie.«

»Erinnert?« bohrte ich. »Das ist sehr roh.«

Sie machte ein entsetztes Gesicht. »Nicht absichtlich natürlich, so habe ich es nicht gemeint. Es ist nur, er, Mr. Raoul, könnte der Herr sein, wie er es vor zwanzig Jahren war.«

»Und nun muß er dasitzen und zusehen, wie sein Sohn reitet und Auto fährt und ficht«, sagte ich.

»Dafür«, erwiderte Mrs. Seddon, »hat Mr. Raoul nicht das Geld. Und wie ich schon sagte, er ist nicht sehr oft hier. Er lebt auf Bellevigne. Ich bin noch nie dort gewesen, aber ich habe sagen hören, es sei sehr schön.«

»Ach«, sagte ich höflich interessiert, als sie mir von Bellevigne zu erzählen begann, aber ich hörte nicht richtig zu.

Zum erstenmal wurde mir da bewußt, daß etwas bei meiner Begrüßung im Schloß Valmy gefehlt hatte.

Und das war der Besitzer all dieser Pracht, der bedeutendste der Valmys, Monsieur le Comte Philippe.

Viertes Kapitel

Mein erster Gedanke war: er ist kein anziehender kleiner Junge. Er war für sein Alter klein und hatte einen dünnen Hals, auf dem ein dunkler runder Kopf ruhte. Sein Haar war schwarz und sehr kurz geschnitten und seine Haut fahl, fast wächsern. Er hatte sehr große schwarze Augen, knochige Arme und Knie, trug eine kurze blaue Hose und einen gestreiften Pullover, lag auf dem Bauch und las in einem dicken Buch. Er wirkte winzig und ein wenig farblos auf dem großen kostbaren Teppich.

Er sah sich fragend um und stand dann langsam auf.

Auf englisch sagte ich: »Ich bin Mademoiselle Martin, und du bist sicher Philippe.«

Er nickte schüchtern, dann setzte sich seine gute Erziehung durch, und er trat einen Schritt vor und streckte seine Hand aus. »Herzlich willkommen, Mademoiselle Martin.« Seine Stimme war genauso dünn wie er und wenig ausdrucksvoll. »Ich hoffe, Sie werden in Valmy glücklich sein.«

Als ich ihm die Hand schüttelte, kam mir jäh wieder zum

Bewußtsein, daß dies der Besitzer von Valmy war. Seltsamerweise ließ ihn dieser Gedanke noch kleiner und unbedeutender erscheinen.

»Man hat mir gesagt, daß du vielleicht arbeitetest«, sagte ich, »aber ich fand, es sei besser, gleich zu dir zu gehen.«

Er dachte einen Augenblick darüber nach und musterte mich unverblümt interessiert, wie Kinder das tun. »Werden Sie mir wirklich englischen Unterricht geben?«

»Ja.«

»Sie sehen gar nicht wie eine Erzieherin aus.«

»Dann werde ich wohl versuchen müssen, mehr wie eine auszusehen.«

»Nein, Sie gefallen mir so, wie Sie sind. Bleiben Sie so.«

Die de Valmys, schien es, fingen früh an. Ich lachte: *»Merci du compliment, Monsieur le Comte.«*

Er blickte kurz zu mir auf. Seine schwarzen Augen glänzten, aber er sagte nur: »Geben Sie mir schon morgen eine Stunde?«

»Vermutlich. Ich weiß es noch nicht. Ich werde wahrscheinlich deine Tante heute abend deswegen sprechen, und sie wird mir sicherlich sagen, wie sie sich den Unterricht denkt.«

»Haben Sie – meinen Onkel schon gesehen?« Hatte sich der Ton der monotonen Stimme verändert, oder bildete ich mir das nur ein?

»Ja.«

Er stand reglos da mit herunterhängenden Armen. Mir kam der Gedanke, er sei auf seine Weise ebenso unnahbar wie Héloise de Valmy. Meine Aufgabe hier würde nicht so sehr leicht sein. Er hatte gute Manieren, würde bestimmt kein schwieriges Kind sein in dem Sinn, in dem dieses Wort gewöhnlich von Erzieherinnen benutzt wird; aber würde ich ihn jemals wirklich kennenlernen?

»Ich muß jetzt wieder gehen, um auszupacken, sonst komme ich zu spät zum Abendessen«, sagte ich. »Würdest du mir helfen?«

»Ich?«

»Nun, nicht eigentlich helfen, aber mir Gesellschaft leisten und dir ansehen, was ich dir aus London mitgebracht habe.«

»Meinen Sie ein Geschenk?«

»Natürlich.«

Er wurde dunkelrot. Ohne etwas zu sagen, ging er gelassen an mir vorüber durch mein Wohnzimmer in das Schlafzimmer, öffnete die Tür für mich und folgte mir dann hinein. Immer noch schweigend starrte er auf meinen Koffer.

»Es ist nicht sehr viel«, sagte ich, »denn ich habe nicht viel Geld. Aber... nun, hier ist es.«

Ich hatte für ihn bei Woolworth einen Modellierbogen des Schlosses Windsor mitgebracht – einen Bogen, aus dem man die einzelnen Teile ausschneidet und zusammenklebt, und außerdem eine Schachtel, so groß, wie ich sie mir leisten konnte, die Soldaten in der Uniform der Gardegrenadiere enthielt.

Ich blickte den stummen Besitzer des Schlosses Valmy etwas unsicher an und reichte ihm beides.

Er betrachtete die bunten Bilder auf den Deckeln.

»Ein englisches Schloß«, sagte er, »und englische Soldaten?«

»Ja. Solche, wie sie vorm Buckinghampalast Wache stehen.«

Er blickte immer noch verzückt auf das Bild eines ganzen Wachregiments, das auf eine unwahrscheinliche Weise exerzierte.

»Es ist – es ist nicht viel«, sagte ich, »weißt du...«

Aber ich merkte, daß er gar nicht zuhörte. Er hatte den Deckel geöffnet und fingerte an den billigen Spielzeugen herum. »Ein Geschenk aus London«, sagte er, einen der grob bemalten Soldaten berührend. Mir wurde plötzlich bewußt, daß selbstgemachte Papierpuppen fast die gleiche Wirkung gehabt hätten.

»Ich habe dir auch ein Spiel mitgebracht«, sagte ich, »das Peggitty heißt. Man spielt es mit diesen Stiften. Ich werde dir später zeigen, wie. Es ist ein amüsantes Spiel.«

Aus dem Schulzimmer rief eine Frauenstimme: *»Philippe? Où es tu, Philippe?«*

Er fuhr zusammen. »Das ist Berthe. Ich muß gehen.« Er schloß die Schachteln und stand auf, sie fest an sich pressend. Sehr förmlich sagte er: »Ich danke Ihnen, Mademoiselle.« Dann drehte er sich um und lief zur Tür. *»Me voici, Berthe. Je viens.«* Auf der Schwelle blieb er stehen und drehte sich um.

Er zögerte, als ob er noch etwas sagen wolle, aber dann ging er schnell hinaus und schloß die Tür leise hinter sich.

Wie seltsam und luxuriös meine neue Umgebung auch war, das Leben in Valmy wurde bald zu einer geregelten Routine. Jeden Morgen kam Monsieur Bétemps, Philippes Lehrer, und die beiden arbeiteten bis zum Mittagessen zusammen. Wenn ich mit meinen verschiedenen morgendlichen Arbeiten oben fertig war, war ich frei, und in den ersten Tagen beschäftigte ich mich damit, den Park und den angrenzenden Wald zu durchstreifen, oder ich las viele Stunden, ein Luxus, der mir in dem Heim so lange verwehrt worden war, daß ich mich immer noch schuldig fühlte, wenn ich ihm frönte.

Die Bibliothek im Schloß enthielt sicherlich auch englische Bücher, aber da sie Léon de Valmys privates Arbeitszimmer und Büro war, konnte oder wollte ich nicht um die Erlaubnis bitten, sie zu benutzen. Ich hatte jedoch so viele meiner eigenen Bücher mitgebracht, wie ich tragen konnte, und in dem Schulzimmer waren bis zur Decke reichende Regale voll der verschiedensten ausgezeichneten Bücher – Kinderbücher, englische und französische Klassiker und eine ganze Menge leichtere Lektüre. Diese seltsame Mischung verwunderte mich ein wenig, bis ich in einigen von ihnen den Namen Deborah Bohun oder die Widmung ›Für Debbee‹ las, und als ich einmal ein ganz zerlesenes altes Exemplar der ›Schatzinsel‹ herausnahm, fand ich darin mit energischer Handschrift geschrieben ›Raoul Philippe St-Aubin de Valmy ...‹ Ja, natürlich, Léons Sohn war ja halb Engländer und hatte in diesen Räumen gehaust. Ich fand auch Buchan und Conan Doyle und einen Haufen mir bekannter Bücher, die ich dankbar verschlang, dabei bemüht zu vergessen, daß man mir in den sieben Jahren im Heim eingetrichtert hatte, Lesen sei Zeitverschwendung.

Mein Schuldgefühl war gerechtfertigt, wenn ich französische Bücher las, und ich las sie heimlich, und einmal wurde ich fast dabei ertappt, als ich in meinem Schlafzimmer in *Tri-*

stan et Iseut vertieft war. Da klopfte nämlich Berthe an, und da sie keine Antwort erhielt, kam sie herein, um Staub zu wischen. Sie bemerkte nichts, aber ich verwünschte mich und gelobte mir noch einmal, vorsichtig zu sein, und wünschte zum hundertstenmal, daß ich Madame de Valmy nicht so töricht getäuscht hätte, was mir damals so wichtig erschienen war und was täglich schwieriger zu gestehen wurde.

Ich glaubte nicht mehr ernstlich, daß jemand daran Anstoß nehmen würde. Philippe und ich vertrugen uns gut, und Madame de Valmy schien mich in ihrer kühlen Art zu mögen. Man hatte mir die Sorge um Philippes Wohlbefinden allein überlassen. Aber es wäre mir trotzdem nicht lieb gewesen, wenn sie erfahren hätte, daß ich sie getäuscht hatte – systematisch und vorsätzlich. Und wie alle Täuschungen wurde diese täglich größer. Ich mußte mich mit Berthe verständigen und tat das in elementarem Schulmädchenfranzösisch, das sie amüsierte und über das sogar Philippe lächeln mußte. Zum Glück brauchte ich nicht mit den Valmys französisch zu sprechen. In meiner Gegenwart sprachen sie immer englisch, und so verstrichen die Tage, und ich sagte nichts. Ich wagte nicht, zu riskieren, ihr Mißfallen zu erregen. Ich liebte das Schloß, wurde mit meiner Aufgabe gut fertig, und ich mochte Philippe sehr gern.

Er war ein sehr ruhiges, selbstbeherrschtes Kind, das so gar nicht schwatzhaft war. Wenn es nicht zu heftig regnete, machten wir jeden Nachmittag einen Spaziergang, und unsere ›englische Konservation‹ bestand hauptsächlich aus meinen Bemerkungen über den Park oder den Wald, durch den wir gingen.

Er war immer noch sehr zurückhaltend. Ich nahm an, daß er durch den plötzlichen Verlust seiner Eltern, von denen er nie sprach, noch verschlossener geworden war. Dies war kein Kind, an das man ›leicht herankam‹. Ich gab den Versuch bald auf und sprach nie mit ihm über unsere eigenen Dinge. Wenn ich ihm je wirklich nahekommen sollte, dann nur allmählich und unaufdringlich: durch Gewohnheit. Er zeigte sich nicht nur mir gegenüber reserviert. Jeden Nachmittag um halb sechs ging ich mit ihm für eine halbe Stunde in den kleinen Salon hinunter, in dem seine Tante saß. Sie schob höflich ihr Buch oder ihr Briefpapier beiseite, nahm statt dessen ihren exquisiten Petit-Point, mit dem sie nie fertig wurde, in die Hand und machte mit Philippe die halbe Stunde lang Konversation. Ich sage absichtlich ›machte Konversation‹, weil dieser Ausdruck andeutet, wie steif es dabei zuging. Philippe war wie immer ruhig und in sich zurückgezogen, antwortete bereitwillig und äußerst höflich auf Fragne, stellte selber aber keine und trug nichts von sich zu dem Gespräch bei. Madame de Valmy war diejenige, schien es mir, die dabei sich selber Gewalt antun mußte; sie, die auch von Natur zurückhaltend war, mußte mitteilsam, fast geschwätzig werden.

Ihr Mann war dabei nie anwesend. Seine einzigen Begegnungen mit Philippe schienen rein zufällig in Fluren, auf der Terrasse oder im Park zu sein. Im Anfang nahm ich es Philippes Onkel übel, daß er sich so wenig für einen einsamen und erst vor kurzem verwaisten Jungen interessierte, aber bald wurde mir klar, daß es nicht allein Léon de Valmys Schuld war. Philippe ging ihm bewußt aus dem Wege. Vor seinem Onkel wirkte seine Zurückhaltung wie ein Schmollen. Auf eine Weise war das ganz natürlich. In Gegenwart von Léon de Valmys überwältigender Persönlichkeit mußte jemand, der so linkisch und wenig anziehend war wie Philippe, das doppelt stark empfinden und, bewußt oder nicht, ihm grollen. Außerdem war seines Onkels Ton ihm gegenüber zwar freundlich, aber von jener halb gleichgültigen Nachsicht, die er vielleicht einem nicht sehr geliebten kleinen Hund gezeigt hätte. Ich bekam nie heraus, ob Philippe das bemerkte oder sich darüber ärgerte. Ich weiß aber, daß bei ein oder zwei Gelegenheiten mich sein Verhalten ergrimmte. Ich mochte Léon de Valmy jedoch trotzdem gern. Philippe dagegen – und das wurde mir erst allmählich klar – mochte ihn ganz und gar nicht.

Daß das unbegründet sei, versuchte ich ihm einmal klarzumachen.

»Philippe, warum weichst du deinem Onkel Léon aus?«

Sofort verschloß sich sein Gesicht. *»Ne comprends pas.«*

»Sprich bitte englisch. Und du hast es auch genau verstanden. Er ist sehr gut zu dir. Du hast alles, was du haben willst.«

»Ja, ich habe alles, was ich haben will.«

»Nun, dann...«

»Aber man gibt es mir nicht.«

»Wer? Tante Héloise?«

Er schüttelte den Kopf. »Es gehört ihnen nicht, und darum können sie es mir nicht geben. Es hat meinem Vater gehört, und es gehört jetzt mir.«

Ich blickte ihn an. Das war es also. Valmy. Ich erinnerte mich an das Funkeln in den schwarzen Augen, als ich ihn lachend als Comte de Valmy angeredet hatte. Das war auch noch etwas, mit dem die Valmys jung anzufangen schienen.

»Das Gut?« sagte ich. »Es gehört natürlich dir. Er verwaltet es nur für dich. Er ist dein Treuhänder.«

Er sah mich verständnislos an. »Treuhänder? Ich weiß nicht was ein Treuhänder ist.«

»Er verwaltet Valmy, bis du älter bist. Dann gehört es dir.«

»Ja, bis ich fünfzehn bin. Nennt man das Treuhänder? Dann ist mein Onkel Hippolyte auch Treuhänder.«

»Ja? Ich wußte das nicht.«

Er nickte mit dem ernsten Ausdruck, der in seinem blassen kleinen Gesicht fast mürrisch wirkte. »Ja. *Tous les deux* – beide. Mein Onkel Léon für das Gut und mein Onkel Hippolyte für mich.«

»Was meinst du?« fragte ich, ohne es zu wollen.

Der funkelnde Blick, den er mir zuwarf, hätte boshaft oder nur ungezogen sein können. »Ich habe das von Papa gehört. Er sagte...«

»Philippe«, begann ich, aber er hörte nicht hin. Er versuchte das zu übersetzen, was Papa gesagt hatte, doch dann verzichtete er darauf und zitierte auf französisch, so fließend, daß es für ein scharfes Gedächtnis zeugte: »Er sagte, ›Léon wird das Gut verwalten, man kann es ihm wirklich anvertrauen. Gott helfe Valmy, wenn es Hippolyte erben würde.‹ Und Maman sagte: ›Aber Hippolyte muß das Kind zu sich nehmen, wenn uns etwas zustößt. Hippolyte muß für das Kind sorgen. Man kann es nicht Léon lassen.‹ Das ist, was Maman...« Er hielt inne und preßte die Lippen zusammen. Ich schwieg.

Er warf mir wieder den funkelnden Blick zu und sagte auf englisch: »Das ist es, was sie gesagt haben. Es bedeutet...«

»Nein, Philippe, versuch nicht, es zu übersetzen«, sagte ich sanft. »Du solltest es wahrscheinlich gar nicht hören.«

»Nein. Aber ich wünschte, ich hätte meinen Onkel Hippolyte nicht zu verlassen brauchen.«

»Liebst du ihn?«

»Freilich. Er ist nach Griechenland gefahren. Ich wollte mit ihm fahren, aber er konnte mich nicht mitnehmen.«

»Er wird bald wiederkommen.«

»Ja, aber das dauert trotzdem noch lange.«

»Die Zeit wird vergehen«, sagte ich, »und inzwischen werde ich an seiner Stelle für dich sorgen, und dein Onkel Léon wird für Valmy sorgen.«

Ich verstummte und blickte das verschlossene kleine Gesicht an. Ich wollte nicht, daß es zu hochtrabend klang oder daß ich Philippe damit vergrämte. Aber da ich nun einmal seine Erzieherin war, sagte ich: »Er leitet das Gut hervorragend, Philippe. Valmy ist schön, und er hängt daran, *ça se voit*. Du darfst nicht undankbar sein.«

Philippe hatte wirklich keinen Grund, sich über die Art zu beklagen, wie sein Onkel das Gut verwaltete. Es war, als ob die männliche Kraft, die sich körperlich nicht ausleben konnte, in Valmy ein Ventil fand. Tag um Tag fuhr er in seinem Rollstuhl umher, um die Terrassen und die Kieswege des Parks, die Gewächshäuser, den Gemüsegarten, die Garagen zu inspizieren. Und im Schloß selbst war die Hand eines fürsorglichen Herrn überall zu spüren. Kein Plan war zu groß, keine Einzelheit zu klein, als daß er sich nicht eingehend damit befaßte.

Ziemlich lahm fügte ich hinzu: »Du könntest keinen besseren Treuhänder haben.«

Von neuem verschloß sich sein Gesicht. Höflich, aber kühl sagte er: »Nein, Mademoiselle«, und wandte den Blick ab.

Ich sagte nichts weiter, da ich mich nicht fähig fühlte, ihm klarzumachen, wie unvernünftig seine Abneigung war.

Aber eines Tages gegen Ende meiner zweiten Woche in Valmy wurde ich durch die Umstände sozusagen dazu gezwungen.

Philippe und ich waren wie üblich zu unserem Halb-sechs-Uhr-Besuch bei Madame de Valmy unten in dem kleinen Salon gewesen. Pünktlich um sechs entließ sie uns, aber als wir gingen, rief sie mich aus einem Grunde, der mir entfallen ist, noch einmal zurück. Philippe hatte nicht gewartet, sondern war in den Flur enteilt.

Etwa ein Minute später verließ ich den Salon und wurde Zeuge einer häßlichen Szene, wie ich sie noch nie erlebt hatte.

Philippe stand wie das leibhaftige schlechte Gewissen neben einem Tisch im Flur. Es war ein hübscher kleiner Tisch, der auf jeder Seite von einem mit strohfarbenem Brokat bezogenen Louis XV-Stuhl flankiert wurde. Auf dem einen der Stuhlsitze sah ich zu meinem Entsetzen einen großen Tintenfleck, als ob ein Füllfederhalter vom Tisch herunter- und über die Seide des Stuhl gerollt wäre und sie dabei mit Tinte bespritzt hätte.

Mir fiel ein, daß Philippe dabei gewesen war, an seinen Onkel Hippolyte zu schreiben, als ich ihn gerufen hatte, mit mir hinunterzukommen. Er mußte eilig hinausgelaufen sein, den Füller noch offen in der Hand, und ihn abgelegt haben, ehe er in den Salon ging. Er hielt ihn jetzt in seiner mit Tinte befleckten Faust und starrte mit kreideweißem Gesicht seinen Onkel an.

Zum erstenmal war es ihm nicht gelungen, Monsieur de Valmy aus dem Wege zu gehen. Der Rollstuhl stand mitten im Korridor und versperrte den Weg. Philippe wirkte neben ihm sehr klein und wehrlos.

Beide schienen mich nicht zu bemerken. Léon de Valmy sprach. Daß er wütend war, sah man ihm nur allzu deutlich an, und es schien, er hatte ein Recht dazu, aber die kalte schneidende Stimme, mit der er den Jungen für seine kindliche Unachtsamkeit herunterputzte, war erschreckend. Er benutzte nicht einen Stein, sondern eine Atombombe, um einen Schmetterling zu zerschmettern.

Philippe stammelte etwas, das vielleicht eine Entschuldigung sein sollte, aber es klang nur wie ein verängstigtes Murmeln, und sein Onkel fuhr ihm mit seiner schneidenden Stimme ins Wort.

»Es ist wahrscheinlich sehr gut, daß deine Besuche in diesem Teil des Hauses auf einen am Tage beschränkt sind, da du offensichtlich noch nicht weißt, wie man sich als zivilisierter Mensch benimmt. Vielleicht hast du in eurer Pariser Wohnung in dieser lümmelhaften Art herumrennen dürfen, aber hier sind wir gewohnt...«

»Dies ist mein Haus«, sagte Philippe.

Er sagte es mit zitternder Stimme, mehr murmelnd als laut. Aber sofort hörte Léon de Valmy mit seiner Tirade auf. Einen Augenblick erschien mir Philippes Bemerkung unerträglich pathetisch, aber gleichzeitig verwunderte mich das bei ihm, der so gar nicht zum Pathetischen und Dramatischen neigte. Doch dann fügte er immer noch leise, aber sehr deutlich hinzu: »Und dies ist mein Stuhl.«

Betroffenes Schweigen folgte. Etwas erschien und verschwand in Léon de Valmys Gesicht – wie ein Blitzlicht, das aufflammt und verlöscht –, aber Philippe trat einen Schritt zurück, und ich schoß aus der Tür wie eine Wildkatze, die ihr Junges verteidigt. Léon de Valmy blickte auf und sah mich, aber er sprach jetzt ruhig zu Philippe, als ob er nicht eben noch wütend gewesen wäre.

»Wenn du dich wieder besonnen hast, Philippe, wirst du dich für diese Bemerkung entschuldigen.« Die dunklen Augen wandten sich mir zu, und er sagte kühl, aber sehr höflich, auf englisch: »Ach, Miß Martin, da sind Sie wohl Zeuge eines häßlichen Zwischenfalls geworden? Bringen Sie jetzt Philippe wieder hinauf und sagen Sie ihm, Höflichkeit älteren Menschen gegenüber sei eine der Eigenschaften, die man von einem Gentleman erwartet.«

Als sein Onkel mit mir sprach, hatte Philippe sich wie erleichtert rasch zu mir umgedreht. Sein Gesicht war blasser denn je, und Zorn und Verbitterung spiegelten sich darin, aber die Augen waren die eines verwundbaren Kindes.

Ich blickte ihn an und dann seinen Onkel.

»Das ist nicht nötig«, sagte ich. »Er wird sich jetzt gleich entschuldigen.« Ich faßte den Jungen sanft an den Schultern und drehte ihn um, so daß er seinen Onkel ansehen mußte. Einen Augenblick lang hielt ich ihn fest. Er zitterte am ganzen Leibe. Ich ließ ihn los. »Philippe!« sagte ich.

Mit fast schluchzender Stimme sagte er: »Ich bitte dich um Verzeihung, wenn ich ungezogen war.«

Léon de Valmy ließ seine Augen von ihm zu mir und dann wieder zu ihm schweifen.

»Gut. Es ist vergessen. Und jetzt geht Miß Martin am besten mit dir hinauf.«

Als wir den Flur hinuntergingen, spürte ich deutlich, daß Léon uns nachblickte.

Ich schloß die Tür des Schulzimmers hinter mir und lehnte mich an sie. Philippe und ich sahen einander an. Sein verschlossenes Gesicht war noch weiß vor Zorn. Sein Mund hatte sich zu einem Schmollen verzogen, aber ich sah, die Unterlippe zitterte ein wenig.

Er wartete und sagte nichts.

Und da mußte ich meine Autorität wahren. Eine Gardinenpredigt von Miß Martin. Léon de Valmy hatte vollkommen recht gehabt: Philippe war töricht, unachtsam und ungezogen gewesen...

»Mein Lämmchen«, sagte ich, »ich stehe ganz auf deiner Seite, aber du bist ein Narr.«

»Man kann nicht ein Lämmchen und ein Narr gleichzeitig sein«, antwortete Philippe kühl.

Aber dann rannte er auf mich zu und brach in Tränen aus.

Von da an half ich ihm, seinem Onkel aus dem Weg zu gehen.

Fünftes Kapitel

Das Frühlingswetter war weiter wunderbar. Philippe und ich gingen jeden Nachmittag aus, in Mäntel und Schals gehüllt, um gegen den von den verschneiten Bergen herabwehenden kalten Wind geschützt zu sein. Die Gebirgsluft schien ihm gutzutun; seine blassen Wangen bekamen Farbe, und manchmal lachte er sogar und rannte ein wenig, wenn er auch meistens bedächtig an meiner Seite ging und in seinem langsamen, aber ausgezeichneten Englisch auf die Fragen antwortete, die ich ihm stellte, da wir ja Konversation treiben sollten.

Einer unserer Spaziergänge war ein steiler, aber bequemer Weg durch die Wiesen zum Dorf hinunter. Am Fuße des Hangs führte eine schmale Holzbrücke über den Merlon, der hier tief war und auf seiner Wanderung von einem glitzernden großen Teich zum anderen ruhig dahinfloß.

Von der Brücke führte der Weg über feuchte Wiesen und durch Obstgärten, in denen die Bäume schon voller Knospen waren, unmittelbar in das Dorf.

Wenn man wußte, daß wir nach Soubirous gehen würden, beauftragte man uns, dies oder jenes zu besorgen, meistens für Mrs. Seddon oder Berthe, manchmal auch für Albertine, aber ebenso für Madame de Valmy selber.

Eines Morgens – es war der 1. April – machten Philippe und ich uns bald nach dem Frühstück auf den Weg zu dem Dorf. Es war ein Montag, und montags kam regelmäßig Monsieur St. Aubray, der Pfarrer von Soubirous, ins Schloß hinauf, um den jungen Grafen in Latein, Griechisch und Religion zu unterrichten. Aber der Herr Pfarrer hatte sich einen Knöchel verstaucht, und da Philippe seinen Unterricht nicht versäumen sollte, ging ich mit ihm in das neben der Kirche liegende Pfarrhaus und ließ ihn dort.

Ich ging langsam über den Platz und ging dann in die Apotheke neben dem Bistro, um dort die Besorgungen zu erledigen, mit denen man mich beauftragt hatte.

»Mademoiselle Martin?« Der Apotheker kam aus seiner dunklen Höhle im Hintergrund. Er kannte mich mittlerweile schon gut. Mrs. Seddon schien, wenn sie keine Antihistamine nahm, ausschließlich von Aspirin und etwas, das sie ›O Dick-Alone‹ nannte, zu leben, während ich, nachdem ich mich mein halbes Leben mit Palmolivseife gewaschen hatte, jetzt auf exotischere Seifen erpicht war, eine Leidenschaft, die ziemlich oft befriedigt werden mußte.

In meinem sehr englischen Französisch sagte ich heiter: »Ach, guten Morgen, Monsieur Garcin. Ein herrlicher Tag heute, nicht wahr? Gestern war das Wetter auch so prächtig, und morgen wird es nicht anders sein. Ich möchte wie üblich Seife haben.«

Ich sprach die Worte wie immer nicht ganz richtig aus, und der Apotheker schürzte seine dünnen Lippen. Es war sein kleines Vergnügen, mit schmerzlich säuerlichem Gesicht mein Französisch zu verbessern, und ich sah nicht ein, warum ich ihm die Freude nehmen sollte.

»Ich verstehe. Und welche wünschen Sie?« Er holte hinter der Theke einen Kasten Roger- und Gallet-Seife hervor. »Der ist in dieser Woche neu gekommen, Rosen-, Veilchen-, Nelken-, Sandelholz-, Eau-de-Cologne-Seife.«

»Ach, ja bitte, geben Sie mir Nelkenseife. Ich liebe sie besonders.« Monsieur Garcins Augen blitzten überrascht auf. »Sie wissen, was das für eine Blume ist? *Oeillet mignardise?*«

Gelassen antwortete ich: »Der Name steht auf der Seife. Mit einem Bild. *Voilà.*« Ich streckte meine Hand aus, um das Stück Seife herauszunehmen, roch daran, lächelte ihn an und sagte freundlich: *»C'est le plus bon, ça.«*

»Le meilleur.«

»Le meilleur«, sagte ich schüchtern. »Ich danke Ihnen, Monsieur.«

»Sie machen schon ganz gute Fortschritte«, sagte Monsieur Garcin großmütig. »Und haben Ihre Arbeitgeber heute auch etwas bestellt?«

»Ja. Madame de Valmy hat mich gebeten, ihre Medizin und die Tabletten – ihre Schlafpillen – mitzubringen.«

»Sehr schön. Haben Sie das Rezept?«

»Rezept?«

»Sie müssen mir das Rezept geben.«

Ich runzelte die Brauen und überlegte, ob Albertine mir mit der Einkaufsliste ein Rezept gegeben hatte. Der Apotheker vermochte seine Ungeduld kaum zu verbergen und kniff den Mund zusammen. Sehr langsam wiederholte er, als spräche er zu einem Dummkopf: »Sie – müssen – ein – Rezept – vom – Arzt – haben.«

»Ach«, sagte ich bekümmert, »ein Rezept? Warum haben Sie das nicht gleich gesagt? Nun, sie hat mir keins mitgegeben, Monsieur. Darf ich es Ihnen im nächsten Jahr bringen?«

»Im nächsten Jahr?«

»Ich meine, in der nächsten Woche.«

»Nein«, sagte er kühl, »ohne Rezept kann ich Ihnen die Tabletten nicht geben. Und was wünschen Sie sonst noch?«

Ich blickte auf die Liste in meiner Hand hinunter. Es stand noch verschiedenes darauf – zum Glück in französisch. Ich las ihm alles langsam vor. Einer wollte Zahnpulver und Shampoo haben, ein anderer (ich hoffte, es war Albertine mit dem sauren Gesicht) Hühneraugenpflaster und Jod, und am Ende stand das unvermeidliche Aspirin und das, was Mrs. Seddon einfach als ›meine Flasche‹ bezeichnete.

»Und Mrs. Seddons Pillen«, sagte ich schließlich.

Der Apotheker holte eine Schachtel Aspirin heraus.

»Nein«, sagte ich, »die anderen.« (Das französische Wort für Antihistamine wußte ich sowieso nicht.) »Die Pillen für ihre Brust.«

»Die haben Sie schon in der letzten Woche geholt.«

»Ich glaube nicht.«

»Ich weiß es.«

Seine Stimme klang fast grob, aber ich beachtete es nicht. »Vielleicht«, sagte ich höflich, »braucht sie noch mehr.«

»Wenn sie sie in der vorigen Woche bekommen hat, kann sie sie heute nicht schon wieder bekommen.«

»Sind Sie so sicher, daß sie sie bekommen hat, Monsieur? Sie hat sie selber auf die Liste geschrieben.«

»Hat sie Ihnen das Rezept gegeben?«

»Nein.«

Ungeduldig sagte er: »Ich habe Ihnen schon gesagt, sie hat sie in der vorigen Woche bekommen. Sie haben sie selber geholt. Sie hatten es eilig, und Sie haben mir eine Liste mit einem Rezept für Madame Seddon gegeben. Ich habe die Tabletten geschickt. Vielleicht haben Sie vergessen, sie ihr auszuhändigen. Ich habe ein ausgezeichnetes Gedächtnis, und ich erinnere mich genau, daß ich sie Ihnen gegeben habe. Außerdem habe ich es aufgeschrieben.«

»Es tut mir leid, Monsieur, aber ich kann mich nicht daran erinnern. Sie haben zweifellos recht. Ich glaubte – ach, einen Augenblick, da ist ja ein Rezept in meiner Tasche. Hier, Monsieur Garcin! *Voyez-vous.* Ist es das?«

Ich reichte ihm das Papier und bemühte mich, meine Stimme nicht vorwurfsvoll klingen zu lassen, und das war nur gut, denn er sagte schroff: »Das ist nicht für Madame Seddon. Es ist das Rezept für Madame de Valmys Herzmedizin.«

»Ach, ich wußte gar nicht, daß ich das bei mir hatte. Es muß bei der Liste gewesen sein. Ich habe es in der Eile gar nicht bemerkt. Es tut mir leid.« Ich lächelte ihn hold an. »Dann können Sie mir wenigstens die Medizin geben, Monsieur. Ich werde die Tabletten am Freitag in Thonon kaufen.«

Er warf mir mit seinen Austernaugen einen seltsamen Blick zu und dann, um mich zu belehren (wie ich vermute), daß Angestellte nicht mit ihren Vorgesetzten streiten durften, setzte er seine Brille auf und las das Rezept übertrieben gründlich durch. Ich beobachtete die Sonne hinter der Tür und wartete, meinen Ärger krampfhaft unterdrückend. Er las es noch einmal vor. Man hätte glauben können, ich sei Madeleine Smith, die ein halbes Pfund Arsen so ganz nebenbei haben wolle. Plötzlich fand ich das alles urkomisch und lachte ihn an.

»Es ist alles in Ordnung, Monsieur. Sie können es mir ruhig geben. Ich werde es prompt abliefern. Ich nehme nicht oft Digitalis, oder was es sonst ist.«

Mürrisch sagte er: »Das nehme ich auch nicht an.« Er faltete das Rezept sorgfältig zusammen und schob mir das, was ich eingekauft hatte, hin. »Nun gut denn. Ich gebe Ihnen die Tropfen, und vielleicht werden Sie auch dafür sorgen, daß Madame Seddon die Tabletten bekommt, die ich am Mittwoch hinaufgeschickt habe.«

Als ich, ohne ein Wort, die Sachen einpackte, sah ich, daß er mir wieder diesen seltsamen Blick zuwarf. »Und ich darf Ihnen dazu gratulieren, daß sich Ihr Französisch beträchtlich gebessert hat, Mademoiselle«, fügte er trocken hinzu.

»Vielen Dank, Monsieur«, antwortete ich kühl. »Ich gebe mir viele Mühe und arbeite täglich. In drei Wochen werden Sie gar nicht mehr merken, daß ich Engländerin bin.«

»*Anglaise?*« echote eine Männerstimme hinter mir. Ich wandte mich verblüfft um. Ich hatte niemanden hereinkommen hören, aber jetzt sah ich, daß ein breitschultriger Mann die Tür der Apotheke versperrte, und sein riesiger Schatten, den die Morgensonne warf, schien den ganzen Laden zu füllen. Er kam näher. »Entschuldigen Sie, aber ich hörte, wie Sie sagten, Sie seien Engländerin. Sind Sie das wirklich?«

»Ja.«

»Ach, ich – das ist ja ein Glück!« Er blickte mich schüchtern an. Jetzt, da ich ihn deutlich sah und nicht nur als eine von der Ladentür eingerahmte riesige Silhouette, wirkte er dennoch wie ein sehr großer junger Mann. Er trug Khakishorts und eine Windjacke. Er hatte keinen Hut auf und hatte dichtes blondes Haar. Seine Augen waren blau und sein Gesicht braungebrannt.

Er griff in eine Innentasche seiner Jacke und holte einen zerknitterten alten Umschlag heraus. »Ob Sie mir vielleicht helfen könnten? Ich habe hier eine ganze Liste von Sachen, die ich besorgen will, und mir war einfach schleierhaft, wie ich es fertigbringen sollte. Mein Französisch ist mehr als mangelhaft, und Ihres scheint sehr gut zu sein.«

Ich grinste. »Wenn ich's kann, helfe ich Ihnen natürlich gern. Darf ich Ihre Liste sehen?«

Er gab sie mir erleichtert. »Es ist furchtbar freundlich von Ihnen, daß Sie sich meinetwegen bemühen.« Er lächelte mich scheu an. »Sonst muß ich mich immer wie Tarzan auf die Brust schlagen und mit dem Finger darauf zeigen.«

»Es ist sehr mutig von Ihnen, daß Sie Ihre Ferien hier verleben, ohne ein Wort Französisch zu können.«

»Ferien? Ich bin beruflich hier.«

»Ein bezahlter Mörder?« fragte ich. »Oder nur ein Spion?«

»Wie – bitte?«

Ich zeigte auf die Liste. »Das klingt ein bißchen unheimlich.« Ich las laut vor: »Drei Binden, drei und vier Zentimeter breit, Heftpflaster, Leukoplast, Brandbinde, Dermatol... Sie haben die Sonde vergessen.«

»Die Sonde?«

»Um die Kugel herauszuholen.«

Er lachte. »Ich bin nur ein Förster. Hin und wieder kampiere ich in einer zwölfhundert Meter hoch gelegenen Hütte, und darum wollte ich mir eine Erste-Hilfe-Ausstattung besorgen.«

Ich wandte mich Monsieur Garcin zu und machte mich an die etwas erschöpfende Aufgabe, durch einfache Worte und

Gesten Artikel zu beschreiben, deren Namen ich genauso wußte wie er selber.

Endlich hatten wir es geschafft. Der Engländer, mit so vielen Pillen und Salben beladen, daß der eingebildetste Kranke damit hätte zufrieden sein können, trat von der Tür zur Seite und wartete darauf, daß ich ihm in die Sonne draußen vorausging.

Als ich meine eigenen Pakete ergriff und mich zum Gehen anschickte, sagte der Apotheker mit einer Stimme, die wie raschelndes Laub klang: »Sie haben die Tropfen für Madame de Valmy vergessen«, und reichte mir das Päckchen über die Theke. Kaum waren der junge Mann und ich auf der Straße, da sagte er: »Ich danke Ihnen sehr herzlich für Ihre Hilfe. Ich hätte das selber nie fertiggebracht. Ich hoffe, Sie werden mit mir kommen und sich zum Dank für Ihre Mühe einen Cognac von mir spendieren lassen.«

»Das ist sehr nett von Ihnen. Aber es ist wirklich nicht nötig...«

Über seinem Arm voller Pakete blickte er flehend zu mir herunter. »Bitte«, sagte er. »Abgesehen von allem anderen, es ist wunderbar, mit jemandem englisch sprechen zu können.«

Ich sah ihn plötzlich in seiner einsamen Hütte vor mir, zwölfhundert Meter hoch, von Pillen und Salben und Thermometern umgeben.

»Ich würde es sehr gern tun«, sagte ich.

Er strahlte. »Fein. Gehen wir hier hinein? Ich glaube, es bleibt uns auch gar keine andere Wahl. Außer dem *Coq Hardi* ist es das einzige Lokal hier in der Nähe.«

Das Bistro mit der lustigen Markise befand sich neben der Apotheke. Drinnen wirkte es düster und nicht sehr einladend, aber davor standen zwei oder drei kleine Metalltische und ein paar alte grellrot gestrichene Rohrstühle. In blauen Kübeln hielten zwei kleine beschnittene Bäume Wache.

Wir setzten uns in die Sonne. »Was möchten Sie?« Er legte behutsam seine lebensrettenden Pakete auf einen Stuhl.

»Ob es hier wohl Kaffee gibt?«

»Bestimmt.« Und es gab tatsächlich welchen. Er kam in

großen gelben Tassen mit drei eingewickelten Zuckerstücken auf jeder Untertasse.

Jetzt, da wir uns mehr oder weniger förmlich an einem Tisch gegenübersaßen, schien sich mein Begleiter wieder in seine sehr englische Schüchternheit zurückgezogen zu haben. Während er in seinem Kaffee rührte, sagte er: »Mein Name ist Blake. William Blake.« Und dabei sah er mich fast herausfordernd an.

»Das ist ein schöner Name«, sagte ich. »Ich heiße nur Belinda Martin, werde aber meistens Linda genannt.«

»Darf ich mich vielleicht erkundigen, was Sie in Soubirous machen? Sie sind doch wohl auch nicht auf einer Ferienreise?«

»Nein, ich bin auch beruflich hier. Ich bin Erzieherin.«

»Ach, dann sind sie sicher das englische Mädchen vom Château Valmy.«

»Ja. Haben Sie schon von mir gehört?«

»Jeder weiß hier von jedem. Übrigens, ich wohne ganz in Ihrer Nähe. Ich arbeite auf dem nächsten Gut in den Schonungen westlich von Merlon.«

»Ach«, sagte ich interessiert, »Dieudonné?«

»Ja. Das Schloß – eigentlich ist es nur ein Landhaus, das nur ein Viertel so groß ist wie Valmy – steht im Tal ein wenig hinter dem Dorf. Der Besitzer ist nur sehr selten dort. Er heißt St. Vire. Er scheint seine meiste Zeit in Paris zu verbringen oder in der Nähe von Bordeaux. Wie Ihr Chef verdient er eine Menge Geld mit seinem Holz und seinen Weinbergen.«

»Weinberge?«

»O ja. Den Valmys gehören viele Weinberge in der Provence, glaube ich.«

»Ach ja. Bellevigne. Aber das gehört Monsieur de Valmy selber, während Valmy ihm nicht gehört.«

»Fühlen Sie sich nicht so weit weg von zu Hause und England einsam?«

Ich lachte. »Ach, wenn Sie wüßten! Mein Zuhause in England war sieben Jahre ein Waisenhaus. Erzieherin oder nicht, für mich ist Valmy ein herrliches Abenteuer.«

»Wahrscheinlich. Sehnen Sie sich nach Abenteuern?«

»Natürlich. Wer tut das nicht?«

»Ich, zum Beispiel.«

»Ach? Ich dachte, alle Männer malten sich aus, wie sie sich mit Buschmessern durch Mangrovensümpfe hindurchkämpften und Stromschnellen hinunterführen und derlei. Wissen Sie, mit nackten Knien und Lagerfeuern und der weiten, weiten Welt.«

Er grinste. »Ich habe das schon ziemlich jung überwunden. Und was ist eigentlich ein Buschmesser?«

»Das weiß Gott allein. Sie haben sie immer. Aber im Ernst...«

»Im Ernst«, erwiderte er, »wie kommen Sie mit Monsieur Valmy aus? Was für ein Mann ist er?«

»Ich... er ist sehr höflich und freundlich, ich möchte sogar sagen charmant. Ja, er ist bestimmt charmant. Er und seine Frau sind sehr darauf bedacht, daß ich mich hier wirklich zu Hause fühle. Ich sehe sie natürlich nur sehr selten, aber wenn, dann sind sie immer äußerst reizend...«

Ich blickte über den Platz. Zwei Frauen kamen aus der Bäkkerei, blieben stehen und musterten uns neugierig, ehe sie in ihren Holzpantoffeln, die laut auf den Steinen hallten, weitergingen. Jemand rief laut etwas, und die Kindergruppe stob schreiend auseinander. Zwei der Kinder rannten auf bloßen Füßen an uns vorüber. Die Kirchturmuhr schlug halb.

»Und wieso sind Sie hergekommen?« fragte ich. »Erzählen Sie mir etwas von Ihrer Arbeit.«

»Da gibt es nicht viel zu erzählen.« Mit dem Stiel seines Löffels zeichnete er kleine Muster auf die Tischplatte. Und so wie er es erzählte, wirkte sein Leben sehr geregelt. Ein hübsches Zuhause in einem Vorort; eine kleine öffentliche Schule; dann die Universität; schließlich ein gutes Examen und der Entschluß, zwei weitere Jahre Forschungen über einige Koniferenkrankheiten anzustellen, was er mir sehr genau und mit viel Begeisterung erklärte...

Aber plötzlich wurde ihm bewußt, daß er sich zu ausführlich darüber verbreitete, und er schloß lächelnd: »Nun, jedenfalls deswegen bin ich hier. Die Arbeit macht mir viel Freude – dank Monsieur St. Vire, der für einen Franzosen bemerkenswert nett ist.« Und da er glaubte, das erklären zu müssen, fügte er hinzu: »Mein Vater hat ihn im Kriege kennengelernt. Und er hat mich hier gewissermaßen angestellt – jedenfalls bekomme ich ein kleines Gehalt für das, was in Wirklichkeit zu meinem eigenen Forschungsprogramm gehört. Ich sammle wertvolles Material ebenso wie Erfahrungen und arbeite gern in diesem Lande. Das ist eine ziemlich gottverlassene Gegend hier, aber die Leute – jedenfalls die Valmys und St. Vires – hängen sehr an ihrem Land. Doch ich muß noch viel lernen. Unter anderem auch die Sprache. Ich scheine kein Ohr für sie zu haben. Aber wenn ich sie sprechen könnte, würde mir das viel helfen.«

»Wenn Sie allein leben, wüßte ich nicht warum.«

»Ach, ich bin nicht die ganze Zeit oben in der Hütte. Ich arbeite dort oben meistens, weil sie in der Nähe der Schonung liegt, wo ich jetzt zu tun habe, und weil mich dort niemand stört. Ich habe alle meine Sachen dort, und wenn ich knapp bei Kasse bin, schlafe ich dort auch.« Er lächelte. »Das bin ich natürlich ziemlich häufig. Aber ich komme trotzdem oft ins *Coq Hardi* hinunter... Es ist dort zwar recht laut, aber der Wirt spricht englisch, und das Essen ist vorzüglich... Ach, ist das Ihr kleiner Junge?«

Von dort, wo wir saßen, konnten wir die hohe Mauer des Pfarrgartens sehen. Und jetzt öffnete sich die Tür in ihr, und Philippe erschien in dem Torbogen und hinter ihm die breite Gestalt der Haushälterin des Pfarrers.

»Ja, das ist Philippe«, sagte ich. »Ich muß gehen.«

Ich erhob mich, und der Junge, der mich sah, sagte etwas über seine Schulter zu der Frau und kam dann über den Platz auf uns zugelaufen.

»Ach, wie schön, daß Sie gewartet haben! Ich habe Madame Rocher gesagt, Sie hätten einen Spaziergang gemacht.«

»Du kommst sehr früh, Philippe. Hat der Herr Pfarrer dich nicht länger bei sich haben wollen?«

»Er fühlt sich nicht sehr wohl. Madame Rocher sagte, ich müsse gehen.«

»Das tut mir aber leid«, sagte ich. »Philippe, das ist Monsieur Blake, der bei Monsieur de St. Vire arbeitet. Monsieur Blake, Comte de Valmy.«

Sie schüttelten sich die Hände, und Philippe tat das mit dem feierlichen Ernst, der ihn besonders anziehend machte.

»Was tun Sie dort, Monsieur?«

»Ich bin Förster.«

»Ich verstehe. In Valmy gibt es auch Förster.«

Hastig sagte ich: »Ich glaube, jetzt gehen wir lieber. Vielen Dank für den Kaffee, Mr. Blake. Es hat mich sehr gefreut, Sie kennenzulernen.« Ich reichte ihm die Hand. Er nahm sie und sagte rasch: »Wann können wir uns wiedersehen?«

Philippe zog mich an der Hand. »Ich muß jetzt wirklich gehen«, sagte ich. »Überlassen wir es dem Zufall. Wir treffen uns bestimmt wieder. Das Tal ist ja nicht groß. Und haben Sie nochmals Dank...«

Als wir den Platz überquerten, drehte ich mich noch einmal um und sah, wie er mühsam alle seine Pakete aufnahm, die die Hausmittel enthielten, die ihn oben in seiner Hütte vor dem Tod bewahren sollten.

Sechstes Kapitel

An jenem Abend wurde der stille Lauf unseres Lebens unterbrochen. Der Tee im Schulzimmer war vorüber; hinter den gardinenlosen Fenstern, in denen sich der Schein der Lampe und des Kaminfeuers heiter spiegelte, dämmerte es schon. Philippe spielte auf dem Teppich gelangweilt mit ein paar Soldaten, und ich las ihm wie oft um diese Zeit vor, als ich ein Auto den Zickzackweg heraufkommen hörte. Als ich in meinem Vorlesen innehielt und zum Fenster blickte, sah Philippe auf.

»*Une auto! Quelqu'un vient!*«

»Sprich englisch«, sagte ich automatisch. »Philippe, was soll das?«

Aber er achtete nicht darauf. Er sprang vom Teppich auf, auf dem seine Spielsachen verstreut lagen. Dann raste er durch die offene Glastür hinaus und verschwand rechts auf dem Balkon. Ich legte das Buch hin und eilte ihm nach. Er war bis zum Ende des Balkons gerannt, von wo man die mit Kies bestreute Auffahrt überblicken konnte, und lehnte sich so weit über die Brüstung, daß man fürchten konnte, er würde hinunterfallen. Ich unterdrückte den Impuls, ihn am Hosenboden zu packen, und sagte statt dessen so milde wie ich konnte: »Wenn du dich so weit hinüberbeugst, wirst du hinunterfallen. Sieh doch, die Balustrade ist ganz locker. Sie hat sich bewegt. Philippe...«

Aber er schien gar nicht hinzuhören, sondern beugte sich weiter über die Steinbalustrade. Energisch sagte ich: »Komm zurück, Philippe, und sei vernünftig! Was gibt es denn da so Interessantes zu sehen? Wer ist es?«

Der Wagen fuhr die letzte Steigung hinauf und dann mit laut knirschenden Bremsen über den Kies. Eine Tür schlug laut zu. Ich hörte eine leise angenehme Männerstimme. Eine andere Stimme – die des Fahrers vermutlich – antwortete. Dann fuhr der Wagen geräuschlos auf den Wirtschaftshof, und der Ankommende ging über den Kies und die Stufen zu dem Portal hinauf.

Ich wartete ein wenig neugierig, daß die Tür sich öffnete und das Licht aus der Halle der Stimme einen Körper gäbe. Aber ehe das geschah, schlich sich Philippe hinter mir über den Balkon zu der Tür des Schulzimmers. Ich drehte mich um und sah an seinem schmalen Rücken so deutlich die Enttäuschung, daß ich ihm ohne ein Wort folgte, mich wieder in meinen Sessel am Kamin setzte und mein Buch in die Hand nahm. Aber Philippe ließ sein Spielzeug Spielzeug sein. Er stand stumm auf dem Teppich und starrte ins Feuer. Er schien ganz vergessen zu haben, daß ich dort war.

Ich blätterte ein paar Seiten des Buches durch und sagte dann wie beiläufig: »Weißt du, wer es war?«

Er hob die Schultern. »Monsieur Florimond, glaube ich.«

»Monsieur Florimond? Meinst du den Modeschöpfer?«

»Ja. Er hat uns oft in Paris besucht und ist ein Freund meiner Tante Héloise. Kennt man ihn denn auch in England?«

»Natürlich.« Selbst im Constance-Butcher-Heim hatten wir von dem berühmten Florimond gehört. Beeindruckt sagte ich: »Wird er eine Weile hierbleiben?«

»Ich weiß es nicht.« Der Ton seiner Stimme verriet ziemlich deutlich, daß ihm das gleich war. Dennoch war ihm seine Enttäuschung so stark anzumerken, daß ich sagte: »Hast du jemand anders erwartet, Philippe?«

Er sah einen Augenblick auf, dann senkte er die Lider mit den langen Wimpern. Er sagte nichts.

»Deinen Vetter Raoul vielleicht?« sagte ich.

Keine Antwort.

Ich versuchte es noch einmal: »Magst du Monsieur Florimond nicht?«

»O doch. Ich mag ihn sehr gern.«

»Warum dann...?« begann ich, aber etwas in seinem Gesicht warnte mich, den Satz zu Ende zu sprechen. Und so sagte ich sanft: »Es ist Zeit, daß wir in den Salon hinuntergehen, *petit*. Man hat mir nicht gesagt, daß wir nicht kommen sollten, wenn Gäste da sind. Wasch dir schnell die Hände, während ich mich frisiere.«

Ohne ein Wort oder einen Blick gehorchte er.

Ich ging zu der Balkontür und schloß sie.

In dem kleinen Salon brannte ein Holzfeuer im Kamin und davor saßen Madame de Valmy und Monsieur Florimond auf einem mit rosa Brokat bezogenen Sofa und unterhielten sich.

Ich blickte ihn interessiert an. Ich weiß nicht, wie ich mir das Aussehen eines der großen fünf Modeschöpfer vorgestellt hatte. Jedenfalls sah der große Florimond nicht wie einer aus. Er war hochgewachsen, hatte eine Glatze und wirkte nicht sehr gepflegt. Der Ausdruck seines Gesichts war melancholisch, aber niemand hätte an seiner robusten Gesundheit zweifeln können. Seine blauen Augen waren listig und freundlich, und es sah so aus, als ob ihnen wenig entginge. Er trug seinen schlichten, sehr gut geschnittenen Anzug mit der Lässigkeit, mit der man einen alten Bademantel trägt. Alle Taschen waren ausgebeult, und auf dem Schoß hatte er Zigarettenasche. In der einen seiner breiten Hände hielt er ein dickes Buch und schwang es unaufhörlich hin und her, um damit die Geschichte zu unterstreichen, die er Madame de Valmy erzählte.

Sie lachte, wirkte glücklicher und animierter, als ich sie, seit ich in Valmy war, jemals gesehen hatte. Mir wurde plötzlich bewußt, wie hübsch sie einmal gewesen sein mußte und daß das tragische Ereignis ihr Gesicht in eine starre Maske verwandelt hatte.

Als ich das dachte, drehte sie sich um und sah mich und Philippe neben der Tür stehen, und sofort verschwand die Heiterkeit, und es war demütigend zu sehen, wie sich ihr Gesicht wieder in Langeweile und Ärger verschloß. Ich hätte sie am liebsten deswegen geschlagen, aber dann sah ich, daß Philippe es wahrscheinlich gar nicht bemerkt hatte. Steif und höflich ging er auf Florimond zu, der aufsprang und den es offensichtlich freute, der gereizten Héloise ein Schnippchen zu schlagen.

»Philippe! Welch eine Freude, dich zu sehen! Wie geht es dir?«

»Danke, sehr gut, Monsieur.«

»Hm ja.« Er klopfte dem Jungen auf die Wange. »Du müßtest vielleicht etwas mehr Farbe bekommen, das täte dir gut. Landluft ist das richtige, und die Luft in Valmy bekommt dir, das sieht man dir an.« Er sagte nicht, du siehst besser aus als in Paris, aber man merkte, daß er das dachte, und Philippe antwortete nicht. Es war nicht leicht, ihm jetzt gegenüber Fehler zu vermeiden. Florimond wurde sich des seinen bewußt, wie man ihm deutlich ansah, aber er fügte nur liebenswürdig hinzu: »Nun, mich wundert's nicht, daß Valmy dir guttut. Wenn man das Glück hat, ständig die Gesellschaft einer schönen jungen Frau zu haben, muß man ja aufblühen.«

Philippes äußerst höfliches Lächeln zeigte, daß diese galante Bemerkung über sein Begreifen ging. Und da sie französisch sprachen, durfte auch ich sie nicht verstehen. Ich machte ein so gleichgültiges Gesicht wie möglich und vermied Florimonds Blick.

Héloise de Valmy sagte vom Sofa aus: »Verschwenden Sie Ihre Komplimente nicht, Carlo. Miß Martins Französisch wird zwar immer besser, wie man mir gesagt hat, aber ich glaube nicht, daß sie schon die Stufe der Komplimente erreicht hat.« Dann auf englisch: »Miß Martin, ich möchte Ihnen Monsieur Florimond vorstellen. Sie haben gewiß schon von ihm gehört.« Ich gab ihm die Hand und sagte, ohne nervös zu werden: »Selbst in meinem englischen Waisenhaus haben wir von Monsieur Florimond gehört. Wahrscheinlich sechs Jahre zu spät, aber immerhin.« Ich lächelte im Gedanken an meine billige Konfektionskleidung. »Ob Sie es glauben oder nicht.«

Er tat so, als ob er mich mißverstehe. Er machte eine große galante Geste mit dem Buch, das, wie ich sah, eine Geschichte der Mode war, und sagte: »Sie, Mademoiselle, würden allem, was Sie tragen, Glanz verleihen.«

»Ein so großes Kompliment wirft mich völlig um, Monsieur«, erwiderte ich.

Madame de Valmy sagte amüsiert und in einem freundlicheren Ton, als ich ihn je bei ihr vernommen hatte: »Es ist Monsieur Florimonds beständiger Kummer, daß nur die alten und verblichenen Frauen es sich leisten können, von ihm angezogen zu werden, während die jungen und hübschen ihre Kleider *prêts à porter* kaufen. Wie heißt das doch auf englisch?«

»Von der Stange.«

»Ja. Sie kaufen Ihre Kleider von der Stange, und trotzdem stellen Sie uns in den Schatten.«

»Ihr Englisch ist nicht ganz richtig, Madame«, sagte ich. »Sie verwechseln die Pronomen.«

Florimond hob die Augenbrauen und sagte entzückt: »Chère Madame, das ist ein wirkliches Kompliment. Ein Kompliment der richtigen Art. So elegant, daß man es nicht voraussieht, und so subtil, daß man es selbst dann noch nicht bemerkt, wenn es schon ausgesprochen ist.«

Sie lachte. »Mein lieber Carlo, Komplimente sind selbst heute noch nicht so ganz rar, daß ich sie nicht bemerke, das dürfen Sie mir glauben. Ich danke Ihnen, Miß Martin, es war reizend von Ihnen.« Zum erstenmal, seit ich hier war, spürte ich Wärme und Charme in ihrem Blick.

Aber noch in dem Augenblick, da ich sie anlächelte, geschah es wieder. Die Wärme verschwand aus ihrem Blick, und ihr Gesicht wurde zu einer leeren Schale.

Sie wandte sich ab, um ihre Stickerei wieder in die Hand zu nehmen.

Das Lächeln auf meinen Lippen erstarrte, und ich spürte noch stärker als früher, daß ich aus einem Grunde, den ich nicht verstand, zurückgestoßen wurde. Noch vor einem Augenblick hätte ich schwören mögen, daß sie mich gern mochte, aber jetzt ... ehe sie wieder auf ihre Stickerei hinunterblickte, glaubte ich in ihren Augen jene seltsame Angst zu erkennen, die ich an meinem ersten Tage in Valmy bei ihr wahrgenommen zu haben glaubte.

Aber ich verscheuchte den Gedanken sofort. Wahrscheinlich, dachte ich mitleidig und nur halb verstehend, war Héloise de Valmys Distanz und Kühle nur ein Nebenprodukt der besonderen Selbstbeherrschung des Adels. Und ihre Haltung mir gegenüber – und ebenso Philippe gegenüber – konnte nur einer in ihrer Erziehung begründeten Verschlossenheit entspringen ...

Neben ihrem Ellbogen stand eine Lampe. Der helle Schein fiel sanft auf die dünne weiße Hand. Die Nadel fuhr durch das Leinen und funkelte immer wieder auf. Sie hielt die Augen gesenkt. »Komm, Philippe, setz dich auf diesen Hocker neben mich. Du darfst zehn Minuten bleiben ... Nein, Miß Martin, gehen Sie nicht. Setzen Sie sich und unterhalten Sie Monsieur Florimond an meiner Stelle.«

Sie trug wieder ihre Maske. Gelassen und elegant wie immer saß sie über ihre Handarbeit gebeugt. Es gelang ihr sogar, ein wenig interessiert zu erscheinen, als sie Philippe wie jeden Tag nach allem fragte, was er getan hatte, und seinen höflichen, mühsam herausgebrachten Antworten lauschte.

Neben mir sagte Florimond: »Wollen Sie sich nicht hierher setzen?«

Ich wandte mich ihm dankbar zu und sah, daß er mich mit seinen milden Augen anblickte, denen trotzdem nie etwas zu entgehen schien. Er hatte vielleicht bemerkt, daß die Aufforderung nicht von Herzen kam, und schien jedenfalls jetzt alles tun zu wollen, um mich aufzuheitern. Sein Repertoire an Skandalgeschichten aus vornehmen Kreisen war äußerst amüsant, und wahrscheinlich waren sie zur Hälfte wahr. Und da ich Paris besser kannte, als er ahnte, genoß ich das alles sehr. Er flirtete ein klein wenig – ach, er war darin so erfahren! – und machte ein leicht verblüfftes und dann entzücktes Gesicht, wenn er merkte, daß seine Schmeicheleien, statt mich zu verwirren, mich amüsierten. Er wäre sogar noch verblüffter gewesen, wenn er gewußt hätte, daß er auf eine seltsame Weise mich an Papa erinnerte: ich hatte ein so kluges und geistreiches Geplauder seit neun Jahren, als ich das letztemal bei einem von Papas Trinkgelagen hatte dabei sein dürfen, nicht wieder gehört. Man möge mir verzeihen, daß ich jede Sekunde dieser Unterhaltung über lächerliche Dinge genoß.

Oder sie genossen hätte, wenn nicht immer wieder Héloise de Valmys kalte Augen mich mit jenem undefinierbaren Ausdruck beobachtet hätten, der vielleicht abschätzig oder gelangweilt oder – angstvoll war.

Und wenn ich mich nicht gefragt hätte, wer ihr berichtet haben mochte, daß sich mein Französisch ständig bessere.

Das Erscheinen Seddons mit dem Cocktailtablett unterbrach unser Gespräch. Ich blickte Madame de Valmy fragend an, und Philippe machte Anstalten, sich zu erheben.

Aber noch ehe sie uns wegschicken konnte, sagte Florimond:

»Schicken sie den Jungen nicht weg, Héloise. Nachdem er Ihnen jetzt Rede und Antwort gestanden hat, darf ich mich vielleicht ein wenig mit ihm unterhalten.«

»Worüber wollen Sie mit ihm sprechen, Carlo?« fragte sie lächelnd.

Er hatte die Geschichte der Mode endgültig auf den äußersten Rand eines nicht gerade stabil wirkenden kleinen Tisches gelegt und fischte mit seiner großen Hand in einer seiner vollgestopften Taschen. Er grinste Philippe an, und ich sah, wie das Gesicht des Jungen sich ein wenig entspannte. »Das letztemal, als ich dich sah, mein Junge«, sagte Florimond, »habe ich versucht, dich in den einzig zivilisierten Zeitvertreib für Männer von Verstand einzuweihen. Ach, da hab' ich's endlich...« Er holte aus einer seiner Taschen ein kleines zusammengelegtes Reiseschachbrett mit roten und weißen Figuren heraus. Madame de Valmy lachte: »Die alles andere verdrängende Leidenschaft«, sagte sie mit fast nachsichtiger Stimme. »Das ist sehr schön, Carlo, aber er muß gleich hinaufgehen. Berthe wird schon auf ihn warten.«

Sie wußte ebensogut wie ich, daß das nicht wahr war. Obwohl die Unterhaltung jetzt auf französisch geführt wurde, sah ich, daß sie mir einen raschen Blick zuwarf, und bemühte mich, eine harmlose Miene aufzusetzen. Es war interessant, daß ich nicht die einzige war, die es darauf anlegte, Philippe seinem Onkel fernzuhalten.

Philippe hatte seinen Hocker eifrig zu Florimonds Sessel herangezogen, und die beiden beugten sich bereits über das kleine Schachbrett.

»Nun«, sagte Florimond heiter, »jetzt will ich mal sehen, ob du dich noch an alle Spielregeln erinnerst, *mon gars.* Ich glaube mich zu erinnern, das letztemal hast du ein paar unberechenbare Züge gemacht und ich geriet dadurch in die Klemme, aber deine Vorstellung von dem Spiel hat etwas Ungestümes, Frisches, das zu überraschenden Resultaten führt. Du bist dran.«

»Ich habe schon einen Zug getan«, sagte Philippe ernst, »während Sie sprachen.«

»Tatsächlich? *Pardieu!* Ach, der Bauer! Ein klassisches Gambit, Monsieur... und ich rücke mit diesem Bauern vor. So.«

Philippe beugte sich über das Spiel, runzelte die Brauen und war ganz im Bann der Partie, während über ihm Florimond sich bequem in seinem Sessel zurücklehnte – wobei die Zigarrenasche auf seine gutgeschnittene Jacke fiel –, ihn nachsichtig beobachtete und nicht einen Augenblick mit seinem sanften Geplapper aufhörte, von dem Philippe, wie man nur allzu deutlich merkte, wenn er überhaupt zuhörte, nur jedes dritte Wort verstand. Ich sah den beiden bei ihrem Spiel still zu und spürte eine große, fast liebevolle Zuneigung zu diesem distinguierten Pariser, der, obwohl ihm so vieles andere durch den Kopf ging, es fertigbrachte, in einem kleinen, einsamen Jungen das Gefühl zu erwecken, daß er geliebt werde. Wenn man ihn so sprechen hörte, konnte man glauben, er habe das ganze letzte Jahr nichts anderes zu tun gehabt, als sich auf eine neue Schachpartie mit Philippe zu freuen.

Ich bemerkte dann, daß Madame de Valmy nicht mehr stickte. Ich glaubte, sie interessierte sich für das Spiel, bis ich sah, daß sie gar nicht zu dem Schachbrett hinblickte, ihre Augen starrten auf Philippes gebeugten Kopf. Sie schien mit ihren Gedanken weit weg zu sein.

Ich sah auf die Uhr. Sechzehn Minuten nach sechs. Ich warf Madame de Valmy einen überraschten Blick zu, weil ich angenommen hatte, daß sie ebenso nervös wie ich auf die Uhr achtete. Sie hatte die Hände wieder im Schoß und starrte ins Feuer. Sie war hundert Meilen fern. Ich fragte mich, wo... An keinem hübschen Ort, dachte ich.

»Madame«, sagte ich.

Sie fuhr zusammen und nahm ihre Stickerei so hastig in die Hand, daß sie sich mit der Nadel in den Finger stach. »Verzeihen Sie, Madame, daß ich Sie erschreckt habe. Ich glaube aber, es ist Zeit, daß Philippe hinaufgeht.«

Ich saß mit dem Rücken zur Tür, so daß ich es weder sah noch hörte, als sie sich öffnete. Ich merkte es daran, daß Philippe schnell den Kopf wandte und seine schwarzen Augen weit aufriß.

Léon de Valmys schöne Stimme sagte: »Ach, Philippe. Nein, bleib sitzen. Carlo, was für eine Freude! Warum sehen wir Sie so selten?«

Der Rollstuhl kam leise näher. Für einen so stillen Auftritt war die Wirkung bemerkenswert gut. Philippe sprang von seinem Hocker auf und starrte seinen Onkel wie ein hypnotisierter Vogel an. Monsieur Florimond erhob sich, und Héloise de Valmy legte ihre Stickerei hin und wande sich rasch ihrem Mann zu, während ich, als der Rollstuhl an mir vorüberfuhr, mich auf meinen üblichen Platz am Fenster zurückzog.

Ich glaube nicht, daß Léon de Valmy das bemerkt hatte, aber Philippe hatte es gesehen. Auch er machte eine Bewegung, als ob er flüchten wollte, wurde aber sozusagen mit einem Wort gefesselt. »Nein, Philippe. Ich sehe dich schon allzu selten. Wir müssen Monsieur Florimond dankbar sein, weil ich seinetwegen schon so früh komme. Setz dich.«

Der Junge gehorchte. Der Rollstuhl fuhr neben das Sofa und hielt dann an. Léon de Valmy, der offensichtlich in bester Stimmung war, sagte fast heiter zu Florimond: »Es ist sehr nett von Ihnen, daß Sie uns einmal aufsuchen, Carlo. Was hat Sie nach Genf geführt?«

Florimond setzte sich wieder bequem in seinen Sessel. »Ich war auf der Suche nach einem bestimmten Material. Rose

Gautier und ich haben etwas ausgeheckt, um die Spießbürger im nächsten November zu erschrecken, und ich bin nach Genf gefahren, um die Herstellung des Stoffes zu beaufsichtigen.« Er lächelte seinen Gastgeber liebenswürdig an. »Zumindest ist das der Vorwand. Wenn ich es eben ermöglichen kann, versuche ich zu dieser Zeit immer aus Paris zu fliehen.«

Léon de Valmy goß Cocktails ein, und als er dann in seinem Rollstuhl wieder auf den Kamin zufuhr, bemerkte er das Schachbrett auf dem niedrigen Tisch.

Er hob seine schwarzen Brauen. »Schach? Reisen Sie nie ohne das Ding, Carlo?«

»Nie. Darf ich hoffen, daß Sie heute abend eine Partie mit mir spielen?«

»Mit Vergnügen.« Léon de Valmy betrachtete das Brett. »Rot hat offenbar in jedem Sinn des Worts recht kurzsichtig gespielt. Ich wußte, daß du für Schach nicht sehr begabt bist, meine liebe Héloise, aber daß du es so schlecht spielst, wußte ich denn doch nicht.« Sie lächelte nur, ohne sich die Mühe zu machen, es abzustreiten. Es war übrigens auch nicht nötig. Er wußte, wer gespielt hatte, und Philippe wußte, daß er es wußte.

»Ach, du lieber Himmel!« sagte Florimond ruhig und beäugte die Miniaturfiguren. »Ich habe mich selber tüchtig blamiert. Vielleicht brauche ich eine Brille. Sie haben ganz recht, mein lieber Léon. Es ist ein Fehler, seinen Gegner zu unterschätzen. Tun Sie das nie.« Die große Hand schob ein paar Figuren schnell hin und her. In dem klugen Gesicht spiegelte sich nichts als Interesse an den Liliputanermanövern auf dem Schachbrett.

Ich sah, wie Léon de Valmy ihm einen kurzen verstohlenen Blick zuwarf. »Das tue ich nicht.« Dann lächelte er Philippe zu, der stumm auf dem Hocker saß. »Komm, spiel die Partie zu Ende, Philippe. Deine Tante wird dich bestimmt noch nicht hinaufschicken.«

Philippe wurde, wenn das überhaupt noch möglich war, noch kleiner und steifer als zuvor.

»Ich... ich möchte das lieber nicht.«

Léon de Valmy sagte freundlich: »Du darfst dich von deiner Niederlage nicht bedrücken lassen.«

Der Junge wurde dunkelrot. Und Florimond sagte: »Wir können sowieso nicht weiterspielen. Ich habe die Figuren schon durcheinandergebracht. Die Lage war nicht ganz so, wie dein Onkel es annahm, Philippe, aber ich weiß nicht mehr, wie. Es tut mir leid. Ich hoffe sehr, du wirst mir die Freude machen, ein andermal mit mir zu spielen. Du spielst sehr gut.«

Er schob das Brett beiseite und lächelte zu dem Jungen hinunter, der ihn dankbar anblickte. Dann lehnte er sich in seinem Sessel zurück und begann wieder ohne jeden Übergang eine seiner unwahrscheinlichen Geschichten zu erzählen, wodurch er die allgemeine Aufmerksamkeit von neuem auf sich zog. Philippe saß regungslos da. Das Bild schmollender Isolierung. Ich beobachtete ihn, immer noch wütend auf die Erwachsenen. Er mußte das gespürt haben, denn schließlich blickte er auf. Ich blinzelte ihm zu und grinste, aber er reagierte nicht darauf. Er senkte wieder die Lider. Dann öffnete sich die Tür, und Seddon, der Butler, kam herein. Er ging auf Madame de Valmy zu.

»Madame, Monsieur Raoul hat soeben angerufen.«

Ich sah, wie sie ihrem Mann einen schnellen Blick zuwarf. »Monsieur Raoul? Was wollte er, Seddon?«

»Er bat mich, Ihnen zu sagen, er sei auf dem Wege hierher, Madame.«

Léon de Valmy setzte sein Glas mit einer so heftigen Bewegung auf die Sessellehne, daß es klirrte. »Auf dem Wege hierher? Wann kommt er? Von wo hat er telefoniert?«

»Das kann ich leider nicht sagen, Sir. Aber es war nicht in Bellevigne. Er sagte, er käme irgendwann heute abend her.«

Eine Pause. Ich bemerkte das leise unregelmäßige Ticken der hübschen kleinen Uhr auf dem Kaminsims.

Dann sagte Florimond: »Wie nett! Ich weiß nicht, wann ich Raoul zum letztenmal gesehen habe. Er wird doch hoffentlich zum Essen hier sein?«

»Nein, Monsieur«, sagte Seddon. »Er hat gesagt, es könne spät werden und man solle nicht auf ihn warten, aber er werde noch heute abend kommen.«

»Das war alles, was er ausgerichtet hat?« fragte Léon de Valmy.

»Ja, Sir.«

»Hatten Sie den Eindruck, daß in Bellevigne... etwas nicht in Ordnung ist?« sagte Madame de Valmy.

»Nein, Madame.«

Florimond lachte. »Machen Sie nicht ein so besorgtes Gesicht, meine Liebe. Sie haben dort wahrscheinlich eine Woche lang Mistral gehabt, und er hat davor flüchten wollen.«

»Er flüchtet für gewöhnlich dann nicht hierher«, sagte Raouls Vater trocken. »Nun, gut, Seddon, danke.«

»Vielleicht wären Sie so freundlich und sagten Ihrer Frau gleich wegen des Zimmers Bescheid.«

»Selbstverständlich, Madame.« Seddon, dessen Gesicht ausdruckslos war wie immer, verbeugte sich. Ich sah, wie Héloise de Valmy von neuem ihrem Mann einen Blick zuwarf. Von dort, wo ich saß, konnte ich das Gesicht nicht sehen, aber sie biß sich auf die Unterlippe, und zu meiner Überraschung sah sie blaß und bekümmert aus.

Das war ja ein heiteres Willkommen für den Sohn des Hauses. Er und Philippe... Das Château Valmy schien alles andere als das gemütliche Heim einer Familie zu sein.

Der Lüster in der Mitte des Raums ging an. Seddon zog die Vorhänge zu und goß neue Cocktails ein. Gläser klirrten, und jemand lachte. Philippe half Florimond heiter, die kleinen Schachfiguren einzupacken, und in dem hellen Licht schienen sich gleich darauf alle Spannungen aufzulösen und zu verschwinden. Kaminfeuer, Gelächter, der Geruch von Tannenholzscheiten und Parfüm, das Rasseln der Vorhangringe und das Rascheln der schweren Brokatvorhänge, die zugezogen wurden... es war absurd, das schöne Schloß Valmy mit geheimnisvollen Geistern zu bevölkern.

Philippe war für den Rest des Abends sehr einsilbig. Nachdem er zu Bett gegangen war, aß ich allein in meinem Zimmer zu Abend. Es war Albertine, Madame de Valmys Zofe mit dem säuerlichen Gesicht, die mir das Essen brachte. Sie tat es vollkommen stumm, um damit zu betonen, daß sie sich nur sehr ungern so erniedrigte.

»Danke, Albertine«, sagte ich heiter, als sie die letzte Schüssel hingesetzt hatte. »Ach, und übrigens...«

Sie drehte sich in der Tür um und sagte wenig freundlich: »Ja?«

»Wissen Sie vielleicht«, fragte ich, »ob ich Mrs. Seddon ihre Tabletten in der letzten Woche mitgebracht habe oder nicht?«

»Non«, erwiderte sie und wandte sich zum Gehen.

»Soll das heißen, ich hätte sie nicht mitgebracht, oder können Sie sich nicht daran erinnern?«

Ohne sich umzudrehen, antwortete sie mürrisch: »Es soll heißen, ich weiß es nicht. Warum?«

»Nur weil Mrs. Seddon mich gebeten hat, die Tabletten heute zu besorgen, und Monsieur Garcin sagte, er habe sie mir schon in der vorigen Woche verkauft. Wenn es so ist, dann muß ich ihr sie mit dem anderen, was ich für sie besorgt habe, gegeben haben. Ich kann mich überhaupt nicht daran erinnern. Wissen Sie, ob sie mir außer der Liste auch ein Rezept gegeben hat?«

Sie zuckte die Schultern. »Vielleicht. Ich weiß es nicht.« Sie blickte mich verächtlich an. »Warum fragen Sie sie nicht selber?«

»Gut, ich werde das tun«, erwiderte ich kühl. »Weiter wollte ich nichts, Albertine.«

Aber die Tür hatte sich schon hinter ihr geschlossen. Ich starrte einen Augenblick mit zusammengepreßten Lippen auf sie und begann dann zu essen. Als kurz darauf jemand an die Tür klopfte und Mrs. Seddon hereinkam, sagte ich ohne jede Vorrede: »Diese Albertine! Was hat sie bloß? Sie ist ein wahrer Drachen.«

»Ach die«, brummte Mrs. Seddon. »Sie ist so aufgebracht, weil ich ihr gesagt habe, sie solle Ihnen Ihr Essen hinaufbringen. Und ich glaube, sie wird jedesmal eifersüchtiger, wenn Madame einen anderen auch nur anlächelt. Sie weiß, Madame mag Sie gern, und das schlägt dem Faß den Boden aus.«

Überrascht sagte ich: »Madame mag mich gern?«

»Sie hat schon viel Gutes über Sie gesagt«, antwortete Mrs. Seddon, »darum machen Sie sich keine Gedanken, wenn Albertine Ihnen nicht gut ist.«

Ich lachte. »Nein, das tue ich nicht. Wie ist es mit ihrem Asthma? Es scheint sich zu bessern.«

»Ja. Es kommt und geht. Zu dieser Jahreszeit habe ich immer etwas darunter zu leiden, aber es ist lange nicht mehr so schlimm, wie es war. Ich erinnere mich, wie, als ich noch ein kleines Mädchen war, Miß Debbees Mutter zu mir sagte...«

Ich unterbrach ihren Redestrom mit durch lange Praxis erworbenem Geschick. »Monsieur Garcin wollte mir heute das Antihistamin nicht geben. Er sagte, ich hätte es schon in der vorigen Woche bekommen. Habe ich es Ihnen gegeben, Mrs. Seddon?«

»War es vorige Woche? Ja, vielleicht. Monsieur Garcin hat wahrscheinlich recht. Ich werde heute abend in meinem Schrank nachsehen. Es tut mir leid, daß ich Ihnen damit Plage gemacht habe.«

»Bleibt Monsieur Florimond die Nacht oder ist er nur zum Abendessen hier?« fragte ich.

»Er ist nur zum Abendessen gekommen, aber er wird sicher sehr lange bleiben, um Monsieur Raoul zu sehen. Wenn der Nebel noch dichter wird, werden sie ihn aber gewiß bitten, die Nacht zu bleiben.«

Ich stand auf und ging zu der Balkontür.

»Ich sehe keinen Nebel. Es scheint ein ziemlich klarer Abend zu sein.«

»Wir sind hier oben zu hoch. Aber die Straße führt fast nur am Fluß entlang, und im Nebel hat es dort schon manchen Unfall gegeben. Im Dunkeln ist es eine tückische Straße.«

»Das kann ich mir denken.« Ich kehrte zu meinem Stuhl zurück und fügte in Erinnerung an die peinliche Stunde im Salon hinzu: »Vielleicht wird Monsieur Raoul heute abend überhaupt nicht kommen.«

Sie schüttelte den Kopf. »Er wird kommen. Wenn er gesagt hat, er kommt, dann kommt er auch.« Sie musterte mich einen Augenblick und sagte dann: »Haben sie unten so etwas gesagt?«

»Nein. Sie fragten sich nur, was ihn herführe.«

»Da gibt es nicht viel zu fragen«, sagte sie dunkel. »Er kommt nur wegen einem her, und das ist Geld.«

»Ach?« sagte ich verlegen. Auch der Klatsch hatte schließlich seine Grenzen. »Ich glaubte... Ich hatte den Eindruck, es habe etwas mit Bellevigne zu tun.«

»Nun«, sagte Mrs. Seddon, »das meine ich eben. Es ist immer Bellevigne und Geld.« Sie seufzte. »Ich habe Ihnen doch gesagt, Monsieur Raoul verwaltet es für ihn, und hin und wieder kommt er hier herauf und spricht mit ihm darüber und dann« – sie seufzte von neuem – »gibt es eine Auseinandersetzung. Monsieur Raoul will nämlich jedesmal Geld für Bellevigne haben, und der Herr will es für Valmy haben und darum...«

»Monsieur Raoul muß ein sehr tüchtiger Landwirt sein«, sagte ich hastig.

»Ich leugne das nicht. Er macht seine Sache in Bellevigne gut – dafür ist er seinem Vater zu ähnlich, wenn Sie verstehen, was ich meine – aber sie sagen, zwischendurch sumpft er dort viel herum. Man erzählt sich Geschichten...«

»Man darf nicht alles glauben, was man hört«, sagte ich.

»Nein, das stimmt«, sagte Mrs. Seddon, »und besonders, wenn es um Monsieur Raoul geht. Denn er gehört zu den Menschen, über die man noch reden würde, wenn sie in einem Kloster lebten.«

»Da haben Sie bestimmt recht.«

»Aber ich möchte wissen, woher er das Geld hat.« Mrs. Seddon war jetzt ganz in Fahrt. »Woher hat er das Auto, mit dem er das letztemal herkam? Er hat es bestimmt nicht von dem Herrn bekommen. So frage ich Sie, woher hat er es?«

»Nun, woher?« sagte ich.

»Das können Sie wirklich fragen. Ich habe gehört, wie ihm der Herr, als er das letztemal hier war, die gleiche Frage stellte. Aber Monsieur Raoul hat es ihm nicht verraten, hat nur gesagt, es habe etwas mit einer Glücksnacht und einer Glückszahl zu tun.«

Ich lachte. »Das klingt, als hätte er im Roulett gewonnen.«

Sie blickte mich ein wenig entsetzt an. »Nun, Miß, ich habe nichts gegen ein hübsches Whistspiel, das tut niemandem weh, aber – ich frage mich oft, was hätte Miß Debbee dazu gesagt. Wie oft hat sie zu mir gesagt: ›Mary‹...«

»Entschuldigen Sie«, sagte ich rasch, »aber es ist Zeit für Philippes Schokolade. Ich habe ihm erlaubt, noch im Bett zu lesen, aber jetzt muß ich bei ihm das Licht ausmachen.«

Sie folgte mir in die kleine Küche, wo der Lichtschein auf

die blitzsaubere Emaille des kleinen Herdes fiel und Topf, Becher und Löffel bereitstanden. Ich goß Milch in den Topf, setzte ihn auf den Herd und schaltete ihn ein.

Sie blieb in der Tür stehen und wandte sich noch einmal um.

»Mrs. Seddon, Philippe freut sich doch sehr, wenn Monsieur Raoul kommt, nicht?«

Sie starrte mich an, und dann schüttelte sie den Kopf.

»Monsieur Raoul kennt ihn kaum, Miß. Vergessen Sie nicht, der kleine Junge ist erst kurz vor Ihnen hergekommen, und Monsieur Raoul war seitdem noch nicht wieder hier.«

»Dann muß Monsieur Raoul ihn öfter in Paris, oder als er bei Monsieur Hippolyte war, gesehen haben.«

»Er hat ihn nicht gesehen. Das weiß ich. Und ich möchte wetten, Monsieur Raoul und Philippe haben sich kaum einmal in Paris gesehen.«

»Aber als wir heute abend Monsieur Florimonds Wagen den Berg heraufkommen hörten, ist Philippe auf den Balkon gestürmt – und es war bestimmt nicht Florimond, den er zu sehen hoffte. Er wirkte sehr enttäuscht... ja geradezu verzweifelt... Auf wen sonst hätte er sich freuen können, wenn nicht auf seinen Vetter Raoul?«

Zu meinem Entsetzen merkte ich, daß sie plötzlich Tränen in den Augen hatte. Sie schüttelte den Kopf und wischte ihre Wangen mit dem Rücken ihrer plumpen Hand. »Armes Wurm, armes Wurm!« war alles, was sie sagte. Aber nachdem sie ein- oder zweimal geschnüffelt und sich mit dem Taschentuch die Nase geputzt hatte, sagte sie, und, was ich da hörte, war furchtbar:

»Er hat sie natürlich nicht tot gesehen. Er durfte auch nicht zu dem Begräbnis gehen. Und mein Mann und ich glauben, er will es nicht wahrhaben, daß sie tot sind. Sie sollten vom Flughafen im Auto zurückkommen, und er wartete auf sie, und sie kamen nicht. Er hat sie nie wiedergesehen. Und ich glaube, er wartet noch immer auf sie.«

»Das ist entsetzlich.« Ich schluckte. »Das ist entsetzlich, Mrs. Seddon.«

»Ja. Und sobald ein Auto heraufkommt, stürzt er hinaus. Ich habe das selber gesehen. Ein Glück nur, daß nur selten eins kommt. Sonst könnte es schließlich noch geschehen, daß er einmal dabei auf den Kies fiele oder wie ein Käfer von einer Nadel von einer der Eisenspitzen aufgespießt würde.«

Mich schauderte. »Ich werde auf ihn aufpassen«, sagte ich.

»Ja, tun Sie das«, sagte Mrs. Seddon.

Siebentes Kapitel

Philippe schlief schon, zu einem kleinen Bündel unter der Decke zusammengerollt. Das Licht brannte noch, und sein Buch war auf den Boden geglitten. Er hielt etwas in der Hand gepreßt, und ich zog das Laken zur Seite, um zu sehen, was es war: einer der Soldaten der Königin mit den Pelzmützen.

Ich hob das Buch auf, strich die Bettdecke glatt, knipste das Licht aus und ging mit der Schokolade, die nicht mehr begehrt wurde, in die kleine Küche zurück.

Als ich wieder in meinem Zimmer war, trat ich auf den Balkon hinaus und schloß die Vorhänge hinter mir, damit kein Lichtschein hinausfiel.

Es war eine stille und ungewöhnlich warme Nacht. Von Nebel war noch nichts zu bemerken, aber ich glaubte fern in den Tiefen des Tals ein blasseres Dunkel sehen zu können. Der Frühlingsdunst hing in der Luft. Eine Eule rief unter mir tief im Wald, und dann noch einmal. Die gedämpfte Melancholie des Rufes fand mich zu einem Echo nur allzu bereit. Ich war müde und deprimiert. Zuviel war an diesem Tage geschehen. Und die angenehmen Dinge – die Begegnung am Morgen mit William Blake und mein heiterer Flirt mit Florimond in dem Salon – waren schon fast vergessen. Es war nur noch eine seltsame Leere in mir.

Ich biß mich auf die Lippen und rief mich selber zur Ordnung. Ich durfte hier nicht traurig in den Frühlingsdunst starren und mir vorstellen, ich sei für den Rest meines Lebens in die Ecke der Bühne verbannt, an den Rand des Konversationsstücks.

Und was wollte ich eigentlich? Wieder in die Illusion zurück, die Florimonds Höflichkeit in mir geweckt hatte, daß er und ich und Madame de Valmy wie Gleichgestellte am Kamin sitzen konnten? Um dort zu sein, wo Madame de Valmy war, wo ich vielleicht noch immer wäre, wäre nicht vor neun Jahren das Unglück geschehen? Nun, das war vorüber, und je früher ich mich damit abfand, und auch damit, daß das Fest zu Ende war, desto früher würde ich aufhören, mich melancholischen Stimmungen und Erinnerungen hinzugeben.

Ich zog meinen Mantel an und ging aus.

Sehr langsam ging ich die Zickzackstraße hinunter, denn in dem schwachen Mondlicht war der Hang trügerisch, und die leichte Feuchtigkeit machte die Straße schlüpfrig. Es gab einen steilen Pfad durch den Wald, auf dem man schneller hinuntergelangte als auf der Straße, aber unter den Bäumen würde es zu dunkel sein, und darum ging ich ihn nicht, sondern blieb auf der Straße.

Die Luft war sehr still. Unter mir im tiefen Tal sah ich jetzt am Fluß ganz deutlich blasse Nebelschwaden. In den welken Blättern vom vorigen Jahr raschelte es. Ich erinnerte mich absurderweise daran, daß es in Frankreich noch Bären und Eber und wahrscheinlich auch Wölfe gab. Und sicherlich auch Werwölfe und Vampire... Mich über mich selber lustig machend, gelangte ich schließlich zum Fluß hinunter und zu der Brücke, die auf die Landstraße führte. Die Brücke, die aus dem 18. Jahrhundert stammte und eine gemeißelte Brüstung hatte, schwang sich anmutig über den Fluß. Es herrschte hier ein dichter Nebel, aber nur stellenweise. Dort, wo ich stand, reichte er bis zur Taille, aber unter der Brüstung zu meiner Rechten lag er wie eine Schneebank über dem Wasser, hier und dort von den Spitzen der Binsen und den schwarzen Speeren toter Zweige durchbohrt.

Das Wasser selber war unsichtbar. Düster rauschte es durch das Dunkel. Der Eule krächzender Schrei hörte sich hier unten weniger traurig an, klang weniger hohl durch die kahlen Äste. Ich stand reglos in der Mitte der Brücke, die Hände tief in den Taschen vergraben, und blickte zu dem steilen bewaldeten Hang auf der anderen Seite der Landstraße hinauf. Jetzt, in dem schwachen Mondlicht, war der Wald nur eine dunkle Masse, eine sich auftürmende düstere

Wolke, die nur dort ein wenig heller wurde, wo die Mondsichel die Wipfel der Tannen berührte.

Ein Lastwagen donnerte jetzt am Ende der Brücke vorüber.

Ich hatte das Auto nicht bemerkt, das leise hinter dem riesigen Lastwagen herfuhr. Ich sah es erst, als es scharf in die schmale Brücke einbog und wie ein Torpedo auf mich zugeschossen kam. Es war eine sanfte Kurve, und er nahm sie schnell. Ich stand plötzlich mitten im Scheinwerferlicht und hörte die Bremsen kreischen, als bissen sie auf Metall. Ich sprang zur Seite. Die Lichter schlingerten, die Reifen quietschten, und es war, als rissen sie den Asphalt auf. Ein Meter, das war alles, was ihm noch blieb. Etwas packte mich und zerrte an mir. Ich rutschte auf der glitschigen Straße aus und fiel flach neben die Brückenbrüstung, als der Wagen dreißig Zentimeter von mir entfernt vorüberraste und dann jenseits der Brücke mit knapper Not anhielt.

Der Motor verstummte. Die Tür schlug zu. Léon de Valmys Stimme sagte: »Wo sind Sie? Sind Sie verletzt? Ich habe Sie doch wohl nicht angefahren?« Schnelle Schritte hallten über den Asphalt. »Wo sind Sie?«

Ich hatte mich halb erhoben und hielt mich krampfhaft an der Brüstung fest. Als ich die Schritte und die vertraute Stimme hörte, glaubte ich, meinen Verstand verloren zu haben. Ich war auch blind. Ich konnte nichts und niemanden sehen. Ich zitterte am ganzen Leibe, als ich mich erhob.

Aber ich war doch nicht blind. Der Nebel sank und wirbelte wieder bis zur Höhe meiner Taille, als ich mich umdrehte und an die Brüstung lehnte.

Ich war auch nicht wahnsinnig. Der Mann, der im Mondschein auf mich zukam, war nicht Léon de Valmy, wenn auch Léon de Valmy vor dreißig Jahren wahrscheinlich genauso ausgesehen hatte. Wie bei seinem Vater war mein erster Eindruck von Raoul de Valmy, daß er bemerkenswert gut aussah. Aber während Alter und Kindheit dem Vater die feingezeichneten Züge, das Gesicht eines gefallenen Engels gegeben hatten, über das er sich bei unserer ersten Begegnung lustig gemacht hatte, hatte Raoul nichts davon. Er sah nur zäh, arrogant und (im Augenblick) wütend aus. Es war nicht die richtige Zeit, um zu beurteilen, ob er den Charme besaß, den sein Vater anscheinend, wenn er wollte, ausstrahlen konnte, obwohl seine Persönlichkeit einem genau den gleichen Schock versetzte. Aber auch hier war ein Unterschied: wo Léon de Valmy sich sozusagen klein machte und nur im geheimen brannte, loderte Raoul. Und es war jetzt nicht nur jemand, der loderte, er war so mitgenommen, wie ich es war, und das hatte ihn wütend gemacht.

Ich setzte mich auf die Brückenbrüstung und wartete. Er überragte mich, finster dreinblickend, im nebligen Mondschein. Er war groß, dunkelhaarig und hübsch – ich kann es nicht anders beschreiben als mit diesem romantischen Klischee – und so unwiderstehlich, daß ich mir vornahm, ihn von Anfang an nicht zu mögen.

Scharf sagte er: »Sind Sie verletzt?«

»Nein.«

»Habe ich Sie angefahren?«

»Nein.«

»Sie nicht einmal gestreift?«

Mit zitternden Fingern strich ich meinen Mantel glatt. »N-nein.«

»Ist Ihnen wirklich nichts passiert?«

»Nein. Ich... nein. Danke.«

Ich hörte, wie er erleichtert aufatmete. Er entspannte sich und sagte ärgerlich: »Dann sagen Sie mir bitte, warum, zum Teufel, Sie im Nebel mitten auf der Straße gestanden haben! Sie wären um ein Haar ums Leben gekommen und wenn, dann hätten Sie es verdient.«

Auch mir gingen die Nerven durch; ich war es nicht gewöhnt, so angeschnauzt zu werden. Ich hob den Kopf und blickte ihn fest an. »Dies ist keine öffentliche Straße, und ich habe das Recht, mitten auf ihr zu stehen, zu sitzen oder zu liegen, wenn es mich danach verlangt. Ich habe Sie nicht erwartet – jedenfalls hatte ich ganz vergessen, daß Sie kamen, und Sie brauchten nicht in diesem schnellen Tempo zu fahren, ob es nun eine Privatstraße ist oder nicht.«

Ein paar Sekunden lang schwieg er, und ich hatte den Eindruck, daß meine Worte ihn aus der Fassung gebracht hatten. Dann sagte er milde: »Ich bin nur fünfzig gefahren, und ich kenne die Straße wie meine Westentasche.«

»Fünfzig!« sagte ich mit schriller Stimme wütend. »Das ist noch viel zu schnell, zumal bei Nebel.«

»Ich konnte den Weg sehr gut sehen, und mein Wagen liegt in den Kurven wie ein brütende Henne.« Seine Stimme klang jetzt amüsiert, und das machte mich noch wütender.

»Brütende Henne oder nicht. Sie hätten mich fast überfahren«, sagte ich.

»Das weiß ich wohl. Aber wie konnte ich erwarten, daß jemand zu dieser Nachtzeit auf der Brücke stand...«

Er hielt inne und fuhr dann in noch heiterem Ton fort: »Aber was brauche ich mich überhaupt zu verteidigen, da ich Sie ja nicht überfahren habe! Vielleicht haben Sie die Güte, mir jetzt zu sagen, wieso Sie sich für berechtigt halten, in der Mitte dieser Privatstraße zu stehen – oder haben Sie dort gelegen? Dies ist mein – dies ist das Valmy-Gut, wissen Sie.«

Ich war damit beschäftigt, meine schmutzigen Hände an einem Taschentuch abzuwischen. »Ja«, sagte ich. »Ich wohne hier.«

Er blickte mich überrascht an. »Sie sind doch bestimmt nicht einer von den... hm...«

»Dienstboten? In gewisser Weise«, erwiderte ich. »Ich bin Philippes Erzieherin.«

»Aber man hat mir doch gesagt, das sei eine Engländerin.«

Es war mir, als hätte ich einen heftigen Schlag in den Magen bekommen. Mir wurde plötzlich bewußt, daß ich die ganze Zeit französisch gesprochen hatte. In meiner Verwirrung hatte ich ihm, ohne nachzudenken, in der Sprache geantwortet, die er als erster benutzt hatte.

Mit matter Stimme sagte ich: »Ich... ich hatte es vergessen.«

»Sie sind Engländerin?« sagte er.

Ich nickte. »Linda Martin aus London. Ich bin seit drei Wochen hier.«

»Dann erlauben Sie mir, Ihnen zu Ihren Fortschritten zu gratulieren, Miß Martin.«

Aber dieser zweite Schock hatte mich völlig aus der Fassung gebracht. Der trockene Ton seiner Stimme war dem Léon de Valmys so ähnlich, daß ich mich mit ein wenig zu hoher Stimme sagen hörte: »Da Sie bestimmt wissen, daß ich nicht allein mein Französisch in den letzten drei Wochen gelernt haben kann, Monsieur de Valmy, quälen Sie mich nicht auch noch damit!«

Diese Bemerkung war sehr ungerecht von mir, und ich war fast auf die grobe Antwort gefaßt, die ich verdiente. Aber er sagte nur: »Verzeihen Sie. Und haben Sie sich inzwischen wieder so weit erholt, daß Sie gehen können? Es ist nicht gut, daß Sie hier noch länger stehen und sprechen. Sie haben bestimmt einen starken Schock erlitten. Wir werden in den Wagen steigen, und ich fahre Sie dann zum Schloß hinauf.«

Wie sein Vater verstand er es, einen zu entwaffnen. Gehorsam glitt ich von der Brüstung herunter, wobei er mich am Ellbogen stützte. »Mir fehlt nichts«, sagte ich.

Aber als ich versuchte, zu dem Wagen zu gehen, merkte ich, daß meine Knie noch stark zitterten, und ich war ihm dankbar, daß er mich stützte.

»Sie hinken ja«, sagte er. »Sie sind verletzt.«

Ich beruhigte ihn. »Nicht durch Sie. Ich bin ausgerutscht und gefallen, als ich aus dem Wege zu springen versuchte. Ich habe mir nur mein Knie etwas aufgeschürft. Es ist wirklich weiter nichts.«

In besorgtem Ton sagte er: »Nun, ich glaube, je früher ich Sie zum Schloß hinaufbringe und Sie einen Cognac trinken, desto besser. Sie müssen leider auf der Seite, wo das Steuer ist, einsteigen. Die andere Tür läßt sich im Augenblick schwer öffnen.«

Das war, wie ich sah, nur allzu wahr. Als der große Wagen ausgebogen war, um mich nicht zu überfahren, war er auf dem feuchten Asphalt ein wenig gerutscht und dicht an den rechten Rand der Straße hinter der Brücke gefahren. Der Rand war dort ein schlammiger Grashang, der zum Glück nicht sehr steil, doch immerhin so steil war, daß der Wagen bedenklich schräg lag.

Ich betrachtete ihn schuldbewußt und blickte dann zu Raoul de Valmys Gesicht auf, in dem sich kein Muskel regte.

»Er ist doch wohl nicht beschädigt?«

»Ich glaube es nicht. Wollen Sie lieber auf der Straße warten, während ich ihn wieder in die richtige Lage bringe, oder möchten Sie gleich einsteigen und sich setzen?«

»Ich glaube, wenn es Ihnen gleich ist, setze ich mich lieber hinein.«

»Natürlich.« Er öffnete die Tür. Ich stieg ein, was mir ein wenig schwer wurde, da mein Knie völlig steif war, und drängte mich an dem Steuerrad vorbei auf den Sitz daneben. Er beugte sich in den Wagen hinein und griff im Dunkeln unter das Armaturenbrett. Man hörte ein Klicken, und die Scheinwerfer gingen an, so daß die erste Biegung und der Hang der Straße vor uns aufleuchteten, eine gezackte weiße Mauer aus Bäumen und Felsen knapp zwei Meter vor der Stoßstange.

Er blickte nicht einmal zu mir hin. »Einen Augenblick«, sagte er, schlug die Tür zu und ging um den Wagen herum nach hinten.

Ich schloß die Augen, um diese hohe Felsmauer nicht zu sehen, lehnte mich in dem tiefen Sitz zurück und entspannte mich, so gut ich es vermochte.

Er warf mir einen verstohlenen Blick zu, als er sich neben mich setzte. »Geht's Ihnen gut?« Ich nickte. »Wir sind jetzt bald zu Hause. Halten Sie sich fest.«

Er drückte auf den Starter, und der Motor erwachte zum Leben. Sehr behutsam steuerte er den schweren Wagen geradeaus und dann nach links. Das Auto bewegte sich, ruckte, zögerte, und dann schossen die Vorderräder auf die Straße hinunter. Die Hinterräder schienen sich einen Augenblick lang zu heben, glitten dann ebenfalls hinunter, und der Wagen rollte auf die Straße und hielt dort leise schaukelnd an.

»Et voilà«, sagte Raoul de Valmy und lächelte mich an.

Als seine Hand an der Handbremse zog, sagte ich leise: »Monsieur de Valmy.«

Die Hand hielt inne! »Ja?«

»Bevor Sie mich zurückfahren, möchte ich mich entschuldigen. Es tut mir wirklich sehr leid.«

»Entschuldigen? Wofür denn? Meine liebe...«

»Seien Sie bitte nicht so milde. Ich weiß, es war wirklich meine Schuld, und wenn Sie so nett sind, komme ich mir ganz jämmerlich vor.« Ich hörte ihn lachen, aber ich fuhr kläglich fort: »Ich hatte auf der Straße nichts zu suchen, und Sie haben mir das Leben gerettet, und dann bin ich noch obendrein grob zu Ihnen gewesen, und Sie waren nur nett zu mir, während neunundneunzig von hundert Fahrern mich angebrüllt hätten. Und ich bin wirklich sehr beschämt. Und...« Ich holte Atem und schloß idiotisch: »Wenn Ihr Wagen beschädigt ist, können Sie ihn von meinem Gehalt reparieren lassen.«

Er lachte immer noch. »Vielen Dank. Aber er ist nicht im geringsten beschädigt.«

»Ist das die Wahrheit?« fragte ich argwöhnisch.

»Ja. Nicht ein Kratzer. Ich glaubte, ich hätte etwas gehört, als er ins Rutschen kam, aber es war nur ein kleiner Ast, der gegen das Rad gestoßen ist. Entschuldigen Sie sich bitte darum nicht, Miß Martin. Wenn jemand sich entschuldigen muß, dann bin ich es. Ich glaube, ich habe Sie angeschnauzt, und das tut mir leid.«

»Das war nur richtig«, sagte ich. »Wir hatten beide ein wenig die Nerven verloren. Ich wußte gar nicht mehr, wo ich war oder was ich sagte.«

Er schwieg. Er schien zu warten. Er machte keine Anstalten, den Wagen in Gang zu setzen. Ich warf ihm einen verstohlenen Blick zu und sah, daß er mich unverwandt beobachtete, aber die Heiterkeit war aus seinem Gesicht verschwunden. Es war ein etwas unheimlicher Blick, und obwohl er viel netter zu mir gewesen war, als ich es verdiente, preßte ich, um mir Mut zu machen, meine Hände zwischen den Knein ineinander.

»Ich wußte so wenig, was ich sagte«, sagte ich, »daß ich fürchte, ich habe mich verraten.«

»Als sie zu mir französisch sprachen.« Er sagte das nicht fragend.

»Ja.«

Er stellte den Motor ab und knipste die Scheinwerfer aus, so daß der Wagen wie eine kleine Insel in dem schwachen Schein der Seiten- und Schlußlichter stand. Er wandte sich mir halb zu, ich konnte jetzt sein Gesicht sehen. »Das ist interessant«, sagte er. »Ich habe mich also nicht geirrt.«

»Daß sie nicht wußten, daß ich eine halbe Französin bin, als ich die Stellung bekam? Ja.«

»Ich bin nicht Ihr Arbeitgeber, wissen Sie«, sagte er. »Sie

sind mir keine Erklärung schuldig. Aber, verzeihen Sie meine Neugier, haben Sie meinen Vater und Madame de Valmy darüber absichtlich getäuscht?«

»Ich... ich habe es getan.«

»Warum?«

»Weil ich die Stellung haben wollte.«

»Aber ich verstehe nicht, weshalb...«

Ich preßte meine Hände fest zusammen und sagte vorsichtig: »Ich brauchte die Stellung. Ich will versuchen, Ihnen zu erklären, warum, obwohl ich nicht glaube, daß Sie es verstehen werden...« Er wollte etwas erwidern, doch ich fuhr schnell fort: »Ich bin zur Hälfte Französin, und ich bin in Paris aufgewachsen. Als ich vierzehn war, kamen meine Eltern beim Absturz eines Flugzeugs ums Leben. Ich bin schließlich in ein Waisenhaus in London gekommen... Sind Sie schon einmal in einem Waisenhaus gewesen?«

»Nein.«

»Nun, ich will mich auch da nicht über Einzelheiten auslassen. Man war dort sehr freundlich zu mir, aber ich wollte – ach, ich wollte leben, einen Platz in der Welt finden, der meiner war, und das schien mir irgendwie nicht zu gelingen. Durch den Krieg hatte ich nicht viel gelernt, und so konnte ich schwer eine Stellung finden, aber schließlich bekam ich eine an einer kleinen Privatschule. Ich... ich war dort aber auch nicht sehr glücklich. Als dann ein Mitglied des Vorstandes hörte, daß Madame de Valmy eine englische Erzieherin suchte, schien das wie ein Geschenk vom Himmel zu sein. Wie ich Ihnen schon sagte, ich habe nicht viel gelernt, aber ich kann Kinder erziehen, und ich wußte, ich konnte Philippe Englisch beibringen, und ich glaubte, es würde wunderbar sein, wieder in Frankreich zu leben und wieder ein wirkliches Zuhause zu haben.«

»Und so sind Sie nach Valmy gekommen«, sagte er trokken.

»Ja. Das ist meine ganze Geschichte.«

Wir schwiegen einen Augenblick, dann sagte er: »Ich verstehe, glaube ich. Aber Sie hätten mir das alles nicht zu erklären brauchen. Ich habe kein Recht, Sie auszufragen.«

Schüchtern sagte ich: »Ich hatte das Gefühl, Ihnen etwas

zu schulden. Und Sie haben mich gefragt, warum ich die Stellung haben wollte.«

»Nein. Sie haben mich mißverstanden. Ich habe Sie gefragt, warum Sie meinen Vater und Héloise darüber getäuscht haben. Wollten Sie mir sagen, Sie haben verheimlicht, daß Sie halbe Französin sind, weil Sie sonst die Stellung nicht bekommen hätten?«

»Ja, mehr oder weniger.«

Ein kurzes Schweigen. »So etwas!«

»Man hat es nicht direkt ausgesprochen«, sagte ich hastig. »Aber – ich hatte wirklich den Eindruck, daß es eine Rolle hätte spielen können. Ich meine, nachdem ich die Gelegenheit verpaßt hatte, es Madame de Valmy zu sagen, konnte ich es nicht gut gestehen, sonst hätte sie geglaubt, es stimme etwas bei mir nicht, und sie hätte mich dann nicht genommen. Und sie machte viel Wesens davon, daß ich nicht ins Französische verfallen dürfe, wenn ich mit Philippe spräche – ich sollte immer mit ihm englisch sprechen. Ich verstand selber nicht recht, daß das so wichtig war, da ich sowieso darauf bedacht gewesen wäre, mit ihm englisch zu sprechen, aber – sie legte so viel Wert darauf, daß ich – nun, ich ließ es dabei bewenden. Ich weiß, es war dumm von mir. Aber so ist es nun einmal.«

»Und ich muß das wohl so verstehen«, sagte er immer noch trocken, »daß sie es jetzt auch noch nicht wissen.«

»Ja.«

»Aha.« Zu meiner Erleichterung klang seine Stimme wieder heiterer. »Hat eine solche Täuschung – verzeihen Sie, daß ich solch einen harten Ausdruck dafür benutze – Sie nicht manchmal in peinliche Lagen gebracht?«

»Sie meinen, daß ich Dinge gehört habe, die nicht für meine Ohren bestimmt waren? Nein. Dafür haben Monsieur und Madame zu gute Manieren.« Als ich das sagte, lachte er aus vollem Halse, und ich fuhr ganz verwirrt fort: »Ich meine – wenn ich sie ohne Philippe sehe, sprechen sie immer englisch. Und wenn ich mit Philippe zu ihnen gehe, sprechen sie über seinen Unterricht, über den ich sowieso Bescheid weiß, und außerdem höre ich nicht zu.«

»Nun, ich würde mir keine Sorgen mehr deswegen machen«, sagte er. »Ich glaube kaum, daß die Sache so oder so von Belang ist.« Er drückte auf den Anlasser, und dann gingen die Scheinwerfer an. Ich konnte sein Lächeln sehen. »Und ich habe bestimmt nicht ein Verhör anstellen wollen. Verzeihen Sie mir. Mich geht das nichts an.«

»Monsieur«, sagte ich schnell und leise.

»Ja?«

»Ich – ich frage mich, ob Sie nicht... ich meine...« Ich verhedderte mich und verstummte.

Er blickte mich an. »Sie fragen sich, ob ich Sie nicht verraten werde?«

»Ja. Bitte, tun Sie es nicht«, fügte ich hinzu.

Ein kurzes Schweigen folgte. Dann sagte Raoul de Valmy: »Es ist ja so unwichtig. Nein, das werde ich nicht tun... Aber jetzt glaube ich, machen wir uns auf den Weg.«

Der Wagen setzte sich in Bewegung und nahm den ersten Hang in einem bewundernswert schnellen Tempo.

Er schwieg, und ich hatte Zeit, über die seltsamen Nachwirkungen eines Schocks nachzudenken. Was hatte mich denn dazu gezwungen, diese rührende und naive Geschichte Raoul de Valmy zu erzählen, der doch bestimmt kein Dummkopf war? Er mußte mich für eine kleine dumme Gans halten. Ich biß mir auf die Lippe. Was hatte es schon zu sagen? Er hatte wahrscheinlich gar nicht zugehört. Der Cadillac bog in die Auffahrt ein und hielt leise am Fuß der Freitreppe.

Als wir hereinkamen, ging Seddon gerade durch die Halle. Er drehte sich um und kam auf Raoul zugeeilt. Dann fiel sein Blick auf mich, und etwas wie Entsetzen spiegelte sich in seinen ausdruckslosen Zügen.

»Mr. Raoul! Miß Martin! Ist etwas passiert?«

»Ich hätte Miß Martin auf der Valmy-Brücke fast überfahren. Bitte, holen Sie ihr gleich einen Cognac und schicken Sie jemanden hinauf...«

»Nein«, sagte ich rasch. »Mir fehlt wirklich nichts. Ich brauche nichts.«

»Nun, Miß, wenn Sie wirklich...« Und zu Raoul gewandt, sagte er: »Ich lasse Ihre Sachen sofort hinaufbringen, Sir. Sie wohnen in dem gleichen Zimmer wie immer.«

»Das ist schön. Ich komme gleich hinauf. Wo sind sie alle? In dem kleinen Salon?«

»Ja, Sir. Monsieur Florimond ist hier, und er bleibt die Nacht. Soll ich Madame sagen, daß Sie gekommen sind?«

»Ja, bitte. Sagen Sie ihr, ich werde in ein paar Minuten in den kleinen Salon kommen.«

»Sehr wohl, Sir.« Er warf mir noch einen letzten Blick zu, und dann ging er.

Als ich ihm nachgehen wollte, sagte Raoul: »Sie haben sich Ihr Kleid zerrissen.«

Ich blickte an mir hinunter und konnte mein Entsetzen nicht verbergen. Mein Mantel war offen, und am Saum meines Kleides sah man einen Riß.

»Raoul?«

Die Stimme erklang hinter mir. Ich fuhr zusammen und drehte mich um. Raoul schien an seines Vaters Begrüßungsmethoden gewöhnt zu sein, denn er sagte nur: »Guten Abend«, und streckte seine Hand aus. Als Léon de Valmy sie ergriff, wandten sich seine glänzenden dunklen Augen mir zu.

»Miß Martin und ich«, sagte Raoul lächelnd, »haben uns ziemlich abrupt unten an der Valmy-Brücke getroffen.«

Seines Vaters Augen schweiften zu dem Riß am Saum meines Kleides und dann tiefer zu der Laufmasche in meinem Strumpf und einem Grasfleck an meinem Bein.

»Soll das heißen, daß du sie angefahren hast?«

»O nein«, sagte ich rasch. »Ich bin gefallen und habe mir das Knie aufgeschürft. Weiter nichts. Monsieur Raoul hat mich nicht einmal gestreift. Es...«

»Der Riß ist nicht beim Fallen entstanden. Geht das auf Rechnung deines verdammt großen Wagens, Raoul?«

Seine Stimme klang plötzlich schneidend. Mir fiel die Art ein, wie ich ihn hatte zu Philippe sprechen hören, als er ihn des gelben Brokatsessels wegen gerüffelt hatte. Und dabei war Raoul – ja, wie alt war er eigentlich – dreißig? Mir wurde heiß vor Verlegenheit.

Aber dies war nicht Philippe. Er sagte nur gelassen: »Wahrscheinlich. Ich habe es selber erst eben bemerkt. Ich wollte mich gerade entschuldigen, als du hereinkamst.« Er wandte sich wieder zu mir: »Miß Martin, es tut mir wirklich sehr leid.«

»Ich, bitte!« rief ich. »Das hat doch gar nichts zu sagen. Es war meine eigene Schuld.«

»Was haben Sie so spät am Abend auf der Brücke gemacht?« fragte Léon de Valmy.

»Ich war spazierengegangen«, erwiderte ich. »Da es im Wald feucht war, ging ich die Straße hinunter.«

»Was ist passiert?«

Raoul wollte schon antworten, aber ich kam ihm zuvor: »Ich bin in der Mitte der Brücke stehengeblieben. Ich wollte schon wieder umkehren und stand dort noch ein paar Augenblicke und lauschte dem Rauschen des Flusses. Es war töricht, denn über dem Fluß hing Nebel, und Monsieur Raoul fuhr direkt in ihn hinein. Aber ich hatte vergessen, daß er kam.«

»Vergessen?«

Ich blickte ihn überrascht an. Aber dann fiel mir ein, daß man sich im Salon französisch unterhalten hatte. Hoffend, daß ich nicht rot wurde, sagte ich mit fester Stimme: »Mrs. Seddon hat mir heute abend gesagt, er komme.«

»Ach so.« Die dunklen Augen unter den dichten schwarzen Brauen verrieten nicht, was er dachte. Er sah Raoul an. »Und weiter?«

»Und darum hat mich Monsieur Raoul natürlich nicht gesehen. Er kann mich erst gesehen haben, als er mich fast überfuhr. Es war allein meine Schuld, und ich kann von Glück sagen, daß ich mit einem aufgeschürften Knie und einem Riß im Kleid davongekommen bin. Wenn der Wagen den Riß verursacht hat, dann ist das seine einzige Berührung mit mir gewesen. Das Knie muß ich mir aufgeschürft haben, als ich ausrutschte und hinfiel.«

Léon runzelte immer noch die Brauen. »Das ist eine üble Ecke... wie wir alle wissen.« Seine Stimme klang wieder schneidend. »Raoul, daß du an einem Abend wie heute diese Straße hinauffahren mußtest...«

»Ich habe Miß Martin schon gesagt«, erwiderte Raoul höflich, »wie leid es mir tut.«

Wut stieg in mir auf. Mein Arbeitgeber war vollkommen

berechtigt, mich zurechtzuweisen, aber nicht seinen Sohn vor mir lächerlich zu machen. Und ich hatte schon ein wenig zuviel an diesem Tage von seiner Taktik erlebt. Leidenschaftlich sagte ich: »Und ich habe Monsieur Raoul erklärt, daß es meine Schuld war, meine allein. Wollen wir darum nicht lieber das Thema fallenlassen? Es ist nicht gerecht, daß man ihm die Schuld gibt. Wenn er ein weniger guter Fahrer wäre, wäre ich ums Leben gekommen.«

Ich hielt inne. Ich hatte einen leisen Schatten von Heiterkeit in Raouls Gesicht gesehen und in seines Vaters etwas, das ganz offenkundig Wut war. Höflich sagte er: »Ein guter Fahrer sollte sich nicht an einer so gefährlichen Ecke zu sehr auf sein Geschick verlassen.«

Raoul lächelte ihn an und sagte freundlich: »Die Ecke ist im letzten Herbst begradigt worden... auf Kosten des Gutes Bellevigne, erinnerst du dich? Und glaubst du wirklich, mein Fahren kritisieren zu können? Du vergißt, daß Straßen und Wagen sich, seit du zum letztenmal hast am Steuer sitzen können, beträchtlich verändert haben.«

In dem Schweigen, das folgte, sah ich, wie sich die Falten rings um Léon de Valmys Mund vertieften und die weißen Hände auf den Lehnen des Rollstuhls sich nervös bewegten. Er sagte nichts.

Raoul lächelte ungerührt zu ihm hinunter. Nein, das war nicht Philippe. Kein Wunder, daß es ihn amüsiert hatte, als ich ihn wie eine Wildkatze verteidigte.

Raoul wandte sich mir zu und sagte wie beiläufig: »Soll man Ihnen wirklich nichts hinaufbringen, Miß Martin?«

»Nein, wirklich nicht.« Ich blickte ein wenig unsicher vom einen zum anderen. »Gute Nacht, Monsieur de Valmy. Gute Nacht, Monsieur Raoul.« Ich ging schnell die Treppe hinauf und ließ die beiden allein.

Am nächsten Tage waren die Spuren des Nebels verschwunden, und die Bäume wiegten sich leicht in ihrem Frühlingsgrün. Seit die Märzwinde einige der Knospen hatten aufspringen und zu kleinen Blättern werden lassen, war unser Lieblingsspaziergang der Weg durch den Wald gewesen, der sich im Norden das Tal hinunter erstreckte, und an diesem Nachmittag gingen wir diesen Weg wieder.

Wir gingen zuerst den Pfad hinunter, der die kurvenreiche Fahrstraße abkürzte. An einigen Stellen führte der Pfad über ein Wassergerinnsel; manchmal war die Brücke nur ein Stein über einem moosigen Trog, in dem Wasser plätscherte; aber dann wieder hatte sich ein Bergbach tief in den Felsen eingegraben und bildete einen Miniaturwasserfall, über den sich eine kleine aus nicht mehr als zwei Brettern bestehende Brücke spannte, mit nur einem Geländer aus rohem Tannenholz. Auf einer der kleinen Brücken verweilte Philippe immer gern und zählte die Fische, die in der Kaskade hochzuspringen versuchten.

An diesem Nachmittag spähten wir beide in den Teich unter uns, in den die Finger des hellen Sonnenlichts mit den Farnen spielten und das Wasser bunt schillern ließen.

»Zwei«, sagte Philippe triumphierend. »Und da ist noch einer. Sehen Sie sie? Neben dem Stein dort, wo die Wellen sind.«

»Wir wollen weitergehen«, sagte ich. »Komm, wir gehen wieder in den Wald.«

Gehorsam verließ er die Brücke und trottete neben mir den ebenen Pfad entlang, der längs des Berghangs in den Wald hineinführte. »Nun gut. Wollen wir nach Wölfen ausspähen?«

»Wölfen?«

Er lief ein Stück vor und drehte sich dann lachend um. »Mademoiselle, das klang eben, als ob Sie Angst hätten. Glauben Sie wirklich, es gibt hier Wölfe?«

»Nun, ich...«

Er lachte schallend und tat einen komischen Sprung, wobei das welke Laub vom Vorjahr raschelte. »Sie hatten Angst.«

»Nun«, sagte ich, »ich habe noch nie in einer solchen Gegend gelebt. Es könnte doch gut sein, daß es hier von Wölfen wimmelt.«

»Wir haben hier Bären«, sagte Philippe stolz. Er blickte ernst zu mir auf. »Wir haben wirklich welche. Viele unglaublich große Bären.«

»Dann hoffe ich zu Gott, daß wir heute keinem begegnen.«

»Sie schlafen«, sagte Philippe tröstlich. »Es ist keine Gefahr, es sei denn, daß man sie in ihrem Schlaf bedroht.« Er sprang, als wolle er es ausprobieren, in eine tiefe Mulde voll welker Blätter, trat in sie hinein, daß sie wie goldene Flocken aufwirbelten. In der Mulde war zum Glück kein Bär. »Sie schlafen sehr fest«, sagte Philippe, der es für notwendig zu halten schien, sich dafür zu entschuldigen, daß in der Mulde kein Bär war. »Und sie haben Nüsse in den Maultaschen, wie ein Eichhörnchen. Aber vielleicht ist es Ihnen lieber, daß wir nicht nach Bären ausspähen.«

»Ja, das wäre mir wirklich lieber, wenn du nichts dagegen hast«, sagte ich.

»Wenn ich älter bin«, sagte Philippe, heiter vor mir her hüpfend, »werde ich ein Gewehr haben und jeden Tag auf Eichhörnchenjagd gehen. Gucken Sie mal, da ist eins! Peng!« Er tat so, als ob er mehrere Eichhörnchen schösse, während er ein äußerst lautes und häßliches Lied sang, dessen Refrain ungefähr so lautete:

Peng! Peng! Peng! – Peng! Peng! Peng!
Hab' dich! Hab' dich! – Peng! Peng! Peng!

»Wenn du nicht auf den Weg achtest«, sagte ich, »wirst du es sein, der... Vorsicht, du Dummkopf!«

Drei Dinge geschahen fast zugleich.

Philippe, der, während er vor mir hüpfte, sich immer wieder umdrehte und mich anlachte, stolperte über eine Baumwurzel und fiel der Länge nach hin. Etwas traf den Baum neben ihm, und es klang so, als ob eine Hand gegen die Rinde schlug, und fast im selben Augenblick zerriß ein lauter Schuß die Stille des Waldes.

Ich weiß nicht, wie lange es dauerte, bis ich begriff, was geschehen war. Das nicht zu verkennende Krachen des Schusses, und der Junge, der flach auf dem Boden lag... einen Augenblick war ich vor Entsetzen wie erstarrt. Aber erst als Philippe sich bewegte, ging mir auf, was der laute Schlag auf den Baumstamm bedeutete, und ich wußte, er war nicht getroffen.

Ich schrie in den stummen Wald über uns hinauf: »Schießen Sie nicht, Sie Narr! Hier sind Menschen!« Dann lief ich zu Philippe, beugte mich über ihn, um mich zu vergewissern...

Die Kugel hatte ihn zwar nicht einmal gestreift, aber als ich aufblickte und das Loch in dem Baum sah, genau über der Stelle, wo er lag, wurde mir klar, daß er um ein Haar getroffen worden wäre. Daß er, als er das kleine dumme Lied sang, gestolpert war, hatte ihm das Leben gerettet.

Aus seinem Gesicht war alle Farbe und Heiterkeit gewichen. Seine eine Wange war beschmutzt, und in seinen Augen spiegelte sich Entsetzen.

»Es war ein Gewehr. Etwas hat den Baum getroffen. Eine Kugel.« Er sprach natürlich französisch. Dies war nicht der Augenblick, ihn dazu anzuhalten, englisch zu sprechen oder so zu tun, als spräche ich nicht französisch. Er hatte ja außerdem auch gerade gehört, wie ich dem Eigentümer des Gewehrs auf französisch etwas zugeschrien hatte. Ich legte meine Arme um ihn und sprach jetzt französisch. »Irgendein dummer Narr, der mit einem Gewehr hinter Füchsen her ist. Wer es auch sein mag, man dürfte ihn nicht frei herumlaufen lassen. Warte hier. Ich werde ihn suchen...«

»Nein!« Er hauchte das nur, aber er packte meine Hand und hielt sie fest.

»Aber, Philippe – hör mal, es kann dir hier nichts geschehen. Er ist jetzt Meilen weit weg und entfernt sich jede Sekunde weiter. Sei ein lieber Junge, und laß mich gehen.«

»Nein!«

Ich blickte durch die Lichtung hinauf und dann zu dem kleinen schmalen Gesicht unter der roten Mütze hinunter.

»Nun gut«, sagte ich, »dann gehen wir nach Hause.«

Wir eilten den Weg zurück, den wir gekommen waren. Ich hielt immer noch Philippes Hand, die die meine fest umschloß. »Wir werden bald herausbekommen, Philippe«, sagte ich, »wer es war, und dein Onkel wird ihn entlassen.

Entweder ist es ein leichtsinniger Narr, der zu große Angst hat, aus seinem Versteck herauszukommen, oder es ist ein Irrer, der so etwas für einen Scherz hält. Aber dein Onkel wird es schon herausbekommen. Er wird entlassen werden. Du wirst es sehen.«

Er sagte nichts, sondern schlurfte stumm neben mir her. Kein Hüpfen, kein Singen mehr. Trotz meiner inneren Erregung bemühte ich mich, in ruhigem Ton zu sagen: »Wir werden jedenfalls sofort zu Monsieur de Valmy gehen.«

Die Hand in meiner zuckte leise. »Nein.«

»Aber, mein lieber Philippe...!« Ich verstummte und blickte zu der abgewandten roten Mütze hinunter. »Du brauchst es ja nicht«, fuhr ich fort. »Aber ich muß es. Berthe wird dir Tee bringen und wird bei dir bleiben, bis ich ins Schulzimmer zurückkomme.«

Er nickte und blickte mich dann verstohlen an.

»Was ist?«

»Sie haben französisch gesprochen?«

»Ja, das habe ich«, erwiderte ich lächelnd. »Ich konnte ja auch kaum erwarten, daß du dich an dein Englisch erinnerst, als man auf dich wie auf ein Eichhörnchen geschossen hat.«

Er lächelte, und dann ganz plötzlich begann er zu weinen.

Madame de Valmy war allein im Rosengarten. Am Rande des Weges, auf dem sie ging, blühten schon die ersten Veilchen, und längs der Terrasse blühten Osterblumen. Sie hatte ein paar in der Hand.

Sie blickte in unsere Richtung und sah uns, kaum daß wir aus dem Wald auftauchten. Sie hatte sich gerade nach einer Blume gebückt und hielt mitten in der Bewegung inne, richtete sich langsam auf und ließ die Osterblume fahren.

Sie kam auf uns zu.

»Philippe! Was ist denn passiert? Dein Mantel! Bist du hingefallen? Miß Martin –«, ihre Stimme klang ehrlich besorgt – »Miß Martin, es war doch nicht etwa wieder ein Unfall?«

Ich war von dem schnellen Bergansteigen ganz außer Atem und kochte immer noch vor Wut. Ohne Umschweife sagte ich: »Jemand hat dort unten im Wald auf Philippe geschossen.«

»Geschossen... Auf Philippe?«

»Ja. Und der Schuß hat ihn darum verfehlt, weil er stolperte und hinfiel. Die Kugel hat einen Baum getroffen.«

Sie blickte mich fest an. Sie war leichenblaß. »Aber – das ist doch unmöglich. Wer könnte...? Haben Sie gesehen, wer es war?«

»Nein. Er muß gemerkt haben, was passiert war, denn ich habe geschrien. Aber er hat sich nicht gezeigt.«

»Und Philippe?« Sie starrte ihn entsetzt an.

»Er ist hingefallen«, sagte ich, »aber er hat sich nicht verletzt. Er ist sehr tapfer gewesen.« Ich hielt es nicht für notwendig, vor dem Jungen davon zu sprechen, aber wenn er nicht hingefallen wäre, wäre er jetzt wahrscheinlich tot. Doch Madame de Valmy verstand es auch so. Sie war so kreideweiß, daß ich glaubte, sie sei einer Ohnmacht nahe. In den blassen Augen, die Philippe musterten, stand Entsetzen geschrieben. Es ging ihr also doch nahe, dachte ich überrascht und ein wenig gerührt. Mit matter Stimme sagte sie: »Das ist... furchtbar. Solch ein Leichtsinn... verbrecherischer Leichtsinn. Haben Sie nichts gesehen?«

»Nichts. Es dürfte jedoch nicht schwer sein, herauszubekommen, wer es war. Ich wäre ihm nachgegangen, wenn ich Philippe hätte allein lassen können, aber Monsieur de Valmy wird sicherlich leicht feststellen können, wer heute nachmittag im Walde war. Wo ist Monsieur, Madame?«

»In der Bibliothek, nehme ich an.« Sie hatte eine Hand auf ihr Herz gelegt, und aus der anderen fielen die Osterblumen eine nach der anderen langsam auf den Boden. »Das ist – das ist entsetzlich. Philippe hätte – Philippe hätte...«

»Ich glaube«, sagte ich, »es ist besser, er geht jetzt hinein. Gestatten Sie, Madame, daß wir heute nachmittag nicht hinunterkommen? Philippe muß sich ausruhen und früh zu Bett gehen...«

Sie nickte. »Ja, ja gewiß. Mein Mann wird sehr ärgerlich sein. Sehr ärgerlich.«

»Ich hoffe«, sagte ich grimmig, »das ist eine Untertreibung. Komm, Philippe, wir wollen jetzt Berthe suchen. Madame...« Nachdem wir uns von ihr verabschiedet hatten, blickte ich mich noch einmal um und sah, wie sie davoneilte. Zweifellos, um es Léon de Valmy selber zu berichten.

Nun, je früher desto besser, dachte ich und zog Philippe ins Haus und die Treppe hinauf in den friedlichen Hafen des Schulzimmers.

Berthe war in der kleinen Küche damit beschäftigt, sie reinzumachen. Nach einer schnellen Erklärung, die sie ebenso erschreckte, wie sie Héloise erschreckt hatte, wollte ich Philippe bei ihr lassen, aber er klammerte sich an mich und schien wieder den Tränen so nahe zu sein, daß ich bei ihm blieb. Madame de Valmy hatte bestimmt die ganze Geschichte ihrem Mann brühwarm berichtet, und er würde sicherlich das Notwendige veranlassen, um den Täter zu entdecken. Ich mußte mich vor allem Philippes annehmen.

So blieb ich bei ihm und redete absichtlich allerlei unsinniges Zeug, um ihn abzulenken, bis er endlich nach einem heißen Bad sich mit einem Buch auf dem Teppich vor dem Kamin im Schulzimmer behaglich niedergelassen hatte. Er erhob keinen Einwand, als Berthe mit ihrer Flickarbeit hereinkam, um ihm Gesellschaft zu leisten, während ich unten mit seinem Onkel sprach.

Léon de Valmy war allein in der Bibliothek. Ich war in dem Raum noch nie gewesen. Er war sehr hoch, und das Licht fiel durch zwei Glastüren herein. Aber die Bücherregale aus Eiche, die vom Boden bis zur Decke reichten, machten ihn warm und dämmerig. In dem offenen Kamin brannte ein Holzfeuer. In dem Raum sah man außer einem großen Schreibtisch und den Tausenden von Büchern nur wenig Möbel. Warum, wurde mir klar, als der Rollstuhl von einem kleinen Tisch, auf dem Léon de Valmy einen Stapel Papiere durchgeblättert hatte, zu dem Kamin glitt und dort auf dem leeren Platz dem einzigen Sessel gegenüber stehenblieb.

»Setzen Sie sich, Miß Martin.«

Ich gehorchte. Die erste Aufwallung meiner Wut hatte sich längst gelegt, aber ich war so nervös, daß mir die Kehle wie zugeschnürt war und ich nicht wußte, wie ich das Gespräch beginnen sollte. Ich schwieg und blickte ins Feuer.

»Ich habe gehört«, sagte er, »wir sind heute nachmittag mit knapper Not einer weiteren Tragödie entgangen.«

Ich blickte auf. (Eine weitere Tragödie.) Kühl sagte ich: »War Ihre Frau bei Ihnen?«

»Sie ist sofort zu mir gekommen. Sie war sehr aufgebracht und erregt. Es hat sie ganz krank gemacht. Sie hat leider kein starkes Herz.«

Er hielt inne, und die dunklen Augen blickten mich forschend an.

»Sie hat es gewiß auch sehr mitgenommen, Miß Martin. Sie sollten etwas trinken. Wie wäre es mit einem Sherry? Und jetzt erzählen Sie mir vielleicht, was geschehen ist.« Er streckte eine Hand zu dem Flaschenständer neben ihm aus.

»Ich danke Ihnen«, sagte ich und nahm das Glas, das er mir reichte. Meine Nervosität war vergangen. Ich fühlte mich nur unendlich müde. Mit völlig ruhiger Stimme berichtete ich ihm kurz von den Ereignissen des Nachmittags. »Wissen Sie, wer heute mit einem Gewehr draußen war?« fragte ich dann.

Er hob sein Sherryglas. »Nein. Armand Lestocq hat mir gesagt – nein, er kann es nicht gewesen sein. Er war heute nachmittag in der Sägemühle in Soubirous, und er geht nie sorglos mit einem Gewehr um.«

»Aber Sie werden herausbekommen müssen, wer es war. Es darf doch nicht jemand ...«

»Ich tue, was ich kann.« Ein Blick zu mir hin. »Ich kann das meiste nur telefonisch erledigen, und wenn ich ihn ausfindig mache, wird er entlassen.«

Er drehte das Glas immer wieder in seinen langen Fingern und beobachtete dabei, wie sich der Schein des Feuers in der bernsteinfarbenen Flüssigkeit spiegelte. Hinter ihm glänzten die braunen Bücher golden.

Draußen begann es bereits zu dämmern. Gleich würde Seddon kommen, die Vorhänge zuziehen und die Lampen anknipsen. Im flackernden Schein der Scheite wirkte der Raum jetzt angenehm und sogar behaglich.

»Ist schon jemand im Wald gewesen, um nach dem Schützen zu suchen?« fragte ich.

Er blickte auf. »Natürlich. Aber höchstwahrscheinlich ist der Täter sofort umgekehrt, als er sah, was er angerichtet hatte – oder fast angerichtet hatte. Er wollte bestimmt nicht mit dem Gewehr ertappt werden.« Er lächelte. »Es ist Ihnen doch wohl klar, daß derjenige, wer es auch gewesen sein mag, sich bemühen wird, seine Spuren zu verwischen. Gute Stellungen sind in dieser Gegend nicht leicht zu bekommen.«

»Wenn er sich selber melden würde, wäre er bestimmt gekommen, als er mich rufen hörte«, sagte ich. »Aber ich kann mir schon denken, warum er Angst hat. Denn er könnte ja von der Polizei vernommen werden.«

»Polizei? Wenn etwas passiert wäre – ja. Aber da es...«

»Ich glaube nicht, daß es ein unglücklicher Zufall war.«

Er sah mich verblüfft an. »Was wollen Sie damit sagen?« Und da ich nicht sofort antwortete, fuhr er mit einer Stimme fort, die nicht nur ungläubig, sondern zornig klang: »Was sollte es sonst sein, Miß Martin? Was sonst? Vorsätzlicher Mord?«

Solle das Hohn sein? Aber ich spürte seinen Ärger nur allzu deutlich und blickte ihn überrascht an.

Aber dann hatte er sich wieder in der Gewalt und sagte in ruhigem Ton: »Sind Sie nicht ein bißchen hysterisch? Wer sollte ein Kind töten wollen? Philippe hat keine Feinde.«

Nein, dachte ich, und auch keine Freunde. Außer mir. Kühl sagte ich: »Sie ziehen falsche Schlüsse, Monsieur de Valmy. Etwas so Dummes habe ich nicht behauptet. Und ich bin auch nicht hysterisch.«

Sein Mund entspannte sich ein bißchen. »Entschuldigen Sie. Aber Sie haben mir einen Schock versetzt. Fahren Sie fort. Erklären Sie mir, was Sie meinen.«

Ich trank einen Schluck Sherry und sah ihn fest an. »Ich kann einfach nicht glauben, daß es ein purer Zufall gewesen ist. Es ist dort eine Lichtung, und er muß uns leicht haben hören können. Ich glaube, es war so etwas wie jugendliche Prahlerei – der Schütze wollte uns einen Schrecken einjagen. Und das ist ihm mehr gelungen, als er vorhatte. Da hat er Angst bekommen und ist fortgelaufen. Ich hätte nach ihm gesucht, wenn ich nicht das Gefühl gehabt hätte, ich müßte Philippe sofort nach Hause bringen.«

Er musterte mich neugierig. »Das hätten Sie getan?«

»Natürlich. Warum nicht?«

»Sie sind eine mutige junge Frau.«

»Was ist dabei mutig? Wir wußten beide, es konnte nicht Absicht gewesen sein. Warum sollte ich mich vor einem Narren fürchten?«

Eine Pause, und dann plötzlich erstrahlte sein Gesicht in diesem ungewöhnlich charmanten Lächeln. »Eine junge Frau müßte sich doch eigentlich fürchten, sich einem mit einem Gewehr bewaffneten Narren zu nähern. Nehmen Sie mir das nicht übel, Mademoiselle. Es sollte ein Kompliment sein.«

Ich schluckte und sagte leise: »Danke.«

»Nun, Sie können versichert sein, ich werde der Sache nachgehen. Der Täter wird sich vielleicht sogar melden, wenn er hört, daß er niemanden getroffen hat – aber ich persönlich glaube nicht, daß er es tun wird.« Die langen Finger spielten wieder mit dem Glas. Freundlich sagte er: »Mein armes Kind. Sie haben ein paar anstrengende Tage gehabt, nicht wahr? Wir sind Ihnen sehr dankbar, meine Frau und ich, daß Sie sich Philippes so annehmen. Es tut mir leid, daß das heute eine so bedrückende Last gewesen ist.«

»Es ist keine Last. Und ich bin hier sehr glücklich.«

»Wirklich? Das freut mich. Und machen Sie sich dieser Sache wegen keine Sorgen mehr. Ob wir nun den Mann finden oder nicht, es wird nicht wieder passieren. Hat Philippe seinen Schreck überwunden?«

»Ich glaube, ja.«

»Muß man nicht einen Arzt holen oder sonst irgend etwas für ihn tun?«

»O nein. Er ist wieder ganz munter. Er weiß bestimmt nicht, wie nahe er dem Tode gewesen ist. Als ich ihn verließ, wirkte er ganz heiter, aber ich mußte ihm versprechen, wiederzukommen und, ehe er zu Bett geht, mit ihm zu spielen.«

»Dann will ich Sie nicht aufhalten. Aber trinken Sie erst Ihren Sherry aus.«

Ich gehorchte, setzte dann das Glas ab und sagte leise: »Monsieur de Valmy, ehe ich gehe, muß ich Ihnen ein Geständnis machen.«

Er hob eine Augenbraue und blickte mich amüsiert an.
»Nein, es ist kein Scherz«, sagte ich. »Ich... ich habe Sie und Ihre Frau getäuscht, und das bedrückt mich so, daß ich es Ihnen sagen muß.«
Ernst erwiderte er: »Wieso haben Sie uns getäuscht?«
Ich sagte auf französisch: »Damit habe ich Sie getäuscht, Monsieur – die ganze Zeit, seit ich hier im Hause bin, und ich glaube, ich muß es Ihnen endlich beichten.«
Es gab ein kurzes Schweigen.
»Aha«, sagte er. »Sie sprechen nicht nur gut französisch, Sie sprechen es auch wie Ihre Muttersprache, Miß Martin.«

Es war heraus. Meine sinnlose Schwindelei war gebeichtet. Und nichts war geschehen, außer daß Léon de Valmy schallend gelacht hatte – nicht nur über die Listen, die ich hatte anwenden müssen, sondern auch darüber, daß ich geglaubt hatte, ich würde die Stellung nur bekommen, wenn ich nicht französisch spräche. Beschämt lachte ich mit ihm, in meiner Erleichterung nur allzu bereit, meine eigene Torheit zuzugeben. Aber...
Irgendwo tief in mir protestierte etwas schwach. Aber... Aber jetzt, da er gutmütig und dankbar lachte, lachte ich mit ihm.
Wir lachten beide noch, als Raoul de Valmy wenige Augenblicke später hereinkam. Ich hatte ihn erst kommen hören, als er an der Tür sagte: »Verzeih, ich wußte nicht, daß du nicht allein bist.«
»Du störst nicht«, sagte sein Vater. »Tritt ein.«
Mit einem Klicken erwachten die Lampen zum Leben. Raoul kam auf den Kamin zu, vor dem wir saßen. »Ich bin gerade...«, begann er, aber da sah er mich und hielt inne.
»Guten Abend, Mademoiselle.« Dann sagte er zu seinem Vater: »Du wolltest mich, glaube ich, sprechen.«
Ich erhob mich rasch.
»Ich wollte sowieso gehen«, sagte ich auf französisch und sah, wie Raoul die Brauen runzelte, aber er sagte nichts. Dann blickte ich scheu zu meinem Arbeitgeber hin. »Vielleicht hat Monsieur Raoul erfahren, wer geschossen hat? War er draußen, um nach dem Mann zu suchen?«

»Nein. Ich danke Ihnen, daß Sie gekommen sind. Gute Nacht.«

»Geschossen?« sagte Raoul scharf zu mir gewandt. Ich zögerte und sah Monsieur de Valmy unsicher an. »Geschossen?« sagte Raoul noch einmal. »Nach wem soll ich gesucht haben?«

»Ach«, sagte ich verlegen – denn man hatte mich ja eigentlich schon aus der Bibliothek entlassen – »ich dachte, vielleicht... Sie wissen dann also noch nicht, was heute nachmittag passiert ist?«

Raoul stand jetzt zwischen seines Vaters Rollstuhl und dem Kamin und griff nach der Sherryflasche.

»Nein. Was ist passiert?«

Kühl sagte Léon: »Irgendein Narr hat im Wald mit einem Gewehr fast deinen Vetter erschossen.«

Raoul hob den Kopf mit einer so raschen Bewegung, daß etwas Sherry aus dem Glas spritzte. »Was? Philippe? Jemand hat auf Philippe geschossen?«

»Ja.«

»Ist er verletzt worden?«

»Die Kugel hat ihn nicht einmal gestreift.«

Raoul blickte uns abwechselnd an. »Was hat sich der Kerl dabei gedacht?«

»Das würden wir eben auch gern wissen«, sagte sein Vater. »Du warst draußen, wie du sagst. Hast du jemanden gesehen?«

»Nein.«

»Welchen Weg bist du gegangen?«

»Ich habe dir doch gesagt, ich wollte mir die neue Schonung ansehen. Ich bin vom Küchengarten aus hinaufgegangen. Aber mir ist keine Menschenseele begegnet. Wo ist es passiert?«

»Auf dem Weg durch den Buchenwald, eine halbe Meile nördlich von der Brücke.«

Er sah mich an. »Das ist ja entsetzlich. Ist er wirklich gar nicht verletzt?«

»Nein, gar nicht«, sagte ich. »Er ist hingefallen, und die Kugel hat ihn verfehlt.«

»Und Sie? Sie waren doch wohl mit ihm dort?«

»Ja. Aber ich war ein Stück entfernt.«

Er blickte auf das Glas in seiner Hand hinunter und stellte es dann behutsam auf den Kaminsims hinter ihm. »Gehen Sie bitte noch nicht. Setzen Sie sich wieder. Würde es Ihnen etwas ausmachen, mir zu erzählen, wie es passiert ist?«

Wieder einmal erzählte ich die Geschichte. Er lauschte gespannt, und sein Vater lehnte sich in seinem Rollstuhl zurück, drehte sein leeres Glas zwischen den Fingern und beobachtete uns beide. Als ich mit meinem Bericht fertig war, sagte Raoul, ohne sich zu rühren: »Man hat doch wohl etwas unternommen?«

Im ersten Augenblick glaubte ich, er spreche zu mir, und blickte überrascht auf, aber Léon de Valmy antwortete: »Ja«, und erklärte dann, welche Anweisungen er telefonisch gegeben hatte. Raoul starrte jetzt ins Feuer, und ich dachte von neuem, wie seltsam verworren das Verhältnis zwischen ihnen war. Heute schien alles ganz normal zwischen ihnen, als ob die gestrige Auseinandersetzung gar nicht gewesen wäre. Die beiden Stimmen und die beiden Gesichter waren einander so ähnlich, und dennoch waren sie so verschieden...

Jäh kehrte ich in die Wirklichkeit zurück. Léon de Valmy sagte: »Wir scheinen unsere Angestellten etwas rauh zu behandeln. Ich hätte Miß Martin gern dazu überredet, sich für den Abend freizumachen, aber sie fühlt sich verpflichtet, Philippe zu unterhalten.«

»Ich muß es«, sagte ich. »Ich habe es ihm versprochen.«

»Nun, dann gehen Sie später aus. Nicht« – der Charme blitzte wieder in seinen Augen auf – »um einen Spaziergang zu machen, da wir in Valmy entschlossen scheinen, Ihnen boshaft nachzuspüren, sondern schütteln Sie unseren gefährlichen Staub von Ihren Füßen und gehen nach Thonon hinunter! Es ist noch nicht spät. Ein Café, ein Kino...«

»Bis sie Philippe zu Bett gebracht hat, fährt kein Bus mehr nach Thonon«, sagte Raoul.

»Das spielt keine Rolle«, sagte ich rasch. Ich erhob mich. »Es ist sehr nett von Ihnen, aber ich habe Philippe versprochen, mit ihm zu spielen, und ihn hat das alles sehr mitgenommen... Ich darf ihn nicht enttäuschen. Nach dem Essen werde ich mich ausruhen.«

»Wieder allein in Ihrem Zimmer Tee trinken und früh zu Bett gehen?« fragte Raoul. »Wollen Sie wirklich nicht lieber ausgehen.«

»Nun, ich...«, ich zögerte und sagte dann lachend: »Wie soll ich es denn machen?«

»Es sind zwei Autos in Valmy, und die nötige Anzahl von Leuten, um sie zu fahren.« Er blickte zu Léon hinunter. »Meinst du nicht auch, daß wir es Miß Martin schuldig sind, ihr einmal eine Abwechslung zu bieten?«

»Bestimmt. Aber Jeannot ist leider mit dem großen Wagen für mich geschäftlich in Genf, und der kleine ist noch nicht von der Sägemühle zurück.«

»Nun«, sagte Raoul, »da ist ja auch noch meiner. Können Sie fahren?«

»Nein. Aber Sie dürfen nicht denken... Ich würde nicht, nicht einmal im Traum...«

»Wissen Sie«, sagte Raoul zu der Decke, »Sie möchten nur allzu gern ausgehen.«

Ich gab es auf. »Es würde himmlisch sein.«

»Dann nehmen Sie meinen Wagen.« Er blickte seinen Vater an. »Kannst du Bernard entbehren, damit er den Wagen fährt?«

»Selbstverständlich.«

»Wo ist er?«

»Draußen. Ich habe ihn sofort weggeschickt, um die Spuren dieses Narren mit dem Gewehr zu suchen. Aber da es mittlerweile schon dunkel geworden ist, wird er zurück sein. Er wird bestimmt gleich hereinkommen, um zu berichten... Es ist also abgemacht. Ausgezeichnet. Es bleibt mir nur noch, Ihnen zu wünschen – ja, was, Miß Martin? Einen angenehmen Abend, einen Abend, an den man sich gern erinnert?«

Ich mußte an Philippes schmutziges, verweintes Gesicht denken und sagte: »Ich dachte, es sollte ein Abend sein, um zu vergessen.«

Léon de Valmy lachte.

Raoul ging durch den Raum und öffnete mir die Tür.

»Um acht dann?«

»Vielen Dank. Ja.«

»Ich werde dafür sorgen, daß er pünktlich ist. Ich – hm, jetzt können wir doch wohl französisch sprechen?«

Leise sagte ich: »Ich habe es ihm vorhin gebeichtet.«

Ich fügte nicht hinzu, daß ich es ihm gar nicht hätte zu beichten brauchen. Er hatte es bereits gewußt.

Pünktlich um acht durchbohrten die Scheinwerfer des Wagens das Dunkel unter der Balkonbrüstung. Philippe schlief bereits fest, und Berthe saß nähend am Kamin in meinem Wohnzimmer. Leichten Herzens lief ich die Treppe hinunter.

Der Cadillac stand dort mit laufendem Motor. Der Fahrer, eine große Silhouette im Scheinwerferlicht, wartete neben der Vordertür. Ich stieg ein, und er schlug sie hinter mir zu, ging dann vorn um den Wagen herum und setzte sich neben mich.

»Sie?« sagte ich. »Das war doch nicht abgemacht.«

Der Wagen setzte sich in Bewegung, beschrieb einen Kreis und fuhr dann leise auf die Straße hinaus. Raoul de Valmy lachte.

»Sollen wir französisch sprechen?« sagte er in dieser Sprache. »Ich spreche immer französisch, wenn ich Mädchen ausführe.«

»Ich meinte nur, ich verstehe nicht, warum Sie mich fahren. Konnten Sie Bernard nicht finden?«

»Doch. Aber ich habe ihn nicht gefragt. Haben Sie etwas dagegen?«

»Natürlich nicht. Es ist sehr nett von Ihnen.«

Der Wagen fuhr die letzte Kurve hinunter, bog dann langsam von der Brücke in die Landstraße ein, auf der er sein Tempo beschleunigte.

»Es tut mir leid, daß Sie zwei so scheußliche Tage gehabt haben«, sagte er schließlich in kühlem Ton.

»Zwei Tage?«

»Ich dachte an die Episode gestern abend auf der Brücke dort.«

»Ach das.« Ich lachte leise auf. »Wissen Sie, ich hatte das schon fast vergessen.«

»Das höre ich gern. Aber vielleicht haben Sie es nur darum vergessen, weil heute nachmittag etwas noch Schlimmeres geschehen ist. Sie scheinen Ihre Angst jetzt überwunden zu haben.« Er warf mir einen raschen Blick zu und sagte abrupt: »Hatten Sie Angst?«

»Heute? Ja. Ja, ich hatte Angst. Nicht davor, erschossen zu werden, denn die Gefahr war schon vorüber, als es mir bewußt wurde, aber irgendwie hatte ich doch Angst.« Ich preßte die Finger in meinem Schoß aneinander, während ich an die furchtbaren Minuten zurückdachte. »Ich glaube, es war der Augenblick, als ich den Schuß hörte und Philippe dort flach auf dem Pfad lag – der Augenblick, ehe ich wußte, daß er nicht verletzt war. Er dünkte mich ewig. Die unheimliche Stille nach dem Schuß, in der sich nur die Wipfel der Bäume leise bewegten.«

»Und dann?«

»Dann war ich so wütend, so wütend, daß ich jeden hätte umbringen können.«

»Die Wirkung hat das oft auf Menschen«, sagte er.

»Weil sie Angst gehabt haben? Aber das war es nicht nur. Wenn Sie Philippes Gesicht gesehen hätten...«

Ich hielt inne und blickte zum Fenster hinaus.

»Sprechen Sie nicht mehr darüber, wenn es Ihnen zu schwerfällt.«

»Ich komme noch immer nicht ganz darüber hinweg. Aber ich fühle mich jetzt besser, nachdem ich es jemandem gesagt habe. Lassen Sie es uns vergessen.«

»Darum sind wir ja ausgefahren.« Er lächelte plötzlich und sagte heiter: »Wenn man zu Abend gegessen hat, fühlt man sich ganz anders. Haben Sie Ihren Paß bei sich?«

»Ja, ich habe ihn bei mir. Aber das klingt ja fast unheimlich. Soll ich entführt werden?«

»So ungefähr.«

Wir näherten uns dem Stadtrand von Thonon. Bäume säumten die Straße, und die Kugellampen zwischen ihnen ließen die Äste wie phantastische Muster erscheinen.

»Was würden Sie dazu sagen«, fragte Raoul, das Tempo ein wenig verlangsamend und mich anblickend, »sollen wir es richtig feiern? Nach Genf fahren, irgendwo essen und dann tanzen oder in ein Kino gehen?«

»Ja, ich bin zu allem bereit.«

»Ist das Ihr Ernst?«

»Ja.«

»Ausgezeichnet«, sagte Raoul, und der große Wagen fuhr über den hell erleuchteten, von Menschen wimmelnden Marktplatz von Thonon.

Ich will hier nicht den Abend in allen Einzelheiten schildern, obwohl er sich später als sehr denkwürdig erwies. Damals war es nur ein wunderbarer Abend... Wir hielten in Thonon an einem Blumenstand unter den Gaslaternen, und er kaufte mir Freesien, die wie die Inseln der Seligen dufteten, und jene roten Anemonen, die man einst die Lilien des Feldes nannte. Dann fuhren wir durch die helle Nacht weiter. Der Himmel war mit Sternen besät; und der Mond schimmerte wächsern hinter den Pappeln. Als wir Genf erreichten – eine Märchenstadt voller Lichterketten, die sich im dunklen Wasser des Sees spiegelten –, hätte ich himmelhoch jauchzen mögen; Entsetzen, Einsamkeit, die Gefahr, die uns mit ihrem Atem berührt hatte, das alles war vergessen.

Warum hatte ich geglaubt, er sei schwer zu ergründen? Wir unterhielten uns, als kennten wir einander schon eine Ewigkeit. Er fragte mich nach Paris, und zum erstenmal nach langer Zeit sprach ich leichten Herzens – als wäre die Erinnerung Glück und nicht Trauer – von Maman und Papa und der Rue du Printemps. Selbst die Jahre im Waisenhaus erschienen mir plötzlich heiter, und ich dachte fast mit Rührung an sie.

Und Raoul erzählte von seinem Paris, das so anders als das meine war, von einem London, mit dem das Constance-Butcher-Heim für Mädchen nichts gemein zu haben schien, von dem heißen Glanz der Provence, in der Bellevigne stand, das Juwel eines Schlosses, das zwischen seinen Weinbergen allmählich verfiel...

Von allem, nur nicht von Valmy. Ich glaube, es wurde kein einziges Mal erwähnt.

Wir aßen irgendwo wundervoll zu Abend. Später tanzten wir irgendwo anders, und noch später fuhren wir nach Thonon zurück, rasten über die gerade, fast leere Straße in einem Tempo, das mir das Herz bis zum Hals schlagen ließ. Über die breite Straße, unter der tief unten der See liegt, über den jetzt leeren Marktplatz, an der Kreuzung vorüber, von der die Straße nach Soubirous abzweigt...

»Hallo«, sagte ich. »Sie sind über die Kreuzung hinausgefahren.«

Er blickte mich von der Seite an.

»Ich folge einer meiner gefährlichen Neigungen.«

Ich sah ihn ein wenig erschrocken an. »Und die wäre?«

»In Evian gibt es ein Kasino.«

Ich mußte an Mrs. Seddon denken und lächelte vor mich hin.

»Was ist Ihre Glückszahl?«

Er lachte. »Ich weiß es noch nicht. Aber ich weiß, dies ist die Nacht, in der sie herauskommt.«

Und so fuhren wir zu dem Kasino, und er spielte, und ich beobachtete ihn dabei, und dann mußte ich spielen, und ich gewann und gewann noch einmal, und dann ließen wir uns unsere Gewinne auszahlen und gingen in eine Bar und tranken *café-fine* und noch mehr *café-fine* und lachten viel, und dann schließlich fuhren wir nach Hause zurück.

Es war drei Uhr morgens, als der große Wagen die Zickzack-Straße nach Valmy hinauffuhr und – ob es nun von der Müdigkeit, dem Cognac, der freudigen Erregung kam – mir war, als träumte ich. Er hielt den Wagen neben der Seitentür an, die in den Wirtschaftshof führte, und immer noch wie im Traum bedankte ich mich bei ihm und wünschte ihm eine gute Nacht.

Ich muß mich in dem gleichen tranceähnlichen Zustand durch die dunklen Flure und die dunkle Treppe hinauf in mein Zimmer geschlichen haben. Ich kann mich überhaupt nicht mehr daran erinnern. Ich weiß auch heute noch nicht, wie ich schließlich ins Bett gekommen bin.

Es war nicht der Cognac. Der Kaffee hatte seine Wirkung genügend gemildert. Ich hatte Gefährlicheres geschluckt. Es stand da etwas wie ein Stein mitten in der Musik und der schäumenden Heiterkeit des Abends. Es war töricht, es war erschreckend, es war wunderbar, aber es war geschehen, und ich konnte nicht dagegen an.

Was auch daraus werden mochte, ich hatte mich bis über die Ohren in Raoul de Valmy verliebt.

Es hatte ja so kommen müssen. Es wäre ein sehr seltsames Aschenbrödel gewesen, das in einem so trostlosen Waisenhaus gelebt hatte wie ich und dem dann Raoul de Valmy begegnet war, ohne daß so etwas geschehen wäre. Ein Mann, dessen Aussehen und Charme ihm geradezu verbürgten, daß er alles bekam, ohne auch nur den Finger zu rühren, hatte es auf sich genommen, einem sehr einsamen jungen Mädchen einen schönen Abend zu schenken. Einen Abend, an den es sich immer erinnern würde.

Ich war mir völlig darüber klar, daß es für ihn nicht mehr bedeutete. Obwohl ich viele Liebesromane gelesen und viele Liebesträume hatte, hatte ich mir einen guten Teil meines französischen Wirklichkeitssinnes bewahrt. Er und das sogenannte englische Phlegma würden mir helfen müssen, über meine augenblickliche törichte Gefühlsverwirrung hinwegzukommen. Ich hatte meinen Abend gehabt. Morgen war ein anderer Tag.

Und so war es. Bald nach dem Frühstück fuhr der große Cadillac die kurvenreiche Straße hinunter; Raoul, nahm ich an, kehrte nach Bellevigne zurück. Nur widerstrebend riß ich meine Gedanken von einer provenzalischen Idylle los, wo er und ich beständig durch vom Mond beschienene Weinberge fuhren, mit einem gelegentlichen Blick auf das Taj Mahal und die Blaue Grotte von Capri, und konzentrierte mich geradezu verbissen auf Philippe.

Niemand gestand, den Schuß abgegeben zu haben, und es bestand nur wenig Hoffnung, daß man den Schuldigen finden würde. Aber Philippe schien sich von dem Schrecken erholt zu haben, und so konnte man die Sache fallenlassen. Das Leben ging wieder seinen alten Gang, bis auf die erregende Aussicht auf den Osterball, der jetzt einen reichen Gesprächsstoff lieferte. Seit vielen Jahren fand er am Ostermontag in Valmy statt. Wenn Mrs. Seddon und Berthe oben irgend etwas zu tun hatten, erzählten sie mir voll Entzücken von früheren Bällen auf Schloß Valmy.

»Blumen«, sagte Berthe (die es gar nicht zu verwundern schien, daß ich plötzlich fließend französisch sprach) »und

Lichter überall. Meine Mutter hat mir erzählt, wie es war, als der alte Comte noch lebte. Manche behaupten, es sei nicht ganz richtig, dieses Ostern einen Ball zu geben, da Monsieur Le Comte und Madame La Comtesse im vorigen Jahr ums Leben gekommen sind. Aber ich sage Ihnen, tot ist tot (Gott schenke ihnen die ewige Ruhe!)« – sie bekreuzigte sich schnell –, »und die, die noch leben, sollen ihr Leben genießen. Das soll nicht hartherzig klingen, Miß, aber verstehen Sie, was ich meine?«

»Natürlich.«

»Im übrigen wird es, wie Madame sagt, nur eine kleine Gesellschaft werden. Aber« – und sie nahm ein Messingtablett, das sie eifrig zu polieren begann – »wir werden unseren Ball wie immer haben.«

»Haben Sie auch einen?«

»O ja. Alle Pächter und das ganze Schloßpersonal. Er ist am Tag nach dem Ball im Schloß, am Dienstag, unten in Soubirous, und alle gehen hin.«

Das brachte mich, was ja auch ganz natürlich war, auf den Gedanken, zu welchen von den beiden Bällen ich wohl eingeladen werden würde. Aber Madame de Valmy erklärte mir sehr bald, daß ich jedenfalls bei dieser Gelegenheit nicht zum Personal zählte... So wurde auch ich von der allgemeinen Vorfreude angesteckt, in die sich nur der Kummer mischte, daß ich kein Ballkleid besaß.

Ich brauchte mir deswegen jedoch nicht lange Sorgen zu machen. Was das Nähen betrifft, so verstehe ich mich, wie alle Französinnen, gut darauf, und ich hatte außerdem – da ich keine Gelegenheit hatte, es auszugeben – den größten Teil meines Gehalts in den letzten Wochen gespart. Es würde mir schon gelingen, mir ein ganz hübsches Kleid zu schneidern, wenn es auch natürlich keinen Vergleich mit den Balmain- und Florimond-Roben aushalten würde, die man wahrscheinlich im Ballsaal in großer Fülle zu sehen bekäme. Ich würde ja sowieso im Hintergrund stehen, tröstete ich mich und verdrängte ein Bild von mir, *en grande tenue* und allein mit Raoul im Ballsaal von der Größe des Buckinghampalastes tanzend.

Meinen nächsten freien halben Tag hatte ich drei Tage

nach dem Zwischenfall mit dem Gewehr, und ich fuhr mit dem Nachmittagsbus nach Thonon hinunter. Ich glaubte nicht, daß es viel Zweck hätte, in einem so kleinen Ort wie Thonon nach einem fertigen Kleid zu suchen, und die Preise, die in Evian oder Genf gefordert wurden, gingen über meine Finanzen. So jagte ich glücklich nach dem besten Stoff, den ich mir leisten konnte, und erbeutete schließlich einen hübschen, weißen, italienischen, der mit dünnen Silberfäden durchwirkt war, zu einem, wie die Verkäuferin sagte, spottbilligen Preis, der aber für mich einen erschreckend hohen Betrag darstellte. Ich kämpfte einen schnellen vergeblichen Kampf mit dem, was mir noch an Vernunft geblieben war, legte entschlossen das Geld auf die Theke, ohne die Ausgabe zu bedauern. Dann preßte ich das Paket an mich und bahnte mir durch die Ladentür meinen Weg in die windige Straße hinaus.

Mich verlangte nach einer Tasse Tee. Aber mein Sparsamkeitssinn, der sich über den eben getätigten Einkauf noch empörte, griff ein und wies mich auf den Preisunterschied zwischen Tee und Kaffee hin. Ein *salon de thé* würde teuer sein, während Kaffee oder ein Aperitif von viel besserer Qualität waren und nur die Hälfte kosteten.

Ich ließ also den Tee fahren und ging über den Platz zu einem Restaurant, wo eine Glaswand die Tische vor dem Wind schützte.

Als ich nach einem Tisch ausspähte, sagte eine schüchterne Stimme neben mir:

»Miß Martin?«

Ich drehte mich überrascht um, da die Stimme unverkennbar englisch klang. Es war der blonde junge Mann, dem ich in Soubirous begegnet war. Er trug einen Dufflecoat und außerdem einen Wollschal. Sein dichtes blondes Haar flatterte im Wind. Ich hatte vergessen, wie riesig er war. Er wirkte wie ein tapsiger, schüchterner blonder Bär.

»Erinnern Sie sich noch an mich?« sagte er. »Wir haben uns am Montag in Soubirous getroffen.«

»Natürlich erinnere ich mich an Sie, Mr. Blake. Ich hoffe, Sie haben die Binden und all das andere nicht brauchen müssen.«

Er grinste. »Noch nicht. Aber ich bin jeden Tag darauf gefaßt. Wollten Sie – wollten Sie hier etwas trinken? Würden Sie wohl – ich meine, es würde mich ungeheuer freuen, wenn...«

Ich kam ihm zu Hilfe. »Herzlichen Dank. Sehr gern. Sollen wir uns hier draußen hinsetzen, wo wir beobachten können, was auf der Straße vorgeht?«

Wir setzten uns an einen Tisch neben der Glaswand, und er bestellte Kaffee mühsam auf französisch. Ich mußte über seinen triumphierenden Blick lachen, als wirklich Kaffee gebracht wurde.

»Sie machen schnelle Fortschritte«, sagte ich.

»Nicht wahr? Aber wissen Sie, bei dem Wort Kaffee kann man kaum einen Fehler machen.«

»Leben Sie jetzt oben in der Hütte?«

»Im Augenblick, ja. Ein paar Nächte in der Woche schlafe ich im *Coq Hardi* in Soubirous, und ich esse dann auch dort. Aber ich liebe die Hütte. Ich kann dort sehr gut arbeiten und essen und schlafen, wann es mir beliebt.«

Ich sah ihn einen Augenblick vor mir, wie er sich in der Hütte wie ein Bär für den Winterschlaf zusammenrollte. Dabei mußte ich an Philippe denken. »Geht je jemand von Dieudonné mit einem Gewehr in den Valmy-Wald?«

»Nur, wenn er zu einer Jagd eingeladen wird. Im Herbst werden, glaube ich, dort Jagden veranstaltet.«

»So meine ich das nicht. Würden die Förster oder Waldhüter oder sonst jemand, der ein Gewehr hat, jemals auf Fuchs- oder Gemsenjagd gehen?«

»Lieber Gott, nein. Warum?«

Ich berichtete ihm, was Philippe am Dienstagnachmittag passiert war. Er hörte sehr aufmerksam zu und sagte dann, seine Scheu vergessend, in scharfem Ton:

»Aber das ist ja furchtbar! Der arme Junge. Es muß ein entsetzlicher Schock für ihn gewesen sein und für Sie auch. Man kann es nur als verbrecherischen Leichtsinn bezeichnen! Und Sie sagen, man hat keine Spur des Kerls gefunden?«

»Niemand gibt es zu, obwohl man weiß, daß keiner dabei zu Schaden gekommen ist. Aber das ist ja leicht zu verstehen. Der Betreffende würde seine Stellung verlieren, und hier oben findet man nicht leicht eine neue.«

»Nun, hoffentlich entdeckt man ihn noch! Was hat Monsieur de Valmy unternommen?«

»Er läßt die Leute weiter verhören, aber ich glaube nicht, daß das zu einem Resultat führen wird. Alle haben irgendein Alibi, aber bis auf die von Monsieur de Valmy und dem Butler erscheinen sie mir alle zweifelhaft.«

»War der Sohn nicht hier?« sagte William Blake.

Er sagte das wie nebenbei, aber ich spürte, wie mir das Blut in die Wangen stieg. Wütend über mich selbst, wandte ich den Blick ab und sah durch die Glaswand auf den jetzt schon dämmerigen Platz. Ich starrte auf den Blumenstand mit seinen leuchtend gelben und roten Blumen und sagte gleichgültig: »Er war da. Er ist am Morgen, nachdem das passiert ist, wieder abgefahren. Aber Sie glauben doch nicht etwa...?« Ohne daß ich das wollte, wurde meine Stimme erregt. »Er kann es bestimmt nicht gewesen sein!«

»Nein? Hat er ein hieb- und stichfestes Alibi?«

»Nein, aber – es ist einfach nicht möglich! Was sollte er für einen Grund gehabt haben, durch den Wald zu schleichen und Kugeln aus Bäumen zu entfernen?«

»Da haben Sie recht.«

Etwas zu schnell sagte ich: »Wie steht es mit den Kornwürmern?«

Das war meine Rettung. Er war der letzte, der in einer Anspielung auf seine Arbeit, mochte sie auch noch so abrupt sein, ein Ablenkungsmanöver sah. Und schon ließ er sich nur allzu gern wieder über seine Arbeit aus... Ich hörte zu und stellte immer wieder die, wie ich hoffte, richtigen Fragen und dachte dabei an den Ball in Valmy. Würde Raoul dort sein? Würde er dort sein?

Ich erwachte aus meinen Träumereien, als William Blake mich prosaisch fragte, mit welchem Bus ich nach Valmy zurückzukehren gedächte. »In zwölf Minuten geht nämlich einer«, sagte er, »und wenn Sie den nicht erreichen, müssen Sie noch zwei Stunden warten.«

»Ach, lieber Gott, ja«, erwiderte ich. »Ich darf ihn nicht versäumen. Nehmen Sie den gleichen?«

»Nein. Meiner geht kurz vor Ihrem ab. Ich verbringe dieses Wochenende in Annecy.« Er lächelte mich an, als er dem Kellner winkte. »Vergessen Sie bitte, daß Sie mich hier gesehen haben. Ich habe nämlich keinen Urlaub, aber ich konnte dem nicht widerstehen. Ein paar Freunde von mir sind diese Woche oben in Annecy, und sie möchten mit mir eine Bergtour machen.«

»Ich werde Sie nicht verraten«, versprach ich.

Ich stand auf. »Vielen Dank für den Kaffee. Aber wenn Sie Ihren Bus noch kriegen wollen, trennen wir uns jetzt besser gleich.«

»Ich fürchte, ich werde rennen müssen.« Trotzdem zögerte er noch. »Es war – es war wunderbar, Sie wiederzusehen... Könnten wir – könnten wir uns wiedertreffen, wenn Sie Ihren nächsten freien Nachmittag haben?«

»Ich weiß noch nicht, wann das sein wird«, antwortete ich, was nicht ganz der Wahrheit entsprach. Aber dann tat er mir leid, und so fügte ich hinzu: »Ich bin jedoch oft Freitag nachmittags in Thonon und... aber, um Himmels willen, ist das da nicht Ihr Bus? Der Fahrer steigt schon ein! Laufen Sie. Gehört dies hier Ihnen? Und das da?... Auf Wiedersehen. Ich wünsche Ihnen ein schönes Wochenende.«

Er nahm seine Siebensachen vom Boden auf und drängte sich mit Rucksack und Seil bedenklich schwankend zwischen den Tischen hindurch zu der Schwingtür, die ich für ihn offenhielt, winkte mir dann noch einmal zu und erreichte den Bus gerade noch, als der Fahrer die Tür neben sich zuschlug und der Motor laut zu brummen begann. Dann stand er auf der schmalen Stufe des Busses und drehte sich noch einmal um und winkte mir heiter, während das Vehikel sich in Bewegung setzte.

Selber ganz außer Atem, winkte ich zurück und wollte dann schnell die Straße überqueren, auf deren anderer Seite mein Bus wartete. Aber da hielt ein großer Wagen neben mir. Ein Cadillac! Mein Herz begann wild zu schlagen.

Die Tür wurde von innen aufgestoßen. »Fahren Sie nach Valmy?« fragte Raoul.

Er saß allein in dem Wagen. Ich setzte mich ohne ein Wort neben ihn, und der Wagen fuhr an, bog um die Ecke des Platzes, wo der Bus nach Soubirous noch unter seiner Laterne wartete, und dann in die von Bäumen gesäumte Straße ein, die nach Süden führte.

Raoul fuhr schnell und sagte kein Wort.

Schließlich sagte ich schüchtern: »Sie sind ja rasch zurückgekommen. Sie waren also nicht in Bellevigne?«

»Nein. Ich hatte in Paris geschäftlich zu tun.«

Was mochte er dort wohl zu tun gehabt haben, fragte ich mich. »War es erfreulich?«

»Ja«, erwiderte er, aber so abwesend, daß ich nicht weiter fragen mochte. Ich lehnte mich stumm zurück und gab mich der Freude hin, nach Hause gefahren zu werden.

Nicht zum erstenmal bemerkte ich – in meine Träume versunken –, wie er fuhr. Er fuhr immer schnell, und die Geschmeidigkeit, mit der der große Wagen durch das Dunkel die kurvenreiche Straße hinauffuhr, bewies, wie gut Raoul den Weg kannte, aber die Art, wie er den Wagen an diesem Abend steuerte, war anders als sonst.

»Was haben Sie in Thonon gemacht?« Er fragte das so abrupt, daß es wie eine Anklage klang, und ich fuhr zusammen und antwortete: »Was? Ich hatte heute meinen freien Nachmittag.«

»Was machen Sie an Ihren freien Nachmittagen?«

»Nicht sehr viel. Ich mache Besorgungen, gehe ins Kino und derlei.«

»Treffen Sie manchmal Freunde?«

»Nein«, erwiderte ich überrascht. »Ich kenne hier niemanden. Das habe ich Ihnen doch schon gesagt, als wir – am Dienstag...«

»Ja, das stimmt.«

Es begann wieder zu regnen, und große Tropfen prasselten auf die Windschutzscheibe. Der Wagen fuhr wieder zu schnell um eine scharfe Kurve, und die Reifen kreischten auf dem feuchten Asphalt. Die Scheinwerfer zeichneten einen glänzenden Bogen auf die Felswand. Er runzelte immer noch die Brauen. Er hatte mich nicht ein einziges Mal angesehen. Er war sich wahrscheinlich kaum bewußt, daß jemand außer ihm im Wagen saß. Ich war wieder nur das Aschenbrödel, das sich stumm mit seinem Schicksal abfand.

Wir hatten zwei Drittel des Weges nach Valmy zurückgelegt, als er endlich wieder etwas sagte. Ebenso beiläufig wie überraschend fragte er:

»Wer war der Mann?«

Ich war einen Augenblick wie vor den Kopf geschlagen und antwortete blöde:

»Was für ein Mann?«

»Der Mann, mit dem Sie in Thonon waren. Sie haben das Café mit ihm verlassen.«

»Ach, der.«

»Wer sonst?«

Ich blickte ihn erstaunt an und sagte kühl: »Ein Freund von mir.«

»Sie haben mir doch eben gesagt, Sie kennten hier niemanden.«

»Nun«, antwortete ich kindisch. »Ihn kenne ich.«

Er musterte mich, ohne zu lächeln, aber er sagte nur: »Wie geht es Philippe?«

»Gut, danke.«

»Und Ihnen? Ist nicht wieder etwas passiert?«

»Nein.«

Meine Stimme klang sicherlich mürrisch, aber ich mußte mich krampfhaft bemühen, mich nicht zu verraten. Stolz hatte sich der Vernunft zugesellt, und die beiden machten mir hart zu schaffen. Die Phantome meiner idiotischen Träume schwebten spöttisch im Dunkeln ... Ich wußte nicht, was ich eigentlich erwartet hatte, aber ... aber er hatte sich plötzlich so verändert, daß ich es kaum ertragen konnte.

Er schien sich noch immer für William Blake zu interessieren, was, da ich diesem versprochen hatte nichts zu sagen, für mich sehr peinlich war.

»Was ist er? Engländer?«

»Ja.«

»Er ist mit dem Bus nach Annecy gefahren, nicht wahr? Ist er Bergsteiger?«

»Er macht dieses Wochenende von Annecy aus eine Bergtour.«

»Wohnt er dort?«

»Ja.«

»Haben Sie ihn schon in England gekannt?«

»Nein.«

»Ach. Dann ist er also in Valmy gewesen?«

»Nicht, daß ich wüßte.«

»Bleibt er längere Zeit hier in der Gegend?«

»Hören Sie«, sagte ich in die Enge getrieben, »was spielt das schon für eine Rolle? Weshalb nehmen Sie mich so ins Gebet?«

Eine Pause. Dann sagte er steif und verlegen: »Verzeihen Sie. Ich wußte nicht, daß ich damit in Ihre privaten Angelegenheiten eindrang.«

»Es sind keine privaten Angelegenheiten. Es ist nur – ich... ich meine nur... Ich wollte Ihnen nicht sagen...« Ich verhedderte mich hoffnungslos.

Er warf mir einen seltsamen Blick zu. »Was wollten Sie mir nicht sagen?«

»Ach – nichts. Ich möchte nicht darüber sprechen.«

Und jetzt bestand kein Zweifel mehr daran, daß er schlechter Stimmung war. Ich hörte ihn leise fluchen: »Verdammt.« Wir fuhren über die Valmy-Brücke und rasten dann fast zweimal so schnell, wie er hätte fahren dürfen, die Zickzacksteigung hinauf. Der Wagen schnarrte wie eine wütende Katze und nahm die erste Kurve.

»Sie haben mich mißverstanden.« Immer noch dieser Ton kaum beherrschter Wut. »Ich wollte meine Nase nicht in etwas stecken, was mich nichts angeht, aber...«

»Ich weiß.« Meine Stimme muß fast ebenso gereizt geklungen haben wie seine, denn nicht nur seine Wut und mein Unvermögen, sie zu begreifen, sondern auch eine Demütigung, die er nicht ahnen konnte, brachten mich so auf. »Ich bin wahrscheinlich müde. Ich bin ein paar Stunden in Thonon herumgelaufen, auf der Suche nach einem Stoff – ach!« Ich preßte meine Hände an die Wangen. »Ich muß ihn liegengelassen haben – ja, ich habe ihn in dem Café liegengelassen. Ich habe ihn auf das Brett unter den Tisch gelegt, und dann mußte William laufen, um den Bus noch zu erreichen, und – ach, wie blöde von mir! Wenn ich dort anrufe... ach, vielleicht...«

Seine Hand drückte auf einen Knopf, und die Hupe ertönte. Bestürzt sagte ich: »Was war das?«

»Irgendein Tier, ein Wiesel wahrscheinlich.«

»Müssen Sie so schnell fahren?« sagte ich. »Das ängstigt mich.« Er verlangsamte das Tempo.

»Haben Sie ihm von dem Schuß im Buchenwald erzählt?«

»Wem?«

»Diesem – William.«

Ich holte tief Atem, dann sagte ich: »Ja. Er glaubt, Sie seien es wahrscheinlich selber gewesen.«

Der Wagen bewegte sich leise den Hang hinauf. Er fuhr so langsam, als wolle er mich damit beleidigen, und sagte kein Wort. Der Teufel, der mich ritt, ließ mich hinzufügen: »Und ich wußte noch gar nicht, daß ich meinem Arbeitgeber für alles, was ich an meinem freien Nachmittag sage und tue, Rechenschaft schuldig bin.«

Es traf ihn so, wie es gemeint war. Er murmelte: »Ich bin nicht Ihr Arbeitgeber.«

»Nein?« Ich sagte das bissig, da ich fürchtete, ich würde sonst weinen. »Was geht es Sie dann an, was ich tue oder mit wem ich zusammen bin?«

Wir waren jetzt auf der letzten Steigung des Zickzackweges. Der Cadillac hielt jäh an. Raoul de Valmy drehte sich zu mir hin.

»Das«, sagte er atemlos, mit einem gereizten Unterton. Er zog mich rauh an sich und preßte seinen Mund auf meinen.

Für einen ersten Kuß war es eher niederschmetternd als beglückend. Und bestimmt nicht aus dem Stoff, aus dem Träume gemacht sind... Wenn es mit dem Aschenbrödel vorbei war, dann bestimmt auch mit dem Märchenprinzen... Raoul de Valmy war nichts weiter als ein erfahrener Mann, der durch seine Wut und andere Gefühle, die selbst ich leicht erkennen konnte, seine Selbstbeherrschung verloren hatte. Obwohl ich mir eingebildet hatte, ein aufgeklärtes junges Mädchen zu sein, hatte mich Raouls Umarmung in einen Zustand versetzt, von dem ich mir einredete, er sei eiskalte Wut. Und das, was er dann tat, war kaum geeignet, mich zu beruhigen. Statt verliebter oder entschuldigender Worte, die hätten folgen müssen, ließ er mich los, gab Gas und raste das letzte Stück hinauf, ohne ein Wort zu sagen.

Vor dem Portal stellte er den Motor ab und öffnete seine Tür, als ob er um den Wagen herumkommen wollte, um mir herauszuhelfen. Aber ich wartete nicht darauf, sprang hinaus, schlug die Tür hinter mir zu und stolzierte, ebenso verbissen schweigend wie er, über den Kies und die Treppe hinauf.

Er holte mich ein und öffnete das Portal für mich. Er sagte etwas – ich glaube, es war mein Name – mit einer Stimme, die wie von Lachen geschüttelt klang. Ich blickte ihn nicht an. Ich ging an ihm vorüber, als ob er nicht existierte, geradenwegs in die hellerleuchtete Halle hinein, durch die Léon de Valmy in seinem Rollstuhl gefahren kam.

Er hielt im Fahren inne und wandte mir den Kopf zu, als ob er mich begrüßen wollte. Dann schweiften seine Augen von mir zu Raoul und wieder zu mir zurück, und er hob seine satanischen Brauen ein wenig. Ich drehte mich abrupt um und rannte die Treppe hinauf.

Wenn überhaupt noch etwas nötig gewesen wäre, um mich aus meinen Träumen herauszureißen, dann hatte Léon de Valmys Blick das bewirkt. Ich lehnte mich an die Tür in meinem dunklen Schlafzimmer und strich mir mit dem Handrücken über meine heiße Wange. Meine Lippe war aufgesprungen, und ich spürte einen bittersüßen Geschmack von Blut auf der Zunge... Léon de Valmy mußte das auch gesehen haben.

Verdammte Valmys! Ich haßte sie alle miteinander. Ich wollte nie wieder einen von ihnen sehen.

Meine Lippe hörte auf zu bluten. Ich fuhr mir behutsam mit dem Lippenstift darüber und kämmte mich. Dann ging ich, wieder ruhig geworden, durch mein Wohnzimmer zu der Tür des Schulzimmers. Ich öffnete sie und betrat das Zimmer. Die Lampe brannte, aber niemand war darin. Das Feuer war dem Erlöschen nahe, und der Raum wirkte seltsam verlassen. Die eine der Glastüren stand einen Spalt breit offen, und die nicht zugezogenen Vorhänge bewegten sich leise im Wind. Auf dem Teppich lag ein aufgeschlagenes Buch, dessen Seiten im Luftzug leise zitterten.

Verwirrt sah ich auf die Uhr. Philippe hätte längst aus dem Salon zurück sein müssen.

Ich bückte mich nach einem Scheit, um es ins Feuer zu werfen, als ich den Ruf hörte. Er klang flüsternd durch den stillen Raum, nicht lauter als das Ticken der kleinen französischen Uhr oder das Herunterfallen der Holzasche vom Rost. Es klang wie ein Seufzer, aber es war dennoch ein Wort: »Mademoiselle...« Ich rannte aus dem Schulzimmer auf den dunklen Balkon hinaus und spähte nach rechts und links. Alle Türen waren geschlossen und dunkel. Das erleuchtete Schulzimmer hinter mir warf einen hellen Streifen über den Balkon, wodurch mein Schatten riesig und grotesk vor mir tanzte.

»Philippe?«

Das unheimliche Flüstern antwortete mir aus der dunkelsten Ecke. Ich eilte hin und kniete nieder. Er kauerte wie ein kleines Bündel vor der Brüstung.

Oder vielmehr dort, wo die Brüstung gewesen war. Sie war nicht mehr dort. An ihrer Stelle lag nur die Leiter, die ich am gleichen Tage vor die lockere Brüstung gelegt hatte. Hinter dieser schwachen Barriere gähnte Finsternis. Zehn Meter tief darunter waren der Kies und die Reihen der Eisenspitzen...

Meine Hände packten ihn, und mit heiserer Stimme sagte ich: »Philippe? Was ist geschehen? Ach Gott, du bist nicht gefallen... Ach, mein kleiner Philippe, fehlt dir nichts?«

Ich spürte, wie er den Kopf schüttelte. »Bestimmt? Ganz bestimmt?« Ein Nicken. Ihn in den Armen haltend, stand ich auf. Ich bin selber nicht stark, aber er kam mir so leicht wie eine Feder vor. Ich trug ihn in das Schulzimmer, setzte mich in einen Sessel vor den Kamin und drückte ihn an mich. Er schlang seine Arme fest um meinen Hals. Leise sagte ich: »War es der Wagen, Philippe?«

Wieder das Nicken.

»Aber ich habe dich doch gewarnt, daß die Brüstung locker sei. Ich habe dir gesagt, du solltest nicht an ihr entlangrennen.«

Mit einer Stimme, die noch dünner und kindlicher klang als je zuvor, antwortete er: »Ich habe die Hupe gehört. Ich glaubte... Papa hat immer, wenn er heraufgefahren kam, gehupt, damit ich wußte, daß er kam...«

Ich biß mir auf die Lippe. Natürlich, die Hupe! Ich erinnerte mich an das arrogante Heulen auf dem Zickzackweg. Ich hatte auf der Straße nichts gesehen. Es war nur eine Laune von Raoul gewesen, ebenso eine, daß er mich geküßt hatte... und Philippe war daraufhin voller Hoffnung ins Dunkel hinausgelaufen und hatte sich an die lockere Brüstung gelehnt.

Ebenso zu mir wie zu ihm sagte ich: »Ich habe ja nicht geahnt, daß sie so locker war. Sie schien mir nur sich ein wenig zu bewegen. Ich glaubte, sie würde noch halten. Gott sei Dank habe ich die Leiter davorgestellt.« Dann kam mir plötzlich ein Gedanke. »Philippe, wo war Berthe? Ich dachte, sie sei bei dir.«

»Bernard hat sie gerufen. Sie hatte irgend etwas vergessen zu tun.«

»Ach so.« Ich wartete einen Augenblick, dann sagte ich: »So, und jetzt zieh die Sachen aus. Du lieber Gott, du hast ja in einer Pfütze gelegen! Wie wäre es mit einem heißen Bad? Und dann ißt du im Bett zu Abend, und in deinem Schlafzimmer machen wir ausnahmsweise einmal Feuer.«

»Werden Sie dort sein?«

»Ja.«

»Werden Sie bei mir essen?«

»Ich werde auf deinem Bett sitzen«, versprach ich.

Die schwarzen Augen strahlten mich an. »Und Peggitty spielen?«

»Oho«, sagte ich. »Du fängst an, Kapital daraus zu schlagen. Und außerdem kannst du Peggitty schon viel zu gut spielen. Nun, meinetwegen, wir werden's tun, wenn du versprichst, mich nicht verlieren zu lassen.« Ich drehte ihn um und gab ihm einen kleinen Schubs zur Tür. »So, und nun zieh dich aus, während ich das Bad einlasse.«

Er ging gehorsam in sein Schlafzimmer. Ich läutete nach Berthe und ging dann ins Badezimmer und drehte die Hähne auf. Als ich den Dampf beobachtete, der die Kacheln beschlug, dachte ich mit leisem Grimm, daß ich heute abend doch noch einmal Léon de Valmy würde gegenübertreten müssen.

Über das Rauschen des Wassers hinweg hörte ich, daß jemand an die Tür klopfte, die in mein Wohnzimmer führte. Ich rief: »Herein.« Berthe war ja schnell gekommen.

Aber es war nicht Berthe, sondern wie ich zu meiner Überraschung sah, Madame de Valmy. Sie kam zu dieser Zeit sonst nie in diese Räume, und als ich den Ausdruck ihres Gesichts sah, verließ mich der Mut. Jetzt war es soweit. Und ich hatte nicht einmal mehr die Zeit, zu überlegen, was ich sagen sollte.

Ich drehte die Hähne halb zu, richtete mich auf und wappnete mich auf das, was kommen würde.

»Verzeihen Sie, Miß Martin, daß ich hier eindringe, während Sie sich umziehen...« Diese Einleitung war kaum erschreckend. Madame de Valmys Stimme klang entschuldigend, hastig, fast nervös. »Haben Sie daran gedacht, heute nachmittag für mich die Tabletten in Thonon zu besorgen?«

Ich war so erleichtert, daß ich dunkelrot wurde. »Ja, Madame. Ich wollte sie Berthe geben, damit sie sie in Ihr Schlafzimmer legte. Ich ahnte ja nicht, daß Sie sie gleich brauchten.«

»Ich habe keine mehr, sonst würde ich Sie nicht damit behelligen.«

»Ich hole sie sofort«, sagte ich. »Nein, wirklich, Sie stören mich gar nicht, Madame. Ich lasse das Bad nicht für mich ein, sondern für Philippe.«

Ich beugte mich über die Wanne, um zu prüfen, wie warm das Wasser war, und drehte dann die Hähne ab. »Ach, da bist du ja, Philippe. Steig schnell hinein, und vergiß diesmal auch nicht, dir die Ohren zu waschen... Ich hole Ihnen die Tabletten sofort, Madame. Meine Handtasche liegt in meinem Wohnzimmer.«

Als ich das Badezimmer verließ und die Tür hinter mir schloß, überlegte ich, wie ich es ihr beibringen sollte, daß wieder fast eine Tragödie geschehen wäre. Aber als ich sie anblickte, war ich so bestürzt, daß ich den Gedanken von mir schob. Sie wirkte krank. Der Ausdruck, den ich für drohend gehalten hatte, war in Wirklichkeit der eines Menschen, der am Rande eines Zusammenbruchs ist.

Beklommen sagte ich: »Fühlen Sie sich nicht wohl? Sie

sehen gar nicht gut aus. Wollen Sie sich nicht für ein paar Minuten hinsetzen? Soll ich Ihnen etwas Wasser holen?«

»Nein.« Sie war vor dem Kamin neben einem hochlehnigen Sessel stehengeblieben. Sie lächelte mich an, aber ich sah, welche Anstrengung es sie kostete. »Machen Sie sich keine Sorgen, meine Liebe. Ich ... ich habe letzte Nacht nicht gut geschlafen. Das ist alles. Ich komme jetzt immer schwer ohne meine Medizin aus.«

»Ich hole sie sofort.« Ich lief in mein Wohnzimmer, aber da fiel mir ein, daß ich die Tabletten noch in meiner Manteltasche hatte, und so machte ich schnell kehrt.

»Madame!« rief ich erschrocken über den Anblick dessen, den sie bot.

Sie hatte eine Hand auf die Rückenlehne des Sessels gelegt und hielt sich mühsam an ihm fest. Ihr Gesicht war mir abgewandt, als ob sie Philippe lausche, der in der Badewanne planschte, aber ihre Augen waren geschlossen, ihre Wangen faltig und grau. Sie sah alt aus.

Auf meinen Ruf fuhr sie zusammen, schlug die Augen auf. Sie schien alle Kraft zusammenzunehmen und trat von dem Sessel fort.

Ich eilte zu ihr. »Madame, Sie sind krank. Soll ich jemanden rufen? Albertine?«

»Nein, nein. Mir wird gleich wieder besser. Haben Sie meine Tabletten?«

»Ich hatte sie in meiner Manteltasche. Ja... hier sind sie...«

Sie entriß mir die Dose fast, die ich ihr hinhielt. Von neuem lächelte sie. »Ich danke Ihnen. Es tut mir leid, wenn ich Sie beunruhigt habe. Diese Anfälle gehen immer schnell vorüber. Machen Sie kein so besorgtes Gesicht, Miß Martin.« Im Badezimmer hatte Philippe laut zu pfeifen begonnen. Héloise blickte zu der Tür hin und wandte sich dann zum Gehen. Sich um einen ruhigen Ton bemühend, sagte sie: »Philippe scheint ja... sehr heiter zu sein.«

»O ja«, sagte ich. »Es geht ihm gut.«

Ich öffnete ihr die Tür und fiel fast auf Berthe, die draußen, eine Hand auf der Klinke, gewartet hatte... »Ach, Miß, haben Sie mich erschreckt! Ich wollte gerade hereinkommen.«

Sie blickte an mir vorüber, und ich sah, wie sie die Augen weit aufriß. Rasch sagte ich: »Madame ist nicht ganz wohl. Madame de Valmy, lassen Sie sich von Berthe in Ihr Schlafzimmer führen. Ich habe sie nur gerufen, damit sie in Philippes Schlafzimmer Feuer macht. Aber ich werde das selber tun, Berthe«, fügte ich zu dem Mädchen gewandt hinzu, »führen Sie Madame in ihr Schlafzimmer. Läuten Sie nach Albertine und warten Sie, bis sie kommt. Und dann kommen Sie bitte wieder.«

»Ja, Miß.«

Als ich mich hinkniete, um in Philippes Schlafzimmer Feuer zu machen, beunruhigte mich ein neues Problem – ein freilich kleineres im Gegensatz zu den anderen Sorgen, die mich bedrängten. Was waren das für Tabletten, die offenbar für Madame de Valmy lebensnotwendig waren? War sie süchtig? Aber ich verscheuchte diesen häßlichen Gedanken sofort. Es waren bestimmt nur Schlaftabletten, und vermutlich konnten manche Menschen nicht ohne Schlaftabletten leben. Aber warum wollte sie die Schlaftabletten jetzt? Sie hatte ausgesehen, als ob sie an einem Herz- oder Nervenanfall litte und dagegen eher ein Beruhigungs- oder Anregungsmittel brauchte als Schlaftabletten.

Aber warum machte ich mir Gedanken darüber? Ich war schließlich nicht medizinisch gebildet, und der alte Dr. Fauré mußte ja wissen, was er verordnete...

Wieder hallte Pfeifen und Planschen aus dem Badezimmer herüber, und gleich darauf tauchte Philippe mit feuchtem Haar auf, und seine sonst so blassen Backen waren vom Scheuern gerötet. Er hatte sein Nachthemd an und schleifte einen Morgenrock auf dem Fußboden hinter sich her.

Sichtlich stolz sagte er: »Ich bin dem Tod um Haaresbreite entgangen, nicht wahr?«

»Ja.«

»Die meisten Leute wären hinuntergestürzt! Meinen Sie nicht auch?«

»Bestimmt. – Ach, Berthe, wie geht es Madame?«

»Besser, Miß. Sie hat sich hingelegt. Albertine ist bei ihr, und sie weiß, was sie zu tun hat. Sie sagte, Madame wird zum Abendessen hinuntergehen können.«

»Das ist ja erfreulich. Hat sie... ihre Tabletten genommen, Berthe?«

»Tabletten, Miß? Nein. Ihre Tropfen. Sie bewahrt sie in dem Schränkchen neben ihrem Bett auf. Albertine hat sie ihr gegeben.«

»Aha. Übrigens, Berthe, sollten Sie nicht hier im Schulzimmer sein, während ich weg war?«

»Ja, Miß, aber Bernard hat mich geholt.« Sie warf mir einen verstohlenen Blick zu.

»Entschuldigen Sie, Miß, aber Bernard hatte es eilig und...« Sie verstummte. Sie war rot geworden.

Ich aß mit Philippe zu Abend, wie ich es ihm versprochen hatte, spielte dann eine Partie mit ihm und las ihm eine Geschichte vor. Er war noch bester Stimmung, und ich war froh zu sehen, daß sein eigener Anteil an dem Unfall in seiner Fantasie immer heldenhafter wurde.

Als ich mich schließlich an meinen eigenen Kamin setzte, fühlte ich mich so müde, daß ich mich kaum noch rühren konnte. Ich ließ mich in den Sessel fallen und schloß die Augen.

Ich wollte gerade ins Bett steigen, als jemand leise an die Tür klopfte.

Überrascht fragte ich: »Wer ist da?«

»Berthe, Miß. Ich bringe Ihnen etwas.«

»Ach, Sie sind's? Kommen Sie herein.«

»Das ist für Sie, Miß. Ich dachte, Sie wären schon im Bett. Aber ich sollte es Ihnen sofort heraufbringen.«

»Nein, ich war nicht im Bett. Vielen Dank, Berthe. Gute Nacht.«

Sie ging. Ich setzte mich auf das Bett und öffnete das Paket leicht verwirrt.

Ich saß dort eine Weile und starrte auf den mit Silberfäden durchwirkten italienischen Stoff. Dann sah ich den Brief.

Er lautete: »*Für den Kuß kann ich mich nicht ehrlich entschuldigen, aber für alles andere tue ich es. Ich machte mir einer Sache wegen Sorgen, aber das war kein Grund, meine schlechte Stimmung an Ihnen auszulassen. Werden Sie es als meine Buße annehmen, daß ich das Paket geholt habe, und mir vergeben? – R.*

P. S. Liebste, nimm es nicht tragisch. Es war schließlich nur ein Kuß.«

Ich hätte an diesem Abend viel darum gegeben, wenn ich einige von Madame de Valmys Schlaftabletten hätte einnehmen können.

Zehntes Kapitel

Am nächsten Morgen war es, als sei alles nur ein Traum gewesen. Raoul verließ Valmy früh. Diesmal in Richtung Süden und Bellevigne. Ich sah ihn nicht abfahren. Ob er und Léon über den Zwischenfall am Abend zuvor gesprochen hatten, habe ich nie erfahren; er wurde jedenfalls mir gegenüber mit keinem Wort erwähnt. Als ich zu meinem Arbeitgeber in die Bibliothek ging, um ihm zu berichten, daß Philippe zum zweitenmal mit knapper Not dem Tode entkommen war, empfing er mich freundlich, hörte mir wie abwesend zu, wobei er die Brauen runzelte, was sich aber nicht auf meine eigenen Angelegenheiten beziehen konnte.

Er saß hinter dem großen Tisch in der Bibliothek. Als ich meinen Bericht beendet hatte, schwieg er einen Augenblick, trommelte mit den Fingern einer Hand auf die Papiere, die vor ihm lagen, und starrte vor sich hin. Ich hatte das Gefühl, er hatte ganz vergessen, daß ich da war.

Dann sagte er plötzlich: »Schon wieder.«

Überrascht sagte ich: »Monsieur?«

Er blickte mich unter seinen schwarzen Brauen an, und seine Stimme klang belegt. »Dies ist das zweitemal in wenigen Tagen, Miß Martin, daß wir aus dem gleichen furchtbaren Grunde in Ihrer Schuld stehen.«

»Ach, ich verstehe«, sagte ich und fügte unbeholfen hinzu: »Das war doch weiter nichts. Jeder...«

»Jeder hätte das gleiche getan?« Er lächelte traurig. »Das haben Sie neulich auch gesagt, Miß Martin. Aber ich muß auch heute wieder betonen, daß es ein großes Glück für uns ist...« – eine kleine Pause – »...eine so umsichtige junge

Frau zu haben, die sich Philippes annimmt. Wann haben Sie die Leiter dorthin gestellt?«

»Erst gestern.«

»Wirklich? Was hat Sie dazu veranlaßt?«

Ich zögerte und sagte dann: »Ich war neulich selber auf dem Balkon, um... nach einem Wagen, der kommen sollte, auszuspähen. Ich erinnerte mich, daß sich die Brüstung etwas gelockert hatte, und betastete sie. Ja, sie war locker, doch ich hätte schwören mögen, nicht bedenklich locker. Ich wollte es Ihnen sagen, aber ich hatte es mir wirklich nicht so schlimm vorgestellt. Dann kam der Wagen und... ich habe es ganz vergessen.«

Ich fügte nicht hinzu, daß es am Dienstag und daß es Raouls Wagen gewesen war. Ich fuhr fort: »Gestern dann bin ich, kurz ehe ich nach Thonon fuhr, wieder hinausgegangen, um zu sehen, ob es regnen würde. Die Leiter lag auf dem Balkon, und ich fragte mich, ob Bauarbeiter dort gewesen wären. Dann fiel mir die Brüstung ein, aber da ich den Bus noch erreichen mußte, legte ich nur die Leiter vor die Brüstung und ging. Ich gelobte mir, nicht zu vergessen, es Ihnen zu sagen, sobald ich wieder zurück war. Es tut mir entsetzlich leid.«

»Es braucht Ihnen nicht leid zu tun. Sie konnten nicht wissen, daß die Steine so verfallen sind. Ich habe vor einiger Zeit über die Steinbrüstung des Balkons einen Bericht bekommen, aber es war darin nicht die Rede davon, daß sie dringend repariert werden müßte. Ich werde mir die Betreffenden vorknöpfen, dessen seien Sie sicher! Im Augenblick können wir nur dankbar dafür sein, daß Sie den guten Gedanken hatten, die Leiter quer davorzulegen.«

Immer noch ein wenig verwirrt, lachte ich. »Vielleicht hat mir Philippes Schutzengel das eingegeben.«

Trocken erwiderte er: »Vielleicht. Er scheint einen zu brauchen. *Le pauvre petit.* Wir wollen hoffen, daß dies sein letztes Abenteuer war, wie Sie es nennen.«

»Machen Sie sich keine Sorgen, Monsieur de Valmy. Er hat eine Unglückssträhne, aber die wird vorübergehen.« Und ich fügte hinzu, obwohl das gar nichts damit zu tun hatte: »Wann kehrt Monsieur Hippolyte zurück?«

Er wandte jäh den Kopf. Der Rollstuhl bewegte sich im gleichen Augenblick so plötzlich, daß er mit seinem Arm gegen die Kante des Schreibtischs stieß.

»Was sagten Sie?«

»Ich fragte, ob Sie wüßten, wann Philippes Onkel Hippolyte wiederkommt.«

»Ich habe keine Ahnung. Warum?«

Ich hatte auf seine Hand gestarrt, jetzt blickte ich auf und sah, daß er mich beobachtete.

»Weil Philippe mich immerzu danach fragt und ich dachte, Sie hätten vielleicht von Monsieur Hippolyte gehört.«

»Ach. Nun, ich weiß es leider nicht genau. Mein Bruder liebt Überraschungen. Aber er wird mindestens noch drei weitere Monate fortbleiben. Ich glaubte, Philippe wisse das. Seine Vortragsreise wird kurz vor Ostern enden, er hat jedoch vor, dann noch eine Weile den Ausgrabungen in – soweit ich mich erinnere – Delphi beizuwohnen.« Er lächelte. »Mein Bruder schreibt sehr ungern Briefe. Und das weiß Philippe bestimmt ebenso wie ich.« Er nahm den Brieföffner in die Hand, legte ihn genau dorthin, wo er vorher gelegen hatte, blickte zu mir und lächelte von neuem. »Nun, Miß Martin, ich will Sie nicht länger aufhalten. Ich werde mir jetzt die Schuldigen verknöpfen.«

Er griff nach dem Hörer des Haustelefons, als ich entfloh. Ja, entfloh ist genau das richtige Wort dafür. Der Tiger, dachte ich, spielte Samtpfötchen mit mir.

Obwohl das töricht war, konnte ich mich des Eindrucks nicht erwehren, daß sein Zorn zum großen Teil mir galt.

Es waren jetzt nur noch vierzehn Tage bis zu dem Osterball, und ich mußte mich sputen, mein Kleid fertigzubekommen. Philippe und Berthe waren ganz begeistert davon, daß ich mir ein Ballkleid schneiderte, und waren ewig um mich herum, befühlten den Stoff und brachen jedesmal in Entzückensrufe aus, wenn wieder eine Naht fertiggenäht war. Berthe erlaubte mir, ihre Nähmaschine zu benutzen, und da sie fast die gleiche Figur hatte wie ich, konnte ich das Kleid an ihr probieren, und sie wurde nie müde, in dem glitzernden Stoff dazustehen, während ich absteckte und ihn in die richtige Fasson zu bringen versuchte.

Das Schloß summte von eifrigen Vorbereitungen und heiterer Erwartung. Aus Bemerkungen, die ich auffing, erfuhr ich, daß der größte Teil der Kosten für den Ball von Monsieur de Valmy selber bestritten werden mußte. Mir, die ich mich in so etwas nicht auskannte, kamen die Vorbereitungen äußerst großzügig vor. Selten benutzte Schlafzimmer wurden geöffnet und gelüftet – denn eine Reihe von Gästen würde über Ostern kommen –, der große Ballsaal und der große Salon wurden gründlich geputzt, die Kronleuchter wurden abgewaschen, die Spiegel wurden poliert, Möbel und Teppiche wurden hin und her geschoben; und das alles, schien es, unter dem Adlerblick von Monsieur de Valmy. Je näher Ostern rückte, desto größer wurde die freudige Erregung. Blumen wurden aus den Gewächshäusern hereingetragen. In einer der Galerien wurde sogar ein Miniaturhain aus Weiden über einem flachen Becken, in dem Goldfische schwammen, angelegt, und am Rand des Wassers drängten sich Alpenveilchen wie Schwärme von Schmetterlingen. Draußen hatte man Scheinwerfer aufgestellt, und eine Fontäne schoß ihre Wasserstrahlen wie ein Feuerwerk zehn Meter hoch zum gelben Vollmond hinauf. Am Ostersamstag klarte das Wetter auf, und Ostern selber kam strahlend und schön mit einem weichen Wind, der die wilden Narzissen im Wald leise wiegte, und verhieß so ein glückliches Gelingen des Balls.

Château Valmy war *en fête*.

Am Sonntagabend, nachdem Philippe zu Bett gegangen war, tat ich die letzten Stiche an meinem Kleid. Berthe war bei mir geblieben, um mir zu helfen, und paradierte jetzt beseligt in dem Kleid vor mir, während ich zwischen verstreuten Stecknadeln auf dem Boden saß und sie mit kritischen Augen musterte.

»Ja«, sagte ich. »Drehen Sie sich bitte noch einmal um. Danke. Ich glaube, das genügt jetzt, Berthe.«

Berthe verneigte sich heiter und anmutig darin. Es war verblüffend, wie sie ihre Dienstmädchenhaltung mit ihrer Tracht abgelegt hatte. In dem schimmernden Gewand wirkte sie so, wie sie war: ein hübsches, schlankes junges Mädchen vom Lande – dessen Gesicht jetzt vor Erregung dunkelrot war.

»Es ist wunderbar, Miß. Es ist einfach wunderbar.« Sie drehte sich, so daß der weite Rock wirbelte.

»Ist Monsieur Florimond hier?«

»Ach, der kommt immer. Er sagt, um nichts in der Welt würde er das versäumen. Die meisten Garderoben der Damen sind ja auch von ihm.«

Ich begann die verstreuten Nadeln aufzulesen und fragte wie beiläufig: »Und Monsieur Raoul? Kommt er auch immer zu diesem Ball?«

Es gab eine kleine Pause. Am Rande meines Gesichtsfelds sah ich Berthe sich im Kreise drehen. Ich blickte auf, und einen Moment begegneten sich unsere Augen. Sie zupfte an einer Falte des Rocks. »Er ist seit Jahren nicht zu dem Ball gekommen. Aber diesmal erwarten sie ihn.«

Ich schwieg und las weiter Nadeln auf.

Sie kam zu mir herüber und sagte: »Warum probieren Sie es nicht jetzt einmal an, Miß? Kommen Sie, ziehen Sie es jetzt an. Ich möchte Sie darin sehen, mit den Silberschuhen und allem.«

Ich lachte und stand auf. »Na gut.«

»Es ist eine Schande, daß Sie keinen anständigen Spiegel haben. Der in der Schranktür ist für ein solches Kleid nicht lang genug.«

»Das macht nichts. Ich habe Madame gesagt, daß ich mir ein Kleid nähte, und sie hat mir erlaubt, den Spiegel in ihrem Schlafzimmer zu benutzen. Ich gehe jetzt hinüber, um noch einmal den Sitz zu prüfen. Aber morgen abend werde ich das dann hier tun müssen.«

Sie folgte mir in mein Schlafzimmer und sagte schüchtern: »Darf ich Ihnen morgen beim Anziehen helfen?«

»Ach, Berthe, das ist ja reizend von Ihnen. Aber Sie werden so viel zu tun haben. Und ich kann auch wirklich allein gut damit fertig werden. Ich bin an Luxus nicht gewöhnt, wissen Sie.«

»Ich werde es gern tun. Wirklich.«

»Dann danke ich Ihnen sehr. Ich werde nur allzu froh sein, wenn Sie mir dabei helfen.«

Sie zog das Kleid wieder aus und half mir, es anzuziehen. Ich betrachtete mich prüfend in dem schmalen Schrankspiegel.

»Ach, Miß, es ist entzückend.«

»Wir haben viel Arbeit hineingesteckt, Berthe. Ich bin Ihnen unendlich dankbar für Ihre Hilfe. Ohne Sie hätte ich es nicht geschafft.«

Ich drehte mich hin und her, musterte den Sitz und das Fallen des Stoffes und fragte mich, wie bescheiden ich im Vergleich zu den anderen unten aussehen würde. Dann sah ich Berthes Augen in dem Spiegel. Sie glänzten vor Freude und Glück. Ihr Entzücken wurde von den Schatten Balenciagas und Florimonds nicht gemindert. »Ach, Miß, es ist einfach wunderbar. Keine wird hübscher aussehen. Sie sehen wie ein Bild aus! Einen Moment, ich hole die Schuhe.«

Als sie zum Schrank ging, sagte ich impulsiv: »Berthe!«

Sie drehte sich um.

»Berthe, würden Sie es zu Ihrem eigenen Ball am Dienstag gern tragen? Sie haben wahrscheinlich ein genauso hübsches, aber wenn Sie es möchten...«

»Ach, Miß!« Ihre Augen wurden riesengroß, und sie preßte die Hände aufeinander. »Ich? Ach, aber das geht doch nicht...«

»Warum nicht? Sie sehen reizend darin aus, und im Grunde ist es ja für Sie gemacht. Wenn Sie es wirklich gern anziehen würden, Berthe, würde ich es Ihnen nur allzu gern leihen. Ich glaube nicht, daß jemand es wiedererkennen wird.«

»Nein, bestimmt nicht«, sagte sie. »Für morgen sind Kellner engagiert und Ber... das hiesige Personal wird nicht da sein. Wenn – wenn es wirklich Ihr Ernst ist...«

Sie begann mir von neuem zu danken, aber ich sagte rasch:

»Es ist also abgemacht. Aber jetzt muß ich mich beeilen, wenn ich mich noch in dem anderen Spiegel betrachten will, ehe Madame heraufkommt.«

Berthe lief wieder zu dem Schrank.

»Ihre Schuhe! Ziehen Sie Ihre neuen Schuhe dazu an!«

»Nein, nein, bemühen Sie sich nicht«, sagte ich hastig

und ging zur Tür. »Dazu ist keine Zeit mehr. Vielen Dank noch mal, Berthe, und gute Nacht.«

An Madame de Valmys Schlafzimmer grenzte ein kleines Wohnzimmer, in dem sie sich vormittags immer aufhielt. Ich ging hindurch und ließ die Verbindungstür halb offen.

Ihr Schlafzimmer war ein schöner Raum mit einer sanften Beleuchtung und Louis-Seize-Brokatsesseln, und auf dem Toilettentisch glitzerten Silber und Kristall. Ein riesiger venezianischer Spiegel hing neben der Tür zum Badezimmer, und es sah so aus, als würde er von dem Chor der Engel an der seidenen Tapete festgehalten.

Ich stellte mich davor. Die langen Fenstervorhänge hinter mir waren aus rosafarbenem Brokat. Während ich mich hin und her bewegte, sah ich die Silberfäden in der weißen Wolke des Rockes wie Marienfäden glitzern, auf die die Sonne scheint.

Ich erinnere mich, daß mein erster Gedanke war, daß Aschenbrödel jetzt keine Entschuldigung mehr hatte, von dem Ball fernzubleiben – und – um Mitternacht...?

Ärgerlich verscheuchte ich diesen Gedanken. Wie konnte ich jetzt noch auch nur für einen Augenblick an dieses Märchen glauben? Jemand kam in das Wohnzimmer. Es war gewiß Berthe, die die silbernen Sandalen brachte. Ich rief: »Ich bin hier. Kommen Sie herein«, und schnitt mir eine Grimasse im Spiegel. Das waren die gläsernen Pantoffeln. Ich konnte es doch nicht lassen...

Schnelle Schritte kamen durch das Wohnzimmer. Raouls Stimme sagte: »Héloise, du wolltest mich sprechen?«

Da sah er mich und blieb jäh im Türrahmen stehen.

»So etwas«, sagte er, fast atemlos, als wäre er gelaufen.

Ich öffnete den Mund, um ihm zu antworten, aber im selben Augenblick schloß ich ihn wieder. Ich hätte kein Wort herausgebracht, selbst wenn ich es versucht hätte. Ich muß ihn wie ein Schulmädchen, das man bei einem dummen Streich ertappt hat, angestarrt haben. Ich weiß, ich bin rot geworden.

Dann raffte ich meinen Rock und ging zu der Tür, die er immer noch versperrte.

Er trat nicht zur Seite. Er lehnte mit den Schultern an dem Türpfosten und wartete, als habe er vor, dort den ganzen Abend stehenzubleiben.

Zögernd machte ich noch zwei Schritte auf ihn zu und blieb dann stehen.

»Rennen Sie nicht weg. Lassen Sie sich ansehen.«

»Ich muß – ich meine, es wäre besser...«

»Linda«, sagte er leise, und ich wurde noch röter.

Ich weiß nicht mehr genau, was dann geschah. Ich glaube, er sagte: »Sie wollen also wirklich wegrennen?« Und ich glaube, ich erwiderte »nein« und dann »Raoul«, und schon kam er auf mich zu, schloß mich in seine Arme und küßte mich mit wilder Leidenschaft.

Plötzlich erklang in dem anderen Zimmer ein leises Geräusch. Raoul drehte den Kopf, und seine Hände umklammerten einen Augenblick lang meine Schultern. Dann ließ er mich los und sagte kühl: »Ach, Héloise. Ich habe dich gesucht. Ich glaube, du wolltest mich sprechen.«

Ich zuckte zusammen und drehte mich um. Ich spürte, wie ich abwechselnd bleich und rot wurde. Héloise de Valmy stand mit Albertine in der Wohnzimmertür. Sie sagte etwas über ihre Schulter zu jemandem – vermutlich einem der Gäste – hinter ihr im Flur, den ich nicht sehen konnte.

Eine Frauenstimme antwortete leise, und dann hörte ich Röcke davonrauschen. Es war unmöglich zu sagen, ob Madame de Valmy gesehen hatte, wie Raoul mich an sich preßte, aber ich wußte, Albertine hatte es gesehen. Dem maliziösen Blick ihrer dunklen Augen ausweichend, kam ich schnell aus dem Schlafzimmer heraus. Raoul folgte mir.

Ich stammelte: »Madame... Ich habe Ihren Spiegel benutzt, um... mein Kleid zu probieren. Sie hatten gesagt, ich dürfte...«

Mit ihrer kalten ruhigen Stimme sagte sie: »Natürlich. Ist das das Kleid, das Sie sich gemacht haben, Miß Martin? Es ist sehr hübsch. Sie müssen eine sehr gute Schneiderin sein. Vielleicht könnten Sie mir auch einmal etwas nähen.«

Sie hatte es also gesehen. Ich spürte, wie Raoul neben mir eine kleine Bewegung machte. Von neuem wurde mein Gesicht glühend rot. Schnell sagte ich: »Es würde mir eine

Freude sein, Madame. Gute Nacht, Madame. Gute Nacht, Monsieur.«

Ich blickte ihn nicht an. Ich eilte an Héloise de Valmy vorüber in das wohltuende Dunkel des Flurs hinaus und lief in mein Zimmer zurück.

Der nächste Tag ging in einem Wirbel vorüber. Ich verbrachte meine ganze Zeit mit Philippe, der als einziger von allen im Hause von der allgemeinen frohen Stimmung unberührt zu sein schien. Er war sogar besonders mürrisch, weil er von dem fröhlichen Ostertreiben ausgeschlossen war.

Nach dem Tee suchte ich Mrs. Seddon, um sie zu fragen, was für Gerüchte unter den Dienstboten umgingen, aber man sagte mir, die viele Aufregung, die die Vorbereitungen für den Ball mit sich gebracht hätten, habe einen ihrer Anfälle ausgelöst und sie habe sich zu Bett gelegt und sei nicht zu sprechen. Dann bekam Philippe einen Wutanfall und weigerte sich unter Tränen, zu Bett zu gehen, wenn ich nicht später, ›mitten in der Nacht‹, heraufkäme und mit ihm in die Galerie ginge, damit er von dort aus den Tanz beobachten könne. Ich versprach es, und er verschwand darauf ganz zufrieden mit Berthe.

Ich schloß die Tür hinter ihm und ging ins Badezimmer, um ein Bad einzulassen.

Mich für meinen ersten Ball anziehen... und Raoul irgendwo unter der Schar der Tänzer... Ich hätte glücklich und froh sein müssen. Aber meine Finger zitterten, als ich ein frisches Stück wohlriechender Seife auspackte; und später, als ich in meinem Petticoat vorm Spiegel saß und mein Haar bürstete und es an die Tür klopfte, dachte ich, jetzt wirst du zu deiner Hinrichtung geholt.

»Ich mache auf«, sagte Berthe, die Philippe zu Bett gebracht hatte und mir beim Anziehen half. Sie öffnete die Tür einen Spalt breit, flüsterte ein paar Worte mit dem, der davor stand, schloß dann die Tür und kam mit einer Schachtel zurück.

Ich saß noch, die Haarbürste in der Hand, an dem Toilettentisch. Berthe errötete, als sie mir die Schachtel reichte. Sie war leicht und flach und hatte einen Zellophandeckel, unter dem man die dunklen herzförmigen Blätter und die zarten Blüten weißer Veilchen sah; milchweiße Blüten, nachfalterweiße, die in dunkelgrünen Blättern ruhten.

Zwischen den Blättern steckte eine Karte. Ohne den Dekkel zu öffnen, konnte ich den winzigen Buchstaben sehen: ein arrogant hingekritzeltes R.

Stumm zog ich mich fertig an.

Dann steckte ich die Veilchen an meine Taille und sagte ruhig: »Ich danke Ihnen, Berthe«, und ging hinunter, wo aus dem Ballsaal schon Musik und Gelächter heraufhallten.

Elftes Kapitel

Der Ball war schon in vollem Gange, und ich war froh, als ich sah, daß Monsieur und Madame de Valmy mit dem Empfang der Gäste bereits fertig waren. Ihr Platz neben den vielen Blumen am Fuß der großen Treppe war leer. Die Halle wimmelte von festlich gekleideten Menschen. Ich zögerte auf der Galerie, da ich nicht den Mut hatte, allein, von allen gesehen, die Treppe hinunterzugehen. Aber dann kamen drei junge Frauen aus irgendeinem Zimmer am Flur und gingen plaudernd an mir vorüber, und ich folgte ihnen so unauffällig, wie ich es vermochte.

Es war ziemlich leicht, in dem Gewimmel unbemerkt in den Ballsaal zu schlüpfen, wo ich eine von einer Säule und einer großen Azaleenschale geschützte Ecke fand, in der ich mich niederließ, um die Tänzer zu beobachten.

Ich konnte Léon de Valmys Rollstuhl nirgends erspähen, sah aber Héloise, die in einem lavendelblauen Kleid wunderbar aussah und mit einem älteren bärtigen Mann tanzte, über dessen weiße Hemdbrust sich ein blaues Ordensband zog. Ich sah auch Florimond, der sich an einem der Fenster gegenüber unterhielt, oder vielmehr einer wie eine Vogelscheuche aussehenden alten Frau, die eine riesige Nase und unwahrscheinlich blaues Haar hatte, lauschte.

Ich blickte nach Raoul aus. In einem Musikwirbel drehten sich die Tänzer vor mir, traten dann auseinander, und ich sah ihn. Er tanzte mit einem blonden Mädchen, das schrägstehende Augen und einen schönen Mund hatte. Sie trug ein hochgeschlossenes schwarzes Kleid mit einem strenggeschnittenen Rock, dem man ansah, daß es von Madame Fath stammte, und in dem sie sehr schlank und zart wirkte. Sie tanzte an ihn geschmiegt und sprach schnell, wobei sie ihn durch ihre langen Wimpern immer wieder anschmachtete. Er sagte nichts, aber er lächelte. Es war ein auffallendes Paar, und sie tanzten so ausgezeichnet, daß viele zu ihnen hinblickten und daß viele bedeutungsvoll die Augenbrauen hoben, wenn sie ihnen nachsahen. Wer mochte wohl das Mädchen sein? Wenn er mit mir tanzte, was würde man dann mit den Augenbrauen tun? ›Wer ist das neue Mädchen?‹ ... ›Meine Liebe, niemand offenbar.‹ ... ›Und, meine Liebe, das Kleid!‹ ... ›Die Erzieherin?‹ ... ›Ach ... Ach, ich verstehe.‹

Die Musik verstummte, und die Menschen strömten zu den Seiten des Ballsaales. Die Menge verbarg mich. Niemand hatte mich bemerkt. Ich saß still da, froh über die schützende Säule, die vielen Azaleen. Neben mir tröpfelte Wasser, seelenlos wie die Klänge eines Spinetts. Auch hier stand ein Aquarium, und das Wasser tröpfelte aus einer Schale voll Moos hinein. Die Azaleen warfen Muster auf das Wasser, in dem sich goldene und silberne Fische tummelten.

Als eine Stimme hinter mir sagte: »Mademoiselle«, fuhr ich zusammen und ließ dabei meine Handtasche fallen.

Der da gerufen hatte, bückte sich etwas schwerfällig, um sie für mich aufzuheben. Ich hätte mir denken können, daß er früher oder später kommen würde, um das Mauerblümchen zu trösten.

»Monsieur Florimond«, sagte ich, »Sie haben mir einen schönen Schrecken eingejagt.«

»Oh, das tut mir leid.« Er reichte mir meine Tasche mit einem Lächeln. »Aber Sie dürfen mir jetzt nicht weglaufen, Mademoiselle. Ich brauche Sie für ein Alibi.«

»Ein Alibi?«

Er machte eine seiner weiten Gesten. »Meine Liebe, ich tanze nicht, und ich habe mich schon bis zur Erschöpfung unterhalten. Ich dachte, wenn ich Sie hier festhalten könnte, könnten wir wieder miteinander flirten, was etwas ist, das mich keine Anstrengung kostet.«

»Und«, sagte ich, als ich sah, wie seine Hand bereits nach seinem Zigarettenetui griff, »gleichzeitig ungestört rauchen? Nun gut, Monsieur Florimond, ich werde Ihre Kaminecke sein.«

»Eine mitfühlende Frau«, sagte Florimond unverfroren, »ist mehr wert als Rubine.«

»Glauben Sie das nicht! Keine Frau ist mehr wert als Rubine!« erwiderte ich und setzte mich wieder. »Nein danke, ich rauche nicht.«

»Mehr wert als Brillanten, Perlen und Rubine«, sagte Florimond, ließ sich seufzend in den Sessel neben mir nieder und steckte sich eine Zigarette an. »Das ist ein sehr hübsches Kleid, meine Liebe«, sagte er dann.

Ich lachte. »Shakespeare gratuliert Minou Drouet zu einem gelungenen Satz? Danke, Monsieur.«

»Es ist mein Ernst. Stellen Sie nicht Ihr Licht unter den Scheffel? Ich habe nach Ihnen ausgespäht, aber ich habe Sie nicht tanzen sehen.«

»Ich kenne hier niemanden.«

»O lala! Hat denn Héloise Sie nicht einigen jungen Männern vorgestellt?«

»Ich habe sie noch gar nicht gesprochen. Ich bin erst ziemlich spät heruntergekommen.«

»Und jetzt – ach ja, dort tanzt sie mit Monsieur de St. Hubert. Wo ist denn Raoul? Er kennt doch alle. Vielleicht kann er...«

»Ach, bitte nein!« Dieser Ausruf war mir unwillkürlich entschlüpft. Ich begegnete Florimonds milde forschendem Blick und fügte stockend hinzu: »Ich... ich wollte gerade hinaufgehen. Ich habe Philippe versprochen, nach ihm zu sehen. Ich... bitte, bemühen Sie Monsieur Raoul nicht.«

»Hinauf? Soll das heißen, daß Sie dann nicht wieder herunterkommen? Sind Sie darum so spät hier erschienen und haben sich dann hinter den Blumen versteckt?«

»Ich weiß nicht, was Sie meinen.«

Seine Augen blieben auf den Veilchen haften. Er antwortete nicht. Ohne es zu wollen, bedeckte ich mit meiner Hand die Blumen, eine seltsam abwehrende und völlig nutzlose Geste.

»Woher wußten Sie das?« sagte ich und berührte die Veilchen mit einer Fingerspitze.

Er schüttelte den Kopf. »Meine Liebe«, sagte er leise, »wissen Sie noch immer nicht, daß jeder Atemzug, den die Valmys tun, im Tal bekannt wird?«

Bitter sagte ich: »Ich lerne es allmählich.«

»Mademoiselle« – er schien seine Worte zu wählen –, »wenn Sie je daran dächten, Valmy zu verlassen, wohin würden Sie dann gehen? Haben Sie Freunde in Frankreich, oder stehen Sie hier ganz allein, Mademoiselle?«

»Ich kenne niemanden in Frankreich«, erwiderte ich mit belegter Stimme, »aber ich stehe nicht ganz allein.«

»Was meinen Sie damit?«

»Monsieur Florimond, Sie sind sehr gütig, und ich weiß das sehr zu schätzen. Aber da wir nun einmal so weit gegangen sind, wollen wir offen sein. Sie machen sich Sorgen meinetwegen, weil man gesehen hat, wie ich Raoul de Valmy küßte, und ich entlassen werde. Ist es so?«

»Nicht ganz.«

Überrascht sagte ich: »Was dann?«

»Weil Sie in Raoul de Valmy verliebt sind, Kind«, antwortete er sanft.

»Nun, und?«

»Sie sind zu jung. Sie haben hier niemanden, zu dem Sie flüchten könnten. Sie sind zuviel allein.«

»Nein. Ich habe es Ihnen doch gesagt. Ich bin nicht allein.«

Er blickte mich zweifelnd an.

»Ist es denn ganz unmöglich, daß ich mich zu Raoul flüchten könnte, wie Sie es nennen?«

Es gab ein Schweigen. Der Bügel meiner Tasche schnitt in meine Finger, als ich sie ergriff. Ich blickte ihn an. »Ja, Monsieur, wir sind offen miteinander. Ist es so unmöglich, daß Raoul sich für mich interessiert?«

»Meine Liebe...«, begann Florimond und hielt dann inne.

»Ja, Monsieur?«

Er holte tief Atem: »Sie und Raoul?... Nein, Mademoiselle. Nein, nein und nochmals nein.«

Nach einer kleinen Pause sagte ich: »Wie gut kennen Sie ihn?«

»Raoul? Ziemlich gut. Nicht intim vielleicht, aber...« Er verstummte von neuem und zerrte mit seiner großen Hand an seinem Kragen, als ob der ihn drückte. Er sah mich nicht an. »Verflucht«, sagte er mit unvermuteter Heftigkeit und drückte seine Zigarette in der Erde der Azaleenschale aus.

Ich war zu ärgerlich, um mich damit abzufinden. »Würden Sie mir dann, da Sie ihn nicht so sehr gut kennen, erklären, was Sie meinen?«

Da blickte er mich an. »Meine Liebe, ich kann es nicht. Ich hätte es nie sagen dürfen. Es ist unverzeihlich. Mehr darf ich nicht sagen.«

»Weil Monsieur de Valmy Ihr Gastgeber ist?«

Er sprang fast auf. »Sie sind ein wenig zu scharfsinnig für mich, meine Liebe. Ja, darum und aus anderen Gründen.«

Wir sahen uns beschämt und verständnisvoll an. Ich war noch ärgerlich. »Da wir in Rätseln sprechen, Monsieur«, sagte ich, »was läßt Sie vermuten, daß alle Tiger ihresgleichen zeugen?«

»Mademoiselle...«

»Nun gut, lassen wir das. Sie haben mich gewarnt. Sie haben Ihr Gewissen erleichtert, und es war sehr nett von Ihnen, daß Sie mit mir gesprochen haben. Wollen wir nicht abwarten, was weiter wird?«

Er stieß einen tiefen Seufzer aus. »Ich habe mich geirrt«, sagte er. »Sie sind nicht so jung, wie ich glaubte.« Er nahm eine neue Zigarette aus seinem Etui und lächelte mich an. »Nun, ich habe dreist und ungebeten gesagt, was ich auf dem Herzen habe. Und Sie haben gute Miene dazu gemacht. Und vergessen Sie nicht, wenn Sie flüchten müssen, dann gibt es mindestens einen Menschen in Frankreich, zu dem Sie flüchten können.«

Mein Ärger verging. »Monsieur Florimond...«

»So ist es«, sagte er, »aber jetzt wollen wir das Thema fallenlassen. Wie ist es mit unserem Flirt? Erinnern Sie sich, wo wir stehengeblieben sind? Oder wäre es Ihnen lieber, wenn wir schnell eine Partie Schach spielten?«

Ich lachte leise. »Schnell würde sie bestimmt sein. Verglichen mit mir ist Philippe ein Meister. Sie würden mich in drei Minuten schlagen.«

»Schade. Es gibt nichts außer Schach und Tabak in der richtigen Mischung, um den Rat eines alten Narren, der es besser wissen sollte, zu vergessen.« Er klopfte mir väterlich auf die Hand. »Verzeihen Sie mir. Ich konnte nichts dafür, daß mein Rat zu spät kam.«

»Monsieur Florimond«, sagte ich lächelnd, »selbst wenn dies nicht der richtige Augenblick in unserem Flirt ist, das zu sagen, Sie sind einfach reizend. Aber – ja... viel zu spät.«

Über mir sagte Raouls Stimme: »Ach, da sind Sie ja, Carlo! Warum, zum Teufel, haben Sie sich mit ihr in dieser Ecke versteckt? Seit zwei Stunden habe ich unentwegt die Türen beobachtet. Ich hatte keine Ahnung, daß sie Ihre und des Goldfischs Gesellschaft so faszinierend findet. Worum ging es in dem düsteren Gespräch, *mon vieux?* Was ist viel zu spät?«

»Sie kommen zu spät«, erwiderte Florimond ruhig. »Und jetzt tanzen Sie mit Miß Martin und versuchen Sie wiedergutzumachen, daß Sie sie so lange dem Goldfisch überlassen haben.«

Raoul grinste. »Das werde ich tun. Kommen Sie, Linda.«

Ich erhob mich.

Florimonds Blicke folgten mir immer noch besorgt. Aber dann vergaß ich sie, als die Musik uns gefangennahm.

Er sagte mir ins Ohr: »Hast du schon lange dort gesessen?«

»Nein.«

»Warum bist du so spät gekommen?«

»Ich hatte Angst.«

»Angst? Mein Gott, warum? Ach, Héloises wegen natürlich.«

»Sie hat uns gesehen, wie du doch weißt.«

»Ja.« Er lachte. »Macht dir das etwas aus?«

»Allerdings.«

»Du wirst noch lernen müssen, dich darüber hinwegzusetzen.«

Mein Herz schlug laut. »Was meinst du?«

Aber er lachte nur von neuem und drehte sich mit mir im Takt der Musik. Eine Säule wirbelte vorüber, eine Gruppe Männer, ein Rollstuhl...

Léon de Valmy.

Er beobachtete uns natürlich. Ein Schatten im Zentrum des Kaleidoskops; eine Spinne inmitten des leuchtenden Netzes... diese dummen Gedanken stiegen von irgendwo in mir auf. Ich schüttelte ärgerlich den Kopf und wollte sie verscheuchen. Ich hatte keine Angst vor ihm... oder doch?

Als ich im Tanz wieder an ihm vorüberkam, blickte ich ihn mit einem strahlenden Lächeln fest an.

Er war bestürzt, daran gab es keinen Zweifel. Ich sah, wie er seine schwarzen Brauen hob, und dann verzog sich sein Mund, und er lächelte ebenfalls.

Die anderen Tänzer traten zwischen uns und entrückten ihn meinem Blick. Ich hatte den Eindruck, daß sein Lächeln ehrlich amüsiert gewesen war, aber daß er sich über einen Scherz amüsierte, den ich nicht verstand.

Als der Tanz endete, befanden wir uns am entgegengesetzten Ende des Raums, neben einer der Glastüren. Raoul machte keine Anstalten, sich von mir zu trennen. Er wartete stumm neben mir. Er schien die Menge ganz zu vergessen, die uns umgab, obwohl wir von vielen beobachtet wurden. Ich fing ein paar neugierige Blicke auf, aber ich machte mir deswegen keine Gedanken. Ich spähte nach Madame de Valmy aus, doch sie war nirgends zu entdecken.

Die Musik begann wieder. Raoul drehte sich zu mir um.

»Du brauchst dich wirklich nicht um mich zu kümmern«, sagte ich. »Ich...«

»Sei nicht idiotisch«, erwiderte er kühl.

Diese ›Liebesworte‹ beruhigten mich natürlich vollkommen. Ich lachte. Ich vergaß Héloise de Valmy und die neugierigen Blicke, sogar Léon und sein Amüsiertsein. Demütig sagte ich: »Nein, Monsieur«, und gleich darauf drehten wir uns wieder im Tanz.

»Ich habe heute abend bei Gott mehr als meine Pflicht getan«, sagte Raoul voller Groll. »Ich habe mit allen würdigen alten Damen getanzt. Darum versuch jetzt nicht, dich mir zu entziehen... Vielleicht ist es ganz gut, daß ich dich nicht eher gefunden habe, sonst hätte ich meine Pflicht vernachlässigt.«

Wir tanzten am Rande des Raums in der Nähe der offenen Glastüren, durch die die milde Nachtluft hereinströmte.

»Da ich«, schloß er, »jetzt dabei bin, sie zu vernachlässigen.«

Und ehe mir klar war, was er vorhatte, hatten wir den Ballsaal verlassen, ohne daß es jemand bemerkte, und waren auf die Loggia hinausgetanzt.

Wir waren im Dunkel. Er blieb stehen und schloß mich in seine Arme. »Und jetzt...«, sagte er.

Später, als ich sprechen konnte, sagte ich mit zitternder Stimme: »Ich liebe dich. Ich liebe dich. Ich liebe dich.« Und natürlich war es nach dieser unbesonnenen Bemerkung eine sehr lange Zeit unmöglich, etwas zu sagen oder auch nur zu atmen.

Dann hielt er mich fest an sich gepreßt und sprach über meinen Kopf ins Dunkel. »Linda... Linda... höre.«

»Ich höre.«

»Diese Liebe. Ich weiß nicht. Ich weiß wirklich nicht.«

Etwas zerrte an meinem Herzen, was vielleicht – wenn das nicht absurd wäre – Mitleid gewesen ist. »Es spielt keine Rolle, Raoul.«

»Doch, es spielt eine Rolle. Du mußt es wissen. Ich habe andere Frauen gehabt – du weißt es. Eine ganze Menge.«

»Ja.«

»Aber dies ist anders.« Ein Schweigen. Ein leises Lachen. »Ich sage das wohl immer? Aber es ist wirklich anders.« Seine Wange berührte mein Haar. »Linda. Das ist ein schrecklicher Name für eine Französin. Aber jetzt weißt du es. Ich begehre dich. Ich brauche dich. Wenn du das Liebe nennst...«

»Es genügt«, sagte ich. »Glaub mir, es genügt.«

Er seufzte leise und ließ mich dann los. Seine Stimme war wieder seine eigene, kühl, sachlich und ein wenig hart. »Worüber hast du mit Carlo gesprochen?«

Die Frage kam so unerwartet, daß ich zusammenfuhr.

»Ich – ach, ich weiß es gar nicht mehr. Von allem möglichen und – ach ja, von meinem Kleid. Ja, wir haben von meinem Kleid gesprochen.«

Ich sah ihn lächeln. »Los, beichte! Ihr habt über mich gesprochen. Hat Carlo dich gewarnt, daß meine Absichten bestimmt schimpflich seien?«

»Natürlich.«

»Was hat er gesagt?«

Ich lachte und zitierte: »›Sie und Raoul? Nein, nein und nochmals nein!‹ Und du brauchst dich nicht darüber zu ärgern. Ich mag Monsieur Florimond sehr gern, und er hat das nur zu meinem Besten gesagt.«

Er blickte mich ernst an. »Wieso sollte ich mich darüber ärgern? Er hat nur allzu recht. Ich meine nicht hinsichtlich meiner Motive, sondern daß wahrscheinlich du und ich...« Er hielt inne. Dann fuhr er fort: »Ich habe dir gesagt, was ich empfinde. Aber du, du sagst, du liebst mich.«

»Ja, ja und nochmals ja«, sagte ich.

»Wieder dreimal? Du bist sehr großzügig.«

»Ich wollte damit Carlos Nein ungültig machen. Es gibt ein englisches Gedicht, in dem es heißt: ›Was ich dir dreimal sage, ist wahr.‹«

Wieder ein Schweigen. Dann sagte er: »Dann willst du es also auf dich nehmen, mich zu heiraten?«

Ich begann zu zittern. Mit heiserer Stimme sagte ich: »Aber dein Vater...«

»Mein Vater? Was hat er damit zu tun?«

»Er wird wütend sein. Vielleicht wird er etwas dagegen unternehmen. Dafür sorgen, daß du Bellevigne verläßt, oder...«

»Ich fühle mich weder an ihn noch an Bellevigne gebunden.« Er lachte halb ärgerlich auf. »Fürchtest du, du könntest meiner Stellung schaden? Meinen Aussichten? Das ist ja köstlich!«

»Aber du liebst doch Bellevigne«, stammelte ich. »Du hast es mir selber gesagt, und Mrs. Seddon sagte...«

»Sie hat also auch über mich gesprochen?«

»Das tun alle.«

»Dann hat sie dir wohl auch gesagt, ich hätte keine Zukunft außer in Bellevigne?«

»Ja.«

»Nun, da hat sie recht.« Und leiser fügte er hinzu: »Erlaubt diese dreimal wahre Liebe dir, dich mit einer armseligen Zukunft abzufinden?«

»Ich habe dir doch gesagt, ich bin mit allem zufrieden, was du mir gibst.«

»Das stimmt. Dann wirst du mich also heiraten?«

»Ja.«

»Trotz aller Warnungen?«

»Ja.«

»Und ohne Aussichten?«

»Ja.«

Er lachte ein wenig triumphierend. »Darüber brauchst du dir keine Sorgen zu machen«, sagte er geheimnisvoll. »Ob faire Mittel oder nicht, ich werde immer Aussichten haben.«

»Du bist ein Abenteurer«, sagte ich.

Er senkte den Blick, und seine schwarzen Augen waren wieder verschleiert. »Bist du es nicht?«

»Ich glaube, ich bin es auch«, erwiderte ich leise.

»Ich weiß, daß du es bist. Küß mich und besiegele den Handel.«

»Müssen wir es ihnen sagen?« fragte ich unsicher.

»Natürlich. Warum nicht? Ich würde es am liebsten jetzt gleich ausposaunen, aber wenn du willst, werden wir bis morgen warten.«

»Ach ja, bitte.«

»Bedarf es dazu so viel Mut? Hast du Angst vor meinem Vater?«

»Ja.«

Er blickte mich überrascht an. »Wirklich? Du brauchst keine Angst vor ihm zu haben. Wenn dir das lieber ist, werde ich es ihnen sagen. Bis es geschehen ist, kannst du dich im Hintergrund halten.«

»Sie werden sehr – ärgerlich sein.«

Er lachte: »Nun, meine Liebe, es wird sie wahrscheinlich nicht so sehr überraschen. Sehr wahrscheinlich wissen alle im Ballsaal jetzt, daß du mit mir hinausgeschlichen bist. Und man wird sich fragen, warum und wofür.«

»Das werden sie sich wohl nicht erst fragen müssen«, sagte

ich schroff. »Du kannst dir das leisten, aber ich bin nur die Erzieherin. Nein, lach mich nicht aus. Ich muß ihnen morgen gegenübertreten.«

»Mit mir, *chérie,* vergiß das nicht! Aber wir wollen jetzt nicht an morgen denken, heute ist heute, und wir sind verlobt.« Er nahm meine Hände. »Wenn wir es nicht ausposaunen können, dann können wir es wenigstens für uns feiern. Komm, wir werden etwas Champagner trinken.«

»Und etwas essen«, sagte ich.

»Du armes Kind. Hat man dir nichts zu essen gegeben?«

»Nicht einen Bissen. Ich saß in meiner Ecke, während du tanztest und trankest und dich vergnügtest...«

»Das ist allein deine Schuld«, sagte er mitleidlos. »Du hättest dich nur zu zeigen brauchen, und man hätte sich darum gerissen, mit dir zu tanzen, zu trinken und sich zu vergnügen. Nun, essen wir etwas.«

Im großen Speisesaal ging es hoch her. Man plauderte angeregt, und Pfropfen knallten. Raoul bahnte sich, mit mir im Schlepptau, den Weg durch die Menge. Einige riefen ihm etwas zu, und ich bemerkte, daß man mir neugierige Blicke zuwarf. Aber er blieb nicht stehen. Als wir den von Silber glitzernden großen Tisch erreichten, fiel mir etwas ein, und ich zupfte ihn am Ärmel.

»Raoul, ich hätte es fast vergessen. Ich habe Philippe versprochen, während des Balls zu ihm hinaufzukommen. Ich muß gehen.«

Er drehte sich rasch um, fast als ob ich ihn erschreckt hätte.

»Aber ich dachte, du hättest so großen Hunger.«

»Ich habe Hunger.« Ich blickte sehnsüchtig auf den beladenen Tisch. Gleich neben mir stand eine silberne Schüssel voller Krebsschwänze, die zwischen der Petersilie, mit der sie garniert waren, rosa schimmerten. »Aber ein Versprechen ist ein Versprechen.«

»Und du hältst deine Versprechen immer?«

»Immer.«

»Das werde ich mir merken.«

Ich lachte. »Das gilt aber nur, wenn du mich das halten läßt, das ich Philippe gemacht habe. Er war der erste.«

»Dann werde ich es wohl müssen. Aber dann komme ich

auch, und ich lasse nicht zu, daß du vor Hunger ohnmächtig wirst.« Er sah auf seine Armbanduhr. »Es ist gleich Mitternacht. Warum vergehen wir uns nicht noch gegen ein paar weitere Gesetze und nehmen etwas Essen mit hinauf? Dann wird Philippe seine Freude haben und wir unsere Feier.«

»Ach Raoul, das ist eine prächtige Idee. Tun wir das!«

»Gut. Ich werde etwas zu essen und zu trinken bringen. Was möchtest du haben?«

Ich blickte wieder auf den Tisch. »Alles«, sagte ich schlicht.

Er machte ein verblüfftes Gesicht. »Dann mußt du ja wirklich einen Bärenhunger haben.«

»Den habe ich. Und selbst wenn ich ihn nicht hätte« – ich seufzte –, »könnte ich dem allem nicht widerstehen. Ich habe noch nie etwas so Wunderbares gesehen.«

Er sah mich mit einem seltsamen Gesichtsausdruck an. »Willst du damit sagen, daß du noch nie vorher auf einem Ball gewesen bist?«

»Auf so einem wie diesem noch nie.«

»Man vergißt das immer wieder.«

»Ich versuche es. Jedenfalls habe ich in meiner traurigen Vergangenheit nie so etwas erlebt. Darf ich eine dieser Meringen haben?«

»Wenn es sein muß. Und du hast wohl auch noch nie Champagner getrunken? Nun, du sollst ihn heute nacht haben. Meringen und Champagner, Gott verzeih es mir. Aber jetzt geh zu Philippe hinauf, und ich komme nach, sobald ich das Essen organisiert habe. Ich werde von allem etwas bringen.«

»Das ist ein Versprechen«, sagte ich und drängte mich durch die Menge hinaus.

Meine größte Angst war, Léon de Valmy in die Arme zu laufen. Ich ging deshalb die Hintertreppe hinauf, die Philippe und ich immer benutzten.

Die Treppe endete in dem oberen Flur fast gegenüber von Madame de Valmys Schlafzimmer. Ich war schon beinahe oben, als sich die Schnalle meiner Sandale löste. Die Sandale rutschte mir vom Fuß, und ich mußte stehenbleiben, um sie aufzuheben.

Irgendwo schlug eine Uhr. Mitternacht. Ich lächelte. Genau mitten in der Nacht. Ich hoffte, Philippe war noch wach.

Dann kam mir plötzlich ein Gedanke, und ich blieb stehen und starrte auf die Sandale in meiner Hand. Mitternacht. Die vom Fuß gerutschte Sandale. Die Flucht von dem Ball.

Ich merkte, daß sich mein Gesicht verfinsterte. Das war so seltsam, daß es gerade beunruhigend war. Aber dann lachte ich, zuckte die Schultern und drückte die Klinke von Philippes Tür hinunter.

Zwölftes Kapitel

Philippe war noch wach. Als ich leise in sein Zimmer huschte, saß er in seinem Morgenrock aufrecht im Bett und blickte zur Tür. Das Feuer, das schon seit Stunden hätte aus sein müssen, prasselte noch lustig. Die Vorhänge an der hohen Balkontür waren zurückgezogen, so daß der Mondschein breit auf das Kopfende des Bettes fiel.

Der kleine Junge wirkte in dem weißen Licht wächsern blaß, und seine schwarzen Augen waren unnatürlich groß und glänzend. Er sah sehr zart aus.

Aber er schien quicklebendig zu sein. Das erste, was er sagte, war: »Sie sind aber lange weg gewesen.«

»Du hast gesagt: ›Mitten in der Nacht‹. Und jetzt ist es gerade Mitternacht.«

»Mitternacht? Wirklich? Ich habe immer wieder Scheite auf das Feuer gelegt. Ich wußte, Sie würden kommen.«

»Das war doch selbstverständlich. Aber wie hast du es fertig gebracht, so lange wach zu bleiben?« Ich sah den unberührten Becher voll Schokolade auf dem Tisch neben dem Bett und lachte. »Ach, ich verstehe. Du bist ein Schlauberger. Warst du gar nicht schläfrig?«

»Ein bißchen schon«, gestand er. »Aber das Hüten des Feuers hat mich wachgehalten.«

»Hast du darum immer wieder Scheite daraufgelegt?«

Er wandte seine großen Augen von mir ab und zupfte an der Decke. »Ich hoffte, Sie würden eine Weile bleiben, wenn Sie kämen.«

»Warum Philippe? Ist etwas passiert?«

Einem heftigen Schütteln des Kopfes folgte einer dieser kleinen verstohlenen Blicke, der dem widersprach. Ich legte meine Hand auf seine. »Was ist, Philippe?«

»Alpträume«, murmelte er wütend.

»Ach, das habe ich gar nicht geahnt. Wie scheußlich. Was für Alpträume?«

»Leute kamen herein und faßten mich an.«

»Hast du den gleichen Traum oft?«

Er nickte.

»Wachst du nicht davon auf? Wenn du aufwachst, solltest du rufen. Ich käme dann.«

»Ich rufe, aber ich bekomme keinen Ton heraus.«

Ich klopfte ihm auf die Hand. Sie war eiskalt. »Das bedeutet, daß du noch schläfst. Es ist ein furchtbares Gefühl, aber es ist nur ein Traum. Würde es dir Freude machen, deinen Vetter Raoul und mich zu einem Mitternachtsfest zu empfangen?«

»Zu einem Mitternachtsfest? Ach, Miß Martin.« Die großen Augen funkelten im Mondlicht, aber dann blickten sie mich zweifelnd an. »Sagten Sie, meinen Vetter Raoul?«

Ich nickte. »Er sagte, er würde das Essen bringen und – ach, da ist er schon.«

Die Tür hatte sich leise geöffnet, und Raoul kam herein, reich mit Flaschen beladen, und ihm folgte einer der Lohnkellner mit einem Tablett. Raoul hob eine Aristokratin von Flasche mit einem goldenen Hals, verneigte sich tief und sagte: *»Bon soir, Monsieur le Comte!«* Und zu dem Kellner gewandt: »Stellen Sie bitte das Tablett dorthin. Danke. Ob Sie wohl später das, was übrigbleibt, holen könnten? Heimlich natürlich.«

Kein Muskel regte sich in dem Gesicht des Mannes. »Selbstverständlich, Monsieur.«

Raoul drückte ihm etwas in die Hand. »Ausgezeichnet. Das wäre alles.«

»Vielen Dank, Monsieur.« Der Mann machte eine Verbeugung, ging hinaus und schloß die Tür hinter sich.

»Es ist also wirklich ein Mitternachtsfest?« sagte Philippe, seinen Vetter scheu ansehend.

»Allerdings.« Raoul goß den Champagner ein. Philippe,

der seine Zweifel vergessen hatte, sprang aus dem Bett. »Ist das Limonade?«

»Daß diese Limonade die richtige für dich ist, *mon cousin*, bezweifle ich. Ich habe richtige Limonade für dich mitgebracht: Hier.«

»Die sieht auch mehr wie Limonade aus«, sagte Philippe und nahm ein großes Glas mit einer gelben Flüssigkeit, die leise zischte. »Mademoiselle, würden Sie nicht gern etwas von meiner trinken?«

»Sie sieht wundervoll aus«, erwiderte ich. »Aber ich möchte deinen Vetter nicht kränken.«

Raoul grinste und reichte mir ein Glas Champagner. »Ich glaube, für dich ist das auch das Richtige, meine Kleine. Aber ich weigere mich, mein Gelübde mit etwas anderem zu besiegeln.«

»Was ist ein Gelübde?« fragte Philippe.

»Ein Versprechen«, sagte ich.

»Und dies ist unser Toast«, sagte Raoul und hob sein Glas so, daß der Schein des Feuers sich in den Millionen Bläschen spiegelte. »Stoß mit mir an Philippe ... Und jetzt mit Miß Martin, und nun trinken wir auf unser Gelübde, daß wir es lange halten mögen.«

Mein Verlobungsmahl, das im Schlafzimmer eines kleinen Jungen bei Mond- und Feuerschein stattfand, war prächtiger als das prächtigste Bankett in einem Märchen. Und Philippe und ich aßen geradezu beängstigend viel von den Delikatessen, die Raoul auf das Tablett gestapelt hatte.

Wir stießen immer wieder Entzückensrufe aus und flüsterten wie zwei Verschwörer, während Raoul neben dem Kamin saß, rauchte, Champagner trank und uns nachsichtig beobachtete, als wären Philippe und ich gleich alt und er ein wohlwollender Onkel.

»Oder ein überfütterter Geist«, sagte ich anklagend, nachdem ich ihm das gesagt hatte, »der Aladin, der in seiner Bodenkammer – oder war es im Keller? – halbverhungert ist, einen Festschmaus bringt.«

»Soweit ich mich erinnere, war er da noch in seiner Mutter Waschhaus«, sagte Raoul müde. »Sie sind heute etwas zu romantisch, Miß Martin.«

»Das werde ich Ihnen ein andermal heimzahlen, wenn ich mich irdischer fühle.«

Er lachte. »Noch etwas Champagner?«

»Nein, danke. Es war wunderbar. Wunderbarer Champagner. Wunderbares Essen. Philippe, wenn du danach wieder einen Alptraum hast, dann tröste dich damit, daß es deine Schuld ist.«

»Ich glaube«, sagte Raoul, »Monsieur le Comte schläft schon fast.«

Philippe, der auf dem Teppich hockte und seinen Kopf an mein Knie lehnte, hatte in der Tat schon eine ganze Zeit geschwiegen. Ich beugte mich über ihn. Die langen Wimpern lagen wie ein Fächer auf den kindlichen Wangen, und er atmete leise und gleichmäßig. Ich blickte wieder zu Raoul auf und nickte.

Er stand auf, streckte sich und warf seine Zigarette in das erlöschende Feuer.

»Wir bringen ihn besser zu Bett.« Er sah einen Augenblick auf den zu seinen Füßen kauernden Philippe herunter und wirkte im Schein des Feuers sehr groß. »Leidet er an Alpträumen?«

»Er sagt es. Menschen kommen in der Nacht herein und fassen ihn an. Scheußlich, was?«

Seine Augen ruhten ein paar Sekunden auf mir, aber er schien mich gar nicht zu sehen. Dann bückte er sich, hob den Jungen auf und trug ihn zum Bett.

Dort, wo wir gesessen hatten, war es jetzt ganz dunkel. Hinter uns war der breite Strahl des Mondes, der durch die Tür fiel, allmählich näher gerückt. Das Bett lag jetzt ganz in dem hellen Licht.

Als Raoul gerade den Lichtpfad betrat, tauchte ein Schatten auf dem Teppich auf und zerschnitt den Lichtschein. Jemand war an die Glastür getreten und blieb plötzlich stehen.

Raoul drehte sich hastig um. Philippes vom Mondschein weißes Gesicht schmiegte sich an seine Schulter. Héloise de Valmys Stimme sagte in einem schrillen hysterischen Ton: »Raoul, was tust du hier? Was ist los?«

Da sie gegen das Licht stand, konnte ich ihr Gesicht nicht

sehen, aber die Hand, die nach dem Vorhang griff, glich der Kralle eines Falken. Die andere Hand legte sie auf ihr Herz.

Sie anblickend, sagte er leise: »Nichts. Was sollte los sein?«

»Was ist mit Philippe?« fragte sie barsch.

»Meine liebe Héloise, gar nichts. Er schläft.«

Ich hielt es für besser, nicht zu warten, bis sie mich entdeckte, und stand deshalb auf.

Sie sah mein weißes Kleid sich im Schatten bewegen und schrie auf: »Ach!«

»Pst«, sagte Raoul. »Du weckst ihn sonst auf.«

Ich trat einen Schritt vor. »Es tut mir leid, daß ich Sie erschreckt habe, Madame.«

»Sie sind hier? Was geht vor? Ist etwas passiert?«

Raoul grinste sie an. »Ein kleines Gelage, weiter nichts. Ein unerlaubtes Fest *á trois*. Philippe fühlte sich von dem fröhlichen Trubel ausgeschlossen, und darum haben Miß Martin und ich ein bißchen mit ihm gefeiert. Er ist gerade eingeschlafen. Decken Sie das Bett auf, Linda, und helfen Sie mir, ihm seinen Morgenrock auszuziehen.«

Héloise de Valmy blickte verstört um sich. »Dann habe ich also Stimmen gehört. Es war mir, als hörte ich jemanden sprechen, und ich fragte mich ...« Ihr Blick fiel auf das Tablett vor dem Kamin mit den Flaschen und leeren Gläsern und den silbernen Platten darauf. Bestürzt sagte sie: »Ein Gelage? Du meintest wirklich ein Gelage?«

Raoul zog die Bettdecke bis an Philippes Kinn und strich sie glatt, ehe er sich umdrehte. »Ja. Er wird vielleicht morgen früh von dem Hummer Bauchweh bekommen. Aber ich glaube, das wird es ihm wert gewesen sein.« Er sah mich über das Bett hinweg an. »Ich werde Sie jetzt wieder hinunterführen.«

Er zwinkerte mir mit den Augen zu, aber ich blickte nervös zu Madame de Valmy hin: »Hatten Sie mich gesucht, Madame?«

»Ich? Nein. Ich wollte nur sehen, ob Philippe schlief.«

»Sie verübeln es uns doch wohl nicht, daß wir heraufgekommen sind und ihm etwas zu essen gebracht haben?«

»Nicht im geringsten.« Aber sie würdigte mich nicht einmal eines Blickes, sondern sah nur Raoul an.

Abrupt sagte er noch einmal: »Ich bringe Sie jetzt hinunter«, und kam um das Bett herum auf mich zu.

Hinunter? Léon de Valmy, Monsieur Florimond, die gehobenen Augenbrauen? Ich schüttelte den Kopf. »Nein, danke. Es ist schon spät. Ich werde zu Bett gehen.«

»Wie Sie wollen. Und du, Héloise?«

Sie nickte und ging zur Tür. Ich öffnete sie und hielt sie für sie auf. Als sie an mir vorüberschritt, sagte ich zögernd: »Gute Nacht, Madame, und vielen Dank, daß ich bei dem Ball dabei sein durfte. Ich... ich habe es sehr genossen.«

Sie blieb stehen. In dem trüben Licht wirkte ihr Gesicht bleich. Noch nie war sie mir so fern, so unerreichbar vorgekommen.

»Gute Nacht, Miß Martin«, sagte sie kühl.

Fast flehend erwiderte ich: »Madame...«

Aber sie war schon hinausgegangen. Das Rauschen ihres Kleides hallte so laut in die Stille wie das Rauschen eines Baches. Sie blickte sich nicht noch einmal um.

Raoul stand neben mir, und ich legte meine Hand auf seinen Arm. »Raoul«, flüsterte ich. »Sag es ihnen nicht. Noch nicht. Ich kann einfach nicht...« Mich unterbrechend, packte er mich an den Schultern und drehte mich schnell zu sich um. »Meine Liebe, wenn ich es Héloise heute nacht nicht sagen soll, dann ist es besser, ich verlasse dich jetzt. Mach dir keine Sorgen. Es wird alles gut. Ich werde nichts sagen, ehe wir darüber gesprochen haben.« Er bückte sich und küßte mich. »Gute Nacht, Linda. Schlaf schön...«

Die Tür schloß sich hinter ihm. Ich hörte ihn schnell durch den Flur gehen, als hätte er es eilig.

Dreizehntes Kapitel

Am nächsten Morgen brachte Bernard, Léon de Valmys Diener, zur Frühstückszeit einen Brief ins Schulzimmer herauf. Der Brief sah aus, als wäre er in aller Eile geschrieben, und lautete:

Meine Liebe,
ich kann nicht noch bleiben, wie ich es gehofft hatte. Ich muß leider nach Paris – ein verfluchtes ›muß‹. Verzeih mir, und mach Dir keine Gedanken. Ich bin bestimmt am Donnerstagmorgen wieder hier, und wir können dann alles besprechen. Héloise hat mir nichts gesagt, und ich habe (wie ich es Dir versprochen habe) auch nichts gesagt. Ich glaube, Du brauchst Dir keine Sorgen zu machen; wenn sie etwas zu sagen haben, werden sie es sicherlich mir und nicht Dir sagen. Tu also bis Donnerstag so, wenn Du das vermagst – wenn Du das wagst! –, als wäre nichts geschehen. Du wirst Héloise sowieso kaum sehen. Sie hat sich übernommen und wird sicher im Bett bleiben.
Dein R

Dieser erste Liebesbrief enthielt nichts, was das Zittern meiner Hände gerechtfertigt hätte, als ich ihn zusammenfaltete und zu dem wartenden Bernard aufblickte. Er beobachtete mich mit seinen listigen schwarzen Augen. Wahrscheinlich dachte er, das war so ganz Raoul, seine Briefe von jemandem überbringen zu lassen, der seit zwanzig Jahren nur das tat, was Léon de Valmy ihm auftrug. Kühl sagte ich: »Hat Ihnen Monsieur Raoul den Brief selber gegeben?«

»Ja, Mademoiselle.«

»Ist er bereits fort?«

»O ja, Mademoiselle. Er ist früh abgefahren, um noch das Morgenflugzeug nach Paris zu bekommen.«

»Ach so. Ich danke Ihnen. Und wie geht es Mrs. Seddon heute?«

»Besser, Mademoiselle, aber der Doktor sagt, sie muß noch ein oder zwei Tage das Bett hüten.«

»Nun, ich hoffe, sie ist bald wieder wohlauf«, sagte ich. »Lassen Sie ihr bitte bestellen, daß ich mich nach ihr erkundigt hätte.«

»Ja, Mademoiselle.«

»Bernard«, sagte Philippe und stellte seine Tasse ab, »haben Sie nicht heute abend einen Ball?«

»Ja, Monsieur.«

»Unten im Dorf?«

»Ja, Monsieur.«

»Was wird es zum Essen geben?«

»Das kann ich wirklich nicht sagen, Monsieur.«

»Sie können jetzt gehen, Bernard«, sagte ich. »Nochmals vielen Dank.«

Als er ging, fragte ich mich wieder einmal, was die hübsche kleine Berthe an ihm finden konnte.

Es war ein sehr unangenehmer Tag, der gar nicht enden wollte. Ich kam mir seltsam verwaist vor. Raoul war fort. Florimond war gleich nach dem Frühstück aufgebrochen. Mrs. Seddon hütete, wie Bernard gesagt hatte, das Bett, und Berthe ging den ganzen Tag ihren Pflichten nach.

Als Philippe und ich von unserem Spaziergang nach Hause kamen, begegneten wir Monsieur de Valmy.

Statt die Zickzackstraße hinaufzugehen, waren wir den steilen Pfad hinaufgestiegen, und als wir durch das Tor auf den Wirtschaftshof kamen, tauchte der Rollstuhl leise aus einem der Ställe auf, und Léon de Valmy sagte auf französisch: »Ach, Philippe. Guten Tag, Miß Martin. Kommen Sie gerade von Ihrem Spaziergang zurück?«

Ich wurde dunkelrot, als ich antwortete: »Guten Morgen, Monsieur. Ja, wir sind die Straße ins Tal hinuntergegangen und über die Abkürzung zurückgekommen.«

Er lächelte. Ich konnte keine Spur von Mißbilligung oder Kühle in seinem Gesicht entdecken. »Um den Wald machen Sie jetzt einen Bogen, was?« sagte er heiter.

»Ja, das tun wir.« Und ich fügte hinzu: »Wir bleiben immer in der Nähe der Straße.«

Er lachte. »Das kann ich Ihnen nicht verdenken.« Dann wandte er sich Philippe zu: »Und wie geht es dir heute, nach den Exzessen der letzten Nacht?«

»Exzessen?« sagte Philippe nervös.

»Man hat mir erzählt, du habest heute nacht gefeiert... ein unerlaubtes Fest *à trois*, hieß es, glaube ich. Hast du danach nicht Alpträume gehabt?«

»Nein, *mon oncle*«, erwiderte Philippe.

Als Léon de Valmy mich amüsiert anblickte, sagte ich fast ebenso nervös wie Philippe: »Sie verübeln es uns doch hoffentlich nicht. Vielleicht war es etwas ungewöhnlich, aber...«

»Meine liebe Miß Martin, warum sollte ich das verübeln? Wir haben Philippe ganz Ihrer Obhut überlassen, und bis jetzt hat sich das als vollkommen richtig erwiesen. Ich hoffe, Sie haben den Ball genossen.«

»Ja, Monsieur. Danke. Und wie geht es Madame de Valmy heute nachmittag? Sie ist doch wohl nicht krank?«

»O nein. Nur müde. Sie muß sich heute abend auf dem Ball im Dorf zeigen, und darum ruht sie den Tag über.«

Der Rollstuhl setzte sich in Bewegung und kam dann wieder auf uns zugefahren.

»Ach, übrigens...«

»Ja, Monsieur?«

»Lassen Sie Philippe nicht die Schaukel in der großen Wagenremise benutzen, Miß Martin. Ich habe gesehen, einer der Haken ist lose. Halten Sie ihn davon fern, bis das in Ordnung gebracht ist. Es darf nicht noch zu einem weiteren Unfall kommen, nicht wahr?«

»Nein, das darf es nicht. Vielen Dank, Monsieur. Wir werden nicht in die Remise gehen.«

Er nickte, und der Rollstuhl fuhr schnell zum Tor des Küchengartens davon.

Der Rest des Tages schleppte sich ohne Zwischenfall dahin. Ich brachte Philippe etwas früher als sonst zu Bett, und später legte ich mich dankbar selber schlafen, nachdem ich ihm seine Schokolade gebracht hatte, und schlief fast sofort ein.

Ich weiß nicht mehr, wie ich aufgewacht bin. Mitten aus tiefem Schlaf fuhr ich hoch und blickte mit weit aufgerissenen Augen zur Tür. Im Zimmer war es dunkel, und ich konnte nichts sehen. Aber dann hörte ich, wie sich die Tür leise schloß und Schritte sich über den Teppich auf das Bett zu bewegten. Ich glaube, es war mir im ersten Augenblick gar nicht klar, daß ich wach war. Etwas berührte mein Bett. Ich hörte jemanden atmen. Und jetzt wußte ich, daß ich wirklich wach war. Mein Herz schlug wild vor Angst, und ich fragte laut: »Wer ist da?«

Als ich nach dem Schalter neben dem Bett tastete, hauchte eine angstvolle Stimme: »Machen Sie kein Licht.«

Meine Hand ließ den Schalter los. Die Angst des Eindringlings machte mich ganz ruhig. Und ich sagte noch einmal: »Wer ist da?«

»Berthe, Miß«, flüsterte es.

»Berthe?«

»Ach, leise, Miß. Sonst hört man uns«, sagte sie fast schluchzend.

»Was ist, Berthe? Was ist geschehen? Ist etwas mit Philippe?«

»Nein, nein, Aber... ich dachte, ich müßte es Ihnen sagen...« Doch da brach sie in lautes Schluchzen aus und ließ sich auf das Fußende des Bettes fallen.

Ich stieg aus dem Bett und stolperte durch das Zimmer zur Tür, um sie abzuschließen. Dann kehrte ich zum Bett zurück und knipste die Nachttischlampe an.

Berthe kauerte immer noch, das Gesicht in den Händen vergraben, auf dem Fußende. Sie hatte mein Ballkleid an und einen Mantel aus billigem dunklem Stoff über die Schulter gelegt, die immer noch vom Schluchzen bebten.

Ich wartete. Plötzlich sagte sie leise und erregt: »Es ist Bernard... in gewisser Weise. Sie wissen doch, daß ich ihn heiraten werde. Nun, er ist heute abend mit mir auf den Ball gegangen, und ich hatte Ihr Kleid an, und er sagte, ich sähe wie eine Prinzessin aus, und dann begann er... ach, er begann zu trinken, Miß, und er wurde... Sie wissen ja...«

»Ja, ich weiß.«

»Er war betrunken«, sagte sie leise. »Ich habe es nicht gleich gemerkt. Er wirkte ganz normal, bis... er wirkte ganz normal. Dann... danach... begann er zu reden.« Sie fuhr von neuem mit der Zunge über die Lippen. »Er prahlte davon, wie es sein würde, wenn wir erst verheiratet wären. Ich würde eine Prinzessin sein, und wir hätten Geld, viel Geld. Ich... ich müsse ihn jetzt bald heiraten, sagte er, und wir würden uns einen Bauernhof kaufen und reich sein. Und wir würden... Ach, er redete so viel dummes Zeug, daß ich Angst bekam und ihm sagte, er sei ein Narr, und woher er das Geld nehmen wolle, um einen Bauernhof zu kaufen. Und er sagte...«

Sie verstummte.

Mich fragend, wohin das alles führte, sagte ich: »Ja? Er

sagte?« Sie rang ihre Hände, die weiß im Lichtkreis der Lampe schimmerten. »Er sagte, er werde später viel Geld haben... wenn Philippe... wenn Philippe...«

»Was?«

»Tot wäre«, sagte Berthe mit zitternder Stimme.

Mein Herz schlug so wild, daß ich es bis in die Fingerspitzen spürte. Berthe blickte mich verstört an, und auf ihrer Oberlippe perlte Schweiß.

»Ich... ich sage nur, was er gesagt hat. Er war betrunken... Er schlief schon halb. Er war...«

»Ja. Fahren Sie fort.«

»Er sagte, Monsieur de Valmy habe ihm das Geld versprochen... wenn Philippe tot sei.«

Schweigen. Meine Hände waren eiskalt.

Das war ja Unsinn. Es war ein Alptraum. Aber tief in meinem Inneren war ich nicht überrascht. Es war kein Alptraum: Ich wußte es bereits. In meinem tiefsten Inneren hatte ich es längst gewußt. Ich hörte mich ruhig sagen: »Sie müssen es jetzt zu Ende erzählen, Berthe. Philippe... Philippe soll also sterben? Wann?«

»Bernard sagte, bald. Er sagte, es müsse bald sein, weil Monsieur Hippolyte heute früh telegrafiert habe, daß er nach Hause komme. Sie wissen nicht, warum – er muß krank sein oder so etwas. Jedenfalls hat er seine Reise aufgegeben und wird schon morgen abend hier sein. Und darum müssen sie es bald tun, sagte Bernard. Sie haben es schon versucht, aber...«

»Sie?«

»Die Valmys. Monsieur und Madame und Monsieur...«

»Nein«, sagte ich. »Nein.«

»Doch, Miß. Monsieur Raoul.«

»Ich glaube das nicht!« schrie ich wütend. Aber Berthe schwieg.

»Hat er das gesagt? Hat Bernard das gesagt?«

»Ja.« Und der Ausdruck in meinem Gesicht erschreckte sie so, daß sie hinzufügte: »Er war betrunken. Er redete...«

»Ich weiß. Aber es kann nicht wahr sein! Es kann nicht wahr sein! Berthe, hören Sie mich? Es kann – einfach – nicht – wahr sein.«

Sie sagte nichts, sondern blickte weg.

Ich öffnete den Mund, schloß ihn dann aber wieder und schwieg ebenfalls.

Ich werde nicht – selbst wenn ich es könnte – die nächsten Minuten beschreiben. Das Gefühl, daß etwas in einem zerbricht und stirbt, ist etwas, das man auch nicht nach langer Zeit wieder beschwören mag.

Als ich schließlich sprach, klang meine Stimme so dumpf, daß ich sie nicht wiedererkannte.

»Es ist besser, wir sehen klar. Ich sage nicht, daß ich das, was Bernard redet, für bare Münze nehme, aber ... ich will es hören ... alles. Er sagt, man plane, Philippe zu ermorden. Wenn dem so ist, dann erübrigt sich die Frage, warum; es ist nur allzu klar, was Monsieur und Madame und ... dabei gewinnen.«

Die Worte kamen mir leicht von den Lippen. Es war wie ein Theaterstück. Ich spielte eine Rolle in einem Theaterstück. Ich fühlte nichts – weder Zorn, noch Angst, noch Verzweiflung. Ich sprach nur meinen Text mit dieser dumpfen Stimme, und Berthe hörte zu und starrte mich an und rang die Hände.

»Sie sagen, sie haben es bereits versucht«, sagte ich. »Ich nehme an, Sie meinen damit den Schuß im Wald und die Balkonbrüstung.«

»Ja.«

»Aha.« Mir fiel dann ein, wie kreideweiß Madama de Valmys Gesicht ausgesehen hatte, als Philippe und ich an jenem Tage aus dem Walde zurückgekommen waren. Und dann der Abend, an dem das mit der Balkonbrüstung passiert war. Sie war da nicht heraufgekommen, um Tabletten zu holen; sie war gekommen, weil sie die Ungewißheit nicht länger ertragen konnte. Léon de Valmy, der in der Halle war, mußte das Herunterstürzen des Mauerwerks gehört haben. Dann erinnerte ich mich an die beiden Gespräche, die ich mit ihm in der Bibliothek gehabt hatte. »Es könnte wahr sein«, sagte ich. »Ach, lieber Gott, Berthe, es könnte wahr sein. Wer hat den Schuß abgegeben? Bernard selber?«

»Nein, Monsieur Raoul. Bernard hat nur die Kugel aus dem Baum entfernt.«

Ich vergaß, daß ich eine Rolle spielte. »Ich glaube das nicht!«

»Miß...«

»Hat Bernard das gesagt?«

»Ja.«

»Dann lügt er. Er hat wahrscheinlich selber geschossen und...«

Aber da sah ich ihr Gesicht und hielt inne. Nach einer Weile sagte ich ruhig: »Verzeihen Sie. Ich habe Sie nur nach dem gefragt, was er gesagt hat. Und ich bin ziemlich sicher, daß das, was er gesagt hat, im wesentlichen stimmt. Dennoch kann ich nicht ganz glauben...«

»Ja, Miß. Ich weiß.«

»Und hat Bernard nicht angedeutet, für wann es geplant ist oder wie?« fragte ich.

»Nein, wirklich nicht. Aber es soll bald sein, weil Monsieur Hippolyte zurückkommt. Das Telegramm ist heute morgen angekommen und hat den Herrn, wie Bernard sagte, ganz aus dem Häuschen gebracht.«

»Und Hippolyte kehrt morgen zurück?« Ich hielt den Atem an.

»Heute, Berthe. Es ist heute, ist Ihnen das klar? Heute!«

»Ja, so ist es wohl. Es ist fast eins, nicht wahr? Aber ich weiß nicht genau, wann Monsieur Hippolyte hier sein wird. Wahrscheinlich erst gegen Abend, und nach Valmy kommt er vielleicht erst am Donnerstag.«

Ruhig sagte ich: »Monsieur Raoul ist bis Donnerstag in Paris, Berthe. Wenn das Telegramm heute in aller Frühe gekommen ist, weiß er wahrscheinlich davon. Aber er ist trotzdem nach Paris gefahren. So kann er nichts damit zu tun haben.«

»Sind Sie sicher?«

Ich starrte sie an. »Was meinen Sie?«

Sie zuckte die Schultern. »Das Gut ist groß.«

Mir lief es kalt den Rücken hinunter. »Sie meinen, er ist vielleicht noch hier irgendwo... hat sich versteckt?«

Sie nickte nur.

»Wenn er in diesen Mord verwickelt ist, warum hat er sich dann mit mir abgegeben? Er hat mir auf dem Ball einen Heiratsantrag gemacht.«

»Ja, ich weiß.«

»Sie wissen es?«

Es verschlug mir für ein paar Sekunden die Sprache. »Sie wissen es?«

»Bernard hat es Albertine erzählt, und sie hat es uns allen weitererzählt. Vielleicht wollte er damit erreichen, daß Sie den Mund halten, wenn Sie etwas argwöhnen.«

»Ach, lieber Gott«, sagte ich müde, »sie können sich doch nicht einbilden, daß, wenn ich den Verdacht hätte, ein Kind wäre ermordet, ich schweigen würde?«

»Aber wenn Sie ihn heiraten, und alle wissen ...«

»Was für einen Unterschied würde das machen? Sie können doch nicht so idiotisch sein zu glauben, ich würde ihnen helfen. Nein, das ist Unsinn. Sie würden nie die Heirat als Köder benutzen, damit ich den Mund halte. Warum, lieber Gott ...«

»Warum hätte er Ihnen sonst einen Heiratsantrag gemacht?«

»Ja, warum?« sagte ich.

Philippe schlief friedlich. Im Haus war alles still. Ich ging auf Zehenspitzen in mein Schlafzimmer zurück und griff nach meinem Morgenrock.

»Schläft er?« fragte Berthe.

Mit zitternden Händen zog ich den Morgenrock an. »Ja. Es ist Ihnen doch wohl klar, daß es höchstwahrscheinlich heute nacht, jetzt geschehen wird, da alle außer Mrs. Seddon auf dem Ball sind.«

»Ihr Mann ist nicht mitgegangen. Er ist bei ihr geblieben.«

»Ach? Nun, ihnen würde ich trauen. Aber sie ist krank, und ich bezweifle, daß er einem viel nützt – selbst wenn sie uns glauben würden, was unwahrscheinlich ist.« Ich schlüpfte schnell in meine Pantoffeln. »Würden Sie bei Philippe bleiben und über ihn wachen. Schließen Sie die Zimmer- und die Balkontür ab.«

»Was wollen Sie tun?«

»Das einzig Mögliche. Wie spät ist es?«

»Fast Viertel nach eins. Ich – wir sind früh nach Hause gekommen.«

»Ist Bernard mit Ihnen gekommen?«

»Ja.« Sie sah mich nicht an. »Ich habe ihn dazu überredet, mich in dem Jeep heraufzubringen. Es war nicht schwer. Jetzt – schläft er in meinem Zimmer. Es war freilich furchtbar mit ihm, der immer noch betrunken war, die Zickzackstraße hinaufzufahren.«

Ich hörte kaum zu. Ich dachte darüber nach, daß, abgesehen von den Seddons, wir mit Léon de Valmy und Bernard allein im Hause waren. Gott sei Dank mußte dieser noch seinen Rausch ausschlafen. »War Madame de Valmy auf dem Ball?« fragte ich.

»Ja, aber sie ist inzwischen sicher auch wieder zurückgekehrt. Sie bleibt nie lange.«

»Kann ich wohl in Seddons Anrichte telefonieren, ohne daß mich jemand sieht oder hört? Schließt er sie ab?«

»Nein, Miß. Aber er geht immer um Mitternacht zu Bett, und er stellt dann das Telefon in das Zimmer des Herrn um.«

»Dann werde ich es wieder umstellen. Wie macht man es?«

»Links darauf ist ein roter Knopf. Drücken Sie auf den. Aber – er könnte es hören. Miß... was wollen Sie tun?«

»Das einzige, das ich tun kann. Wir müssen Hilfe haben. Glauben Sie, daß, wenn ich telefoniere, das Telefon im Schlafzimmer des Herrn klingeln wird? Denn dann kann ich es nicht benutzen. Und ich kann auch nicht weggehen und Philippe verlassen. Sie werden vielleicht selber zur Polizei gehen müssen....«

»Zur Polizei?«

Ich stand an der Tür, die in den Korridor führte, und lauschte. Ich drehte mich um und blickte sie überrascht an. »Wohin sonst? Ich muß der Polizei das alles sagen.«

»Nein!« sagte Berthe so laut, daß sie unwillkürlich die Hand vor den Mund hielt.

»Was meinen Sie?«

»Sie werden nicht zur Polizei gehen! Sie werden es niemandem sagen! Nein!« schrie sie hysterisch. »Bernard wird dann erfahren, daß ich es Ihnen gesagt habe. Und Monsieur de Valmy! Ich kann das nicht riskieren. Sie dürfen es nicht!«

»Ich muß es. Sehen Sie denn nicht ein, daß es auf das alles nicht ankommt? Es geht nur um den Jungen.«

»Ich werde es leugnen. Ich werde alles leugnen. Ich werde schwören, er habe nichts zur mir gesagt und ich hätte nicht mit Ihnen gesprochen. Ich werde sagen, das sind Lügen. Ich werde es tun. Ich werde es tun.«

Ich schwieg einen Augenblick. Nach ein paar Sekunden wandte sie den Blick von mir ab. Aber es war ein Ausdruck in ihrem Gesicht, der mir sagte, daß es ihr damit ernst war. Ich bezwang meinen Ärger, mich daran erinnernd, daß sie ihr ganzes Leben im Schatten der Valmys verbracht und gerade jetzt allen Grund hatte, anzunehmen, daß Bernard bereit war, sie zu heiraten. Arme Berthe; sie hatte viel getan; mehr konnte ich kaum erwarten.

»Gut«, sagte ich. »Ich werde Sie aus dem Spiel lassen und werde Bernard nicht erwähnen. Wir werden die Vergangenheit Vergangenheit sein lassen und uns nur mit der Zukunft befassen. Ich werde es der Polizei einfach als meinen eigenen Verdacht mitteilen. Ich werde mir etwas ausdenken. Und dann werde ich zu Léon de Valmy gehen und ihm sagen, daß ich bei der Polizei gewesen sei. Das wird genauso wirksam sein.«

Mit schriller Stimme sagte sie: »Sie werden es nicht sagen! Wenn Sie nicht schwören, daß Sie nicht zur Polizei gehen, hole ich sofort Bernard. Er wird jetzt nüchtern genug sein, um Sie davon abzuhalten.«

Ich ging auf das Bett zu und packte sie an den Schultern. »Sie werden das nicht tun, Berthe. Sie wissen, daß Sie es nicht tun werden. Sie dürfen es nicht!«

Ihr immer noch kreideweißes Gesicht war meinem ganz nahe.

»Was, glauben Sie, wird mir geschehen, wenn das alles vorüber ist?« fragte Berthe. »Und Bernard? Und meiner Mutter und meiner Familie? Mein Vater und meine Brüder haben ihr Leben lang in Valmy gearbeitet. Sie sind arm. Sie besitzen gar nichts. Wohin sollen sie gehen, wenn sie entlassen werden? Was soll dann aus uns werden?«

Ich ließ ihre Schultern los.

»Nun gut. Sie sollen Ihren Willen haben. Ich werde den Mund halten.« Ich sah sie an. »Aber ich schwöre Ihnen, wenn Philippe etwas zustößt – oder auch nur ein Mordanschlag versucht wird –, dann werde ich diese Geschichte ausposaunen, und jede Zeitung in Frankreich wird sie veröffentlichen. Sie wird durch alle französischen Zeitungen gehen, bis die Valmys – und Bernard – bekommen, was sie verdienen.«

»Es wird Philippe nichts geschehen.«

»Ich bete zu Gott, daß Sie recht haben. Und jetzt gehen Sie, Berthe. Ich danke Ihnen, daß Sie zu mir gekommen sind.«

Sie erhob sich zögernd von dem Bett. »Das Kleid?«

Müde sagte ich: »Behalten Sie es. Dort, wohin ich gehe, habe ich keine Verwendung dafür. Gute Nacht.«

Die Tür schloß sich leise hinter ihr, und ich blieb mit den Schatten allein.

Vierzehntes Kapitel

Es gab nur eine Möglichkeit, Philippe zu schützen: er mußte irgendwohin gebracht und versteckt werden, wo Léon de Valmy nicht an ihn heran konnte, und dort bleiben, bis Hilfe kam.

Man durfte keine Zeit verlieren. Léon de Valmy konnte annehmen, daß um halb zwei in unserem Flügel alles schlief. Und das Personal würde erst zwischen drei und vier von dem Ball zurückkommen. Wenn etwas heute nacht getan werden mußte, dann würde es bald getan werden müssen.

Ich zog meinen Morgenrock aus, wobei meine Hände immer noch zitterten. Ich war mir klar darüber geworden, daß ich nicht wagen konnte, zu telefonieren, denn mir wäre dadurch vielleicht Léon de Valmy hinter die Schliche gekommen, und außerdem war es möglich, daß Berthe wartete, um zu sehen, ob ich in die Anrichte ging – und das sie im Augenblick völlig verstört war, konnte man nicht wissen, was sie dann anstellen würde. Und in Valmy war keine Hilfe. Mrs. Seddon war krank. Seddon selber war schon alt und, wie mir schien, nicht allzu klug. Berthe und ich hätten Philippe beschützen können, wenn wir gewußt hätten, vor welcher Gefahr. Aber so wie die Dinge standen...

Ich hatte meinen Morgenrock auf das Bett geworfen und griff nach meinen Kleidern, als ich im Flur ein Geräusch hörte.

Obwohl ich schon darauf gelauert hatte, wußte ich im ersten Augenblick nicht, was es war. Es klang wie ein leises Summen. Aber unbewußt witterte ich die Gefahr, denn meine Hand knipste hastig die Nachttischlampe aus, als Philippes Tür sich sehr leise öffnete und mir klar wurde, was das für ein Geräusch gewesen war. Der Rollstuhl.

Wie zu Stein erstarrt stand ich dort, immer noch die Hand auf dem Lichtschalter. Ich glaube, ich atmete nicht einmal. Wenn der leiseste Laut aus dem Zimmer des Jungen gekommen wäre, wäre ich gewiß wie eine Wahnsinnige dorthin gestürzt, aber da sich der Rollstuhl nicht bewegte, blieb ich wartend weiter stehen. Nichts. Keine Bewegung. Nach einer Weile schloß sich Philippes Tür wieder sehr leise, und dann vernahm man von neuem das Flüstern im Flur.

Ich weiß nicht, welcher Instinkt mich in mein Bett zurücktrieb und mich meine Kleider unter der Decke verstecken ließ, aber als sie die Tür meines Schlafzimmers öffnete, lag ich dort ganz still, den Rücken ihr zugekehrt.

Er kam nicht herein. Er wartete nur stumm dort. Ich zitterte am ganzen Leibe.

Die Tür hatte sich geräuschlos hinter ihm geschlossen. Ich hörte das Summen der Räder im Flur. Ich stieg aus dem Bett und ging zu der Tür, wo ich stehenblieb, bis ich glaubte, ganz hinten im Flur eine andere Tür sich leise schließen zu hören. Ein paar Sekunden später vernahm ich das Surren des Lifts. Er hatte sich nur vergewissern wollen, ob wir schliefen. Aber ich hatte alles erfahren, was ich wissen wollte. Die Geschichte war wahr, und ich mußte mich schnell mit Philippe davonmachen. Irgendwie war ich wieder ruhig. Ich machte meine Tür zu und schloß sie ab, dann zog ich die Vorhänge zu und knipste die Nachttischlampe an. Ich kleidete mich eilig an, nahm meinen Mantel und meine Bergschuhe und ging durch das Badezimmer in Philippes Zimmer.

Es war hell genug in dem Zimmer. Die langen Vorhänge waren nicht ganz zugezogen, und zwischen ihnen fiel ein Lichtschein herein wie in der Nacht zuvor und zeichnete einen hellen Streifen auf den Teppich. Ich schob den schweren Vorhang zur Seite und klinkte die Tür zu. Hinter mir bewegte sich Philippe und seufzte, und ich blickte über meine Schulter zu dem Bett hin, während meine Hand noch auf der Klinke lag und die andere den Vorhang festhielt.

Da fiel ein Schatten auf mich, und ich drehte mich rasch zu der Glastür um. Jemand war über den Balkon gekommen und starrte mich durch den Spalt zwischen den Vorhängen an. Ich stand dort wie erstarrt in dem Lichtschein, der mich so unbarmherzig den Blicken preisgab. Ich konnte mich nicht rühren. Meine Hand, die auf der Klinke lag, war wie gelähmt. Ich blickte Héloise de Valmy, die kaum einen Meter von mir entfernt stand, in die Augen.

Sie zeigte sich weder über meine Anwesenheit noch darüber, daß ich ganz angezogen war, überrascht. Sie legte nur eine Hand auf die Klinke draußen, als ob sie erwartete, sie offen zu finden. Sie rüttelte daran, und dann glitten ihre Hände über die Scheibe, als versuche sie, die Tür aufzustoßen. Dann rüttelte sie von neuem fast ungeduldig an der Klinke.

Ich konnte ihr kaum den Eintritt verweigern. Verwirrt fragte ich mich, wie ich es ihr erklären sollte, daß ich um ein Uhr dreißig morgens auf und angezogen war, und öffnete die Glastür. So kühl ich es vermochte, sagte ich: »Guten Abend, Madame.«

Sie nahm keine Notiz davon, sondern ging an mir vorüber in das Zimmer. Ihr Morgenrock rauschte über den Teppich. Sie blieb am Kopfende des Bettes stehen. In dem dämmrigen Zimmer warf ihr Schatten ein noch tieferes Dunkel auf das schlafende Kind. Fast tastend streckte sie eine Hand aus, um sein Gesicht zu berühren. Es war eine sanfte Berührung, eine harmlose Geste, aber ich wußte, was sie bedeutete. Es war Philippes Alptraum. Sie hatte das schon öfter so gemacht.

Wenn sie eine Waffe gehabt hätte, wenn sie nicht so ruhig und selbstverständlich hereingekommen wäre, hätte ich bestimmt schneller eingegriffen. So aber schwebte ihre Hand noch über dem Gesicht des Jungen, als ich hinter ihr herstürzte. Ich kam genau in dem Augenblick an das Bett, als ihre Finger Philippe berührten. Er bewegte sich nicht. Sie zog ihre Hand zurück und richtete sich auf. Ich ging um das Bett herum und zog das Bettlaken bis zu seinem Gesicht hinauf. Dann blickte ich sie über das Bett hinweg an. »Was ist, Madame? Was wollen Sie?« fragte ich.

Sie antwortete nicht. Sie beachtete meine Anwesenheit überhaupt nicht.

Sie hatte sich dem kleinen Tisch zugewandt, der neben dem Bett stand. Ihre Hände glitten jetzt über das, was sich auf dem Tisch befand – eine Lampe, ein Buch, eine Glocke, den Becher, in dem Philippes Schokolade gewesen war, ein paar Soldaten, ein Biskuit... Ich glaubte, sie wolle das Licht anknipsen, und wollte sie schon daran hindern. Aber da griffen ihre Hände nach dem Becher.

»Madame de Valmy...«, sagte ich.

Sie drehte sich um. Sie hatte den Becher erhoben, als ob sie aus ihm trinken wolle, und über den Rand hinweg begegneten ihre Augen meinen von neuem. Da sie mit dem Rücken zum Mondlicht stand, war ihr Gesicht blaß und verschwommen, und ihre dunklen Augen wirkten ausdruckslos. Aber als ich sie anblickte und von neuem Angst bekam, ging mir plötzlich ein Licht auf, und es lief mir kalt den Rücken hinunter.

Die offenen Augen sahen tatsächlich nichts... Ich starrte sie noch einen Augenblick an, während das Kind zwischen uns friedlich atmete, und dann ging ich sehr schnell zum Fußende des Bettes.

Sie stand noch auf der anderen Seite mit dem Becher, den sie sich an den Mund hielt, und starrte auf die Stelle, wo ich gestanden hatte...

Ich umklammerte das Gitter am Fußende von Philippes Bett. Ich wäre sonst, glaube ich, hingefallen.

Mit heiserer Stimme sagte ich: »Madame!«

Sie reagierte nicht darauf. Sie stellte den Becher leise wieder hin und wandte sich zum Gehen. Der Mondschein glitt über die Falten ihres Morgenrocks und fiel auf ihr Gesicht, in dem die Augen riesengroß und gläsern wie die einer Puppe waren.

Sie schritt ruhig an mir vorüber und verschwand auf dem Balkon. Aber sie hatte mir eins gesagt. Das wurde mir klar, als ich mich umdrehte.

Gott, Gott, vergib uns allen. Ich stand in dem vom Mondlicht schwach erhellten Dunkel über Philippe gebeugt mit dem Becher in der Hand.

Ich weckte ihn leise. Er schlug die Augen auf, und es dauerte einen Augenblick, ehe sie mich wahrnahmen. Dann sagte er: »Ich hatte wieder einen Alptraum.«

»Ich weiß. Darum bin ich hereingekommen.«

Er hob den Kopf und setzte sich auf. »Wie spät ist es?«

»Halb zwei.«

»Sie gehen doch jetzt nicht aus?« Er sagte das so laut, daß ich einen Finger an die Lippen legte.

»Leise, Philippe. Nein... das heißt, ja, aber ich lasse dich nicht allein, wenn es das ist, was du befürchtest. Du kommst mit.«

»Ich?«

Ich nickte und setzte mich auf die Bettkante. Die großen Augen beobachteten mich. Er saß ganz still da. Was mochte er denken? Gott weiß, wie meine Stimme klang. Ich wußte nur, daß meine Lippen steif waren. Ich sagte: »Philippe. Hast du deine Schokolade getrunken?«

Seine Augen blickten zu dem Becher hin und dann zu mir. Er zögerte. »Ich habe sie weggeschüttet.«

»Was? Warum?«

»Ich weiß es nicht.« Und dann gestand er in aller Unschuld: »Eine Flasche von gestern abend ist hier stehengeblieben, und ich habe sie gefunden und an mich genommen. Ich habe es Ihnen nicht gesagt.«

Verblüfft sagte ich: »Eine Flasche?«

»Ja, die Limonade. Ich habe sie statt der Schokolade getrunken. Sie schäumte nicht mehr, aber sie schmeckte prächtig.«

»Du hast nichts davon gesagt, als ich kam, um dir deine Schokolade zu kochen.«

»Nun, ich wollte Sie nicht kränken... Was ist?«

»Nichts. Nichts. Ach, Philippe.«

»Sind Sie nicht böse auf mich?«

»Nein, ich bin nicht böse. Wußtest du schon, daß dein Onkel Hippolyte morgen – heute kommt?«

Ich sah, wie sein Gesicht vor Freude aufleuchtete, und eine tiefe, stille Dankbarkeit erfüllte mich plötzlich. Es gab einen Hafen in diesem Sturm, schien es.

Erregt flüsterte Philippe: »Wann kommt er? Warum kommt er zurück? Wer hat es Ihnen gesagt? Wann können wir zu ihm gehen?«

»Darum habe ich dich geweckt«, sagte ich, als wäre es das Selbstverständlichste von der Welt. »Ich dachte, wir könnten vielleicht gleich aufbrechen. Je früher, desto besser«, schloß ich kläglich, denn alles, was ich mir als Vorwand ausgedacht hatte, erstarb unter dem Blick der großen Augen, die mich fest ansahen, auf meinen Lippen.

»Soll das heißen, daß wir jetzt gleich zur Villa Mireille fahren, um meinen Onkel Hippolyte zu besuchen?«

»Ja. Er wird noch nicht dort sein, aber ich dachte...«

Zu meinem Entsetzen fragte Philippe: »Weiß mein Onkel Léon davon?«

Ich schluckte. »Philippe, mein Lieber, ich erwarte nicht von dir, daß du das alles verstehst, aber ich möchte, daß du mir vertraust und so schnell und leise wie du kannst mit mir mitkommst. Dein Onkel Léon...«

»Sie bringen mich von ihm weg.« Es war eine Feststellung, keine Frage. Sein Gesicht war ausdruckslos, aber er ließ mich nicht aus den Augen, und er atmete etwas schneller.

In nüchternem Ton sagte er: »Mein Onkel Léon haßt mich. Ich weiß das. Er wünscht, ich wäre tot, nicht wahr?«

Sanft erwiderte ich: »Philippe, *mon lapin*, ich fürchte, er möchte dir etwas antun. Ich mag deinen Onkel Léon auch nicht sehr. Ich glaube, wir gehen beide besser von hier weg, wenn du mir nur vertraust und mit mir kommst.«

Ohne auch nur eine Sekunde zu zögern, warf er die Bettdecken zurück und begann sein Nachthemd über den Kopf zu streifen. Mitten darin hielt er inne. »War das neulich, als auf mich im Wald geschossen wurde, kein Versehen?«

Ich stöhnte auf. Es war nicht nötig, schien es, ihm darin etwas vorzumachen. »Nein, es war kein Versehen«, sagte ich. »Hier ist dein Leibchen.«

»Hat er mich töten wollen?«

»Ja. Aber hab' keine Angst, Philippe.«

»Ich habe keine Angst.« Er kämpfte sich jetzt in sein Hemd hinein. Als sein Kopf daraus auftauchte, sah ich, daß es stimmte. Er war zäh und stark, und die schwarzen Augen mit den langen Wimpern – Valmy-Augen – begannen zu funkeln. Er setzte sich zu meinen Füßen und begann seine Strümpfe anzuziehen. »Wir gehen zu meinem Onkel Hippolyte und erzählen ihm das alles, und dann wird mein Onkel Léon hingerichtet.«

»Philippe!«

Er blickte mich an. »So ist das doch. Mörder werden hingerichtet. Und er ist ein Mörder.«

Tiger zeugen Tiger, ging es mir durch den Kopf. Tiger zeugen Tiger. Er hatte sogar eine Sekunde lang genauso wie Léon de Valmy ausgesehen, aber er war noch ein Kind, er konnte nicht die ganze Bedeutung dessen, was er da sagte, ermessen. »Er ist kein Mörder«, sagte ich. »Du lebst noch und wirst am Leben bleiben. Nur, wir müssen uns eilen, und sei ganz leise. Hier sind deine Schuhe. Zieh sie nicht an, trag sie, bis wir draußen sind.«

Er nahm sie in die Hand, stand auf und griff dann, plötzlich wieder ganz das Kind, nach meiner Hand und sagte: »Wohin gehen wir?«

»Ich habe es dir doch gesagt. Zu deinem Onkel Hippolyte.«

»Aber wir können doch nicht in die Villa Mireille gehen, ehe er dort ist«, sagte er unsicher. »Denn dort werden sie am Morgen sofort nach uns suchen.«

»Ich weiß.« Seine Hand zitterte in meiner, und ich zog ihn an meine Knie und legte einen Arm um ihn. »Aber es wird uns nichts geschehen. Wir folgen unserem Stern, Philippe, er wird uns nicht im Stich lassen. Erinnerst du dich an Monsieur Blake, den Engländer?«

Er nickte.

»Nun, er hat eine Hütte oben im Wald von Dieudonné, wo er manchmal die Nacht verbringt. Ich weiß, er ist heute nacht dort, denn ich habe sein Licht wie einen Stern schimmern sehen, ehe ich zu Bett ging. Wir gehen jetzt gleich dort hinauf, und er wird sich unser annehmen und uns morgen zum Hause deines Onkels bringen. Es wird alles gutgehen, du wirst es sehen. Ich verspreche es dir.«

»Soll ich diesen Schal umbinden?«

»Ja. Hast du deinen warmen Pullover angezogen? Gut. Wir schließen, glaube ich, die Balkontür ab ... Können wir jetzt gehen? Aber sei ganz leise!«

Ich blieb an der Tür stehen, die Hand am Schlüssel, und horchte. Ich konnte nichts hören. Hinter der Tür lag das große Haus im Dunkel wie unbewohnt. Madame de Valmy schlief bestimmt und Bernard war betrunken, und der Tiger – der unten darauf wartete, daß man Philippe tot fand –, der Tiger war ein Krüppel ...

Ich drückte die Klinke hinunter und öffnete die Tür, dann nahm ich Philippes Hand und ging mit ihm auf Zehenspitzen in den dunklen Flur hinaus, an der Uhr vorüber, die für uns Mitternacht geschlagen hatte, die Treppe hinunter, wo ich meine Sandale verloren hatte, durch düstere Flure, in denen die Porträts der Ahnen hingen, die verstohlen zu uns herunterblickten ... Das große Haus glitt im Dunkel so unwirklich an uns vorüber wie die Dekoration in einem Stück von Cocteau. Aber dann versperrte uns die schwere Tür, die auf den Wirtschaftshof und in die Freiheit führte, den Weg.

Sie war abgeschlossen. Meine Hände glitten in der Finsternis über das beschlagene Holz und suchten nach einem Riegel. Neben mir hörte ich Philippe leise seufzen. Ich stellte mich auf die Zehenspitzen, griff über meinen Kopf, fand den Riegel und schob ihn zurück. Er bewegte sich mit einem Kreischen wie eine Alraune, die in einem nächtlichen Wald aus der Erde gerissen wird. Das Echo des Geräusches hallte durch den Flur. Ich zog mit zitternden Händen an der Tür und horchte dabei auf das Summen des Rollstuhls. Die Tür gab nicht nach. Sie gab immer noch nicht nach. Ich tastete, ob sich neben dem Schloß noch ein Sicherheitsschloß befand, konnte es aber nicht finden. Er würde jeden Augenblick kommen, und wir saßen dann in der Falle. Es bedurfte nicht des kreischenden Riegels, um ihm zu sagen, wo wir waren und was wir taten. Ich konnte geradezu hören, wie meine von Angst gepeitschten Gedanken durch den Flur hallten und es ihm sagten. Er wußte es. O ja, er wußte es.

»Ich habe meine Taschenlampe mitgenommen«, flüsterte Philippe. »Wir werden die Tür schon aufbekommen.«

Er bückte sich zu dem anderen Riegel, zog leise an ihm, und die Tür öffnete sich.

Wir gingen in die Nachtluft hinaus

Fünfzehntes Kapitel

Ich hatte keine Ahnung, wie man zu William Blakes Hütte gelangen konnte, aber von meinem Fenster in Valmy aus hatte ich bemerkt, daß der Lichtschein ganz in der Nähe einer breiten, steilen Schneise war, die unweit der Valmy-Brücke den Berg hinauf durch den Tannenwald geschlagen worden war. Philippe und ich mußten nur die Brücke überqueren, uns dann ein wenig rechts haltend von der Straße hinaufsteigen und würden so in die Schneise kommen. Wenn wir sie erreicht hatten, mußten wir ihr bis zum ersten Kamm folgen, und sicherlich würde uns das Licht dann zu der Hütte führen.

Das klang leicht, aber in Wirklichkeit war es ein langer und erschöpfender Aufstieg. Ich wagte nicht, so nahe der Straße Philippes Taschenlampe zu benutzen, und auch später in der Schneise nicht, da man sie von jedem Fenster an der Westfassade des Schlosses sehen konnte.

Im Wald war es sehr dunkel. Meine Augen hatten sich allmählich daran gewöhnt, und wir fanden unseren Weg zwischen den Bäumen ohne eigentliche Pannen, aber wir kamen nur sehr langsam voran, und da auf dem dicken Tannennadelteppich kreuz und quer tote Äste lagen, die sich an manchen Stellen zu Haufen türmten – sie waren dort liegengeblieben, als man den Wald gelichtet hatte –, nur mit vielen Kratzern und Schrammen. Einmal stolperte Philippe, und nur weil ich ihn an der Hand hielt, fiel er nicht hin. Und einmal mußte ich einen Schmerzensschrei unterdrücken, als ich gegen einen Baumstumpf stieß, der wie ein Schwert in mein Bein stach.

»Kannst du noch, Philippe?«

»Ja, Mademoiselle.«

Wenn in jener Nacht irgendein Tier durch den Wald

schlich, wir sahen jedenfalls keines. Die einzigen Augen, die uns zublinzelten, waren die Sterne und die Millionen Tautropfen, die auf den heruntergefallenen Ästen zitterten. Der Wind ließ nach, und man hörte die Äste unter unseren Füßen laut knacken.

Philippe sah als erster die Hütte. Ich hatte durch die Bäume zu unserer Linken nach Williams Licht ausgespäht, und als wir uns dem Gipfel des Berges näherten, hatte ich schon gefürchtet, wir könnten an der Hütte vorüber sein, da die dichten Tannen sie uns verbargen.

Als wir einmal stehenblieben, um Atem zu holen, zog Philippe heftig an meiner Hand.

»Dort«, sagte er und deutete mit dem Kopf auf eine Bresche in der Mauer der Bäume im Süden.

Ich blickte dorthin, und es lief mir kalt den Rücken hinunter. Es war tatsächlich eine Hütte – die Hütte, und sie stand genau dort, wo ich sie zu finden erwartet hatte. Sie war klein und viereckig, wie ein Chalet aus Tannenstämmen gebaut, mit einer Veranda ringsherum und einem steilen, überhängenden Dach und Holzläden. Dahinter und an den Seiten standen die Tannen so dicht, daß man glauben konnte, man müsse dort selbst am Tage Licht brennen.

Aber jetzt waren die Fenster alle dunkel. Hinter einem schimmerte ein schwacher Schein wie von einem Feuer, aber die Lampe, die uns willkommen heißen sollte, brannte nicht. Ich preßte die Hand des Jungen und starrte auf die schwarzen Fenster.

»Er wird schlafen«, sagte Philippe heiter mit lauter Stimme. Ich fuhr zusammmen, dann blickte ich zu ihm hinunter. Ich hätte ihn am liebsten umarmt. »Ja, natürlich«, sagte ich, wenn auch nicht ganz überzeugt. »Natürlich. Ich hatte ja ganz vergessen, daß bald der Morgen graut. Ich hoffe, er nimmt es nicht übel, wenn er geweckt wird. Kommen Sie, Monsieur le Comte.«

Er ging mit festen Schritten vor mir auf die Hütte zu. Ich folgte ihm dankbar. Wir waren hier bei unserem Stern geborgen. Ganz in der Ferne sah ich den winzigen Lichtpunkt von Valmy. Nie wieder würde ich dorthin zurückkehren.

Tränen stiegen mir in die Augen. Ärgerlich hob ich die

Hand, um die Tränen wegzuwischen, und blickte noch einmal dorthin. Drei Lichter schimmerten in dem weißen Schiffsleib, der Valmy war. Und noch während ich dorthin starrte, ging hinter einem anderen Fenster das Licht an und dann hinter noch einem. Mein Schlafzimmer, mein Wohnzimmer, das Schulzimmer... Und dann sah ich zwei dünne Lichtstreifen aus dem Dunkel darunter auftauchen und davongleiten, als ein Wagen aus dem Hof herausfuhr. Man hatte das ganze Haus alarmiert. Lieber Gott, man hatte das Haus alarmiert. Er hatte nicht bis zum Morgen gewartet. Er hatte noch einmal kontrolliert, ob wir da waren, und jetzt war in Valmy der Teufel los. Ich konnte geradezu die schnellen Schritte hören, das Flüstern, das leise Geräusch des Rollstuhls, das Summen der Telefondrähte. Die erleuchteten Fenster starrten mit ihren fünf Augen über das Tal hinweg. Aber dann, als ich mich in meiner wilden Angst fragte, warum er alle geweckt hatte, gingen die Lichter eins nach dem anderen aus, und Valmy versank wieder in Schlaf. Nur ein einziger heller Punkt leuchtete noch, und darunter sah man die Scheinwerfer über die Kurven der Zickzackstraße gleiten und dann verschwinden.

Ich hatte mich geirrt. Er hatte das Haus nicht alarmiert. Er hatte unsere Flucht entdeckt und war dann in sein Zimmer zurückgegangen, um neben seinem Telefon zu warten, während sein Hund hinter uns her war. Bernard, den man drastisch wieder nüchtern gemacht hatte? Raoul?

Ich drehte mich um und rannte in das Dunkel der Tannen, während Philippe leise an die Tür der Hütte klopfte.

Eine halbe Minute verstrich. Dann noch eine. Dann noch eine halbe. Ich stand neben Philippe und versuchte, die Angst tief in mir zu beschwichtigen. Gleich würde es vorüber sein. Der Engländer würde zur Tür kommen, sie würde in den Angeln quietschen, und die Wärme des Feuers würde in die Veranda dringen.

Im Walde regte sich kein Laut. Mich fror. Eine Minute; anderthalb Minuten. Nichts rührte sich.

Philippe drückte auf die Klinke. Zu meiner Überraschung öffnete sich die Tür sofort. Zögernd ging er einen Schritt hinein, aber ich schob ihn sanft vor mir mitten in das Zimmer.

Das Brummen des Motors, das immer wieder vom Tal heraufhallte, machte mich nverös.

»Mr. Blake!« rief ich leise, als ich die Tür schloß. »Mr. Blake! Sind Sie da?«

Schweigen, das unverkennbare Schweigen eines Hauses, in dem niemand ist.

Ich wußte aus Williams Erzählungen, daß die Hütte nur aus einem Raum und einer kleinen Küche dahinter bestand. Die Tür, die vermutlich dorthin führte, war geschlossen. Das Zimmer, in dem wir standen, war Wohn-, Eß- und Schlafzimmer zugleich.

Er konnte noch nicht lange fort sein. Nicht nur das erleuchtete Fenster, das ich von Valmy aus gesehen hatte, bewies das. Das Holzfeuer im Herd brannte noch schwach, und Essensgeruch hing in der Luft. Er hatte gewiß hier oben gearbeitet, hatte sich selber ein Mahl bereitet und dann, obwohl es schon spät war, beschlossen, zum *Coq Hardi* hinunterzugehen. Die Decken auf dem Bett in der Ecke waren sorgfältig zusammengelegt.

Es war ein kahles kleines Zimmer. Wände, Boden und Decke, alles war aus Tannenholz, das in der aus dem Herd kommenden Wärme schwach nach Wald roch. Ein selbstgezimmerter derber Tisch, zwei Holzstühle und ein hart aussehendes Bett mit einem Kasten darunter standen darin. In einer Ecke hing ein kleiner Schrank und über dem Bett ein Regal, mit ein paar Büchern darauf. In der entgegengesetzten Ecke führte eine Leiter zu einer kleinen viereckigen Falltür.

»Können wir nicht hier bleiben?« fragte Philippe mit fast weinerlicher Stimme. Er war bestimmt am Ende seiner Kraft, und der Gedanke, weitergehen zu müssen, entsetzte ihn. Und wohin konnten wir gehen? Ich blickte auf die geschlossene Tür, auf den glimmenden Ofen, auf Philippe.

»Ja, natürlich.« Der Wagen fuhr bestimmt jetzt zur Villa Mireille. Nie würde man uns hier suchen. »Glaubst du«, sagte ich, »daß du die Leiter hinaufsteigen kannst?«

»Die? Ja.«

Zum Glück war die Falltür leicht, und sie schien häufig benutzt zu werden. Jedenfalls öffnete sie sich schnell und leise, und auf der Leiter stehend und durch die Öffnung hineinblickend leuchtete ich den Boden mit Philippes Taschenlampe ab. Der Boden war fast so sauber wie das Zimmer und ganz trocken. Er wurde als Abstellraum benutzt, und ich sah einige Kartons und Kanister, weitere Seile, eine Drahtspule und, was für unseren Zweck mehr geeignet war, einen Stapel Zeltbahnen und Sackleinen neben dem Schornstein.

Wie ich gehofft hatte, lagen noch weitere Decken in dem Kasten unter dem Bett. Ich zog sie heraus und reichte sie eine nach der anderen die Leiter hinauf, wo Philippe sie ergriff. Dann stieg ich selber hinauf und leuchtete noch einmal das Zimmer mit der Taschenlampe ab... Nichts verriet uns; der Boden war trocken, das Bett unberührt, die Tür zu, aber nicht abgeschlossen...

Wir schlossen die Falltür leise und krochen – nur in der Mitte des Bodens konnte man stehen –, um unser Bett zu machen. Die aus dem Schornstein kommende Wärme war angenehm, und die Decken waren dick und mollig. Der kleine Boden mit seinem steilen Dach gab mir die Illusion der Geborgenheit.

Nachdem wir uns eine Tafel Schokolade geteilt und gebetet hatten – beides tröstete uns gleichermaßen –, legten wir uns für den Rest der Nacht nieder.

Das Hinunterdrücken der Türklinke hallte wie ein Pistolenschuß in die Stille.

Im ersten Augenblick überfiel mich eine wilde Angst, aber dann dachte ich erleichtert, es kann nur William Blake sein. Es konnte niemand anders sein. Ich mußte länger geschlafen haben, als ich geglaubt hatte, und jetzt war es früher Morgen, und er war zurückgekommen.

Ich hob den Kopf, um zu horchen, bewegte mich aber sonst nicht.

Ich wartete. Philippe schlief.

Die Tür unten schloß sich sehr leise. Der da gekommen war, tat zwei oder drei Schritte und blieb dann stehen. Ich hörte ihn schwer atmen, als wäre er gelaufen. Eine lange Weile stand er ganz still. Ich wartete auf die häuslichen Geräusche: ein Scheit, das in den Ofen gelegt, ein Streichholz, das angesteckt wurde, die Tür der Küche, die sich öffnete.

Aber es war nichts von alledem zu hören, nur das Keuchen. Und dann wurde es vollkommen still, als selbst das verstummte.

Ich glaube, auch mir stockte der Atem. Ich wußte jetzt, es war nicht William Blake. Ich wußte, warum er mit angehaltenem Atem stehengeblieben war, mit gespitzten Ohren dort stand und wahrscheinlich mit einer Taschenlampe in das Dunkel hineinleuchtete. Er hatte auf ein Geräusch seiner Beute gelauscht. Es konnte nicht wahr sein, aber es war wahr. Der Hund war bereits hier.

Dann seufzte er, und man hörte ihn über den Fußboden stapfen. Jetzt vernahm man, wie er die Läden schloß, das Klirren der Petroleumlampe, das Kratzen eines Streichholzes. Dann wurde der Glasschirm der Lampe wieder über den Zylinder gesetzt, und ich hörte einen leisen Fluch, da wahrscheinlich der Docht wieder ausgegangen war. Sekunden später wurde ein neues Streichholz angestrichen.

Es konnte noch nicht Morgen sein, und es war bestimmt nicht William Blake. Der Mann hatte auf französisch geflucht, und mit einer Stimme, die ich zu erkennen glaubte. Bernards Stimme. Die Lampe brannte jetzt. Hier und dort sah ich dünne Lichtstreifen zwischen den Brettern der Decke. Er bewegte sich absichtlich langsam, was erschrekkender war als Hast. Nur sein Atem ging noch schnell...

Ich merkte, daß ich zitterte. Er ging zu dem Fuß der Leiter hinüber.

Aber er ging dann weiter, in die Küche. Ich hörte, wie er die Tür öffnete.

Meine Hände umklammerten die Decke so fest, daß sich meine Nägel in den Stoff einbohrten. Hatte ich Philippe etwas von Bernard gesagt? Wenn er aufwachte, würde er vielleicht keine Angst haben... Aber laß ihn schlafen, lieber Gott, laß ihn schlafen... Vielleicht weiß Bernard gar nichts von dem Boden. Vielleicht sieht er die Leiter gar nicht... Wenn nur Philippe nicht aufwachte und uns verriet...

Er kam aus der Küche. Die Schritte gingen durch das Zimmer. Und dann schloß sich die Tür.

Die Erlösung von der Angst war so plötzlich gekommen, daß ich völlig verwirrt war. Ich lag reglos und atmete tief.

Dann warf ich meine Decke ab und kroch leise über den Fußboden zu der Falltür. Ich spähte durch sie, so gut ich es vermochte. Durch die schlecht schließenden Läden fiel ein Lichtschein in den Raum und ich sah, daß niemand dort war.

Ich eilte zu Philippe, und Tränen rannen über mein Gesicht, als ich mich bückte, um ihn zu wecken.

Sechzehntes Kapitel

Er wurde sofort wach. »Mademoiselle? Ist es Morgen?«

»Ja. Steh auf. Wir müssen fort.«

Er sprang auf, und gleich darauf waren wir die Leiter hinuntergestiegen, und Philippe band seine Schuhe zu, während ich in William Blakes Schrank nach etwas Eßbarem suchte.

»Biskuits«, sagte ich heiter, »und Butter – eine Büchse Sardinen. Und Kuchen und Schokolade sind auch da.«

Philippe lächelte. Er sah heute morgen nicht ganz so müde aus, obwohl das graue Licht, das durch die Läden sickerte, ihn immer noch blaß erscheinen ließ. Gott mochte wissen, wie ich aussah. Ich kam mir wie ein wandelndes Gespenst vor.

»Können wir den Ofen wieder anmachen, Mademoiselle?«

»Leider nein. Es ist besser, wir warten hier nicht, bis Monsieur Blake kommt. Es schleichen zu viele Leute im Walde herum. Wir wollen weiterwandern.«

»Wohin? Nach Soubirous? Ist er dort?«

»Ja, aber wir gehen nicht nach Soubirous. Ich glaube, wir werden direkt nach Thonon gehen.«

»Ohne zu frühstücken?« Er machte ein langes Gesicht, und ich sicher auch. In dem Schrank stand eine fast volle Büchse Kaffee, und ich hätte nur allzu gern etwas Kaffee für uns beide gekocht.

»Wir werden, wenn die Sonne aufgegangen ist, uns ein hübsches Plätzchen suchen und draußen frühstücken. Hier, steck das in deine Taschen.« Ich ließ meine Augen schnell noch einmal durch die Hütte schweifen. »Gehen wir. Wir werden uns aber erst vergewissern, daß niemand draußen ist. Guck du aus dem Fenster dort, aber vorsichtig.«

Wir spähten, so vorsichtig wir konnten, aus den Fenstern, aber es hätte sich auch jemand in den Bäumen verstecken und auf uns warten können. Ich blickte beklommen auf die dunklen Reihen der Bäume. Doch nichts regte sich dort. Wir würden es wagen müssen.

»Erinnerst du dich noch an die Schneise, durch die wir heraufgekommen sind? Sie ist gleich hinter dem ersten Baumgürtel. Wir dürfen nicht durch sie gehen, weil man uns dort von Valmy aus sehen kann. Wir müssen auf dieser Seite in den Wald hinaufsteigen, bis wir den Kamm ereichen. Es ist nicht weit. Verstanden?« Er nickte.

»Wenn ich die Tür öffne, gehst du hinaus. Warte nicht auf mich. Blick dich nicht um. Geh links den Weg bergan und renne, so schnell wie du kannst. Bleib nicht stehen.«

»Und was tun Sie?«

»Ich komme dir nachgelaufen. Aber wenn etwas passieren sollte, darfst du nicht auf mich warten. Du gehst weiter über den Berg zu dem nächsten Haus hinunter und bittest die Leute dort, dich zur Polizeistation in Thonon zu bringen. Sag ihnen, wer du bist und was geschehen ist.«

Er nickte stumm. Impulsiv bückte ich mich und küßte ihn.

»So«, sagte ich, als ich die Tür öffnete, »und jetzt renne.«

Es ging alles gut. Wir verließen die Hütte unangefochten, und ebenso unangefochten erreichten wir den Gipfel. Dort machten wir eine Pause und gingen dann leiser, aber immer noch schnell hundert Meter weiter bis an den Rand des Kamms hinunter, wo wir stehenblieben.

Durch einen Haselbusch hindurch spähten wir bergauf und bergab. Der Kamm war kahl, und auf der entgegengesetzten Seite verhießen die Bäume eine gute Deckung.

Wir liefen hinüber. Tauben kamen aus den Wipfeln der Tannen wie Raketen geschossen, aber sonst regte sich nichts. Und dann verschwanden wir in der Schonung, in der die Lärchen und Fichten so dicht beieinander standen, daß wir uns beständig die Hände vor die Augen halten mußten, damit die Äste nicht hineinstachen.

Im Walde herrschte noch die Kühle des frühen Morgens, und von den Ästen tropfte der Tau. Wir waren bald ganz durchnäßt. Aber wir gingen standhaft in nördlicher Richtung den Hang schräg hinunter, und kurz vor Mittag erreichten wir nach mehreren Ruhepausen und Umwegen die Straße, die ich zu finden gehofft hatte. Sie war schmal und wand sich zwischen steilen Böschungen hoch über dem Tal entlang, durch das die Hauptverkehrsstraße nach Süden führte. Das letzte Stück unseres Weges hatten wir uns mühsam durch Dornen und welke Farne bahnen müssen, und wir krochen darum dankbar durch den Drahtzaun und über das Brombeergebüsch hinweg, das den Graben verhüllte.

Ein alter Renault kam in einer Staubwolke um die Kurve gefahren und hielt dann neben uns. Der Fahrer, ein stämmiger Mann mit grauen Bartstoppeln, der einen schmutzigen blauen Drillichanzug anhatte, blickte uns wohlwollend und ohne die geringste Neugier unter dem Rand eines scheußlichen alten Hutes an.

Er war jemand, der nicht viel Worte machte. Er deutete mit einem Daumen nach Norden. Und ich sagte: *»S'il vous plaît, monsieur.«* Dann deutete er mit dem Daumen nach Süden, und ich sagte: *»Merci, monsieur«*, und Philippe und ich stiegen ein und setzten uns auf den Rücksitz, auf dem schon mehrere ›Fahrgäste‹ saßen: ein schottischer Schäferhund, ein Schwein in einer grünen Korbtasche und mehrere häßliche weiße Hühner in einer Lattenkiste. Ein großer Sack Kartoffeln nahm den besten Platz vorn neben dem Bauern ein. Während ich mich noch der allzu liebevollen Begrüßung durch den Hund erwehrte und stotterte: »Das ist sehr freundlich von Ihnen, Monsieur«, setzte sich der Renault bereits wieder in Bewegung und nahm in ziemlich schnellem Tempo, und ohne daß der Motor lief, eine scharfe Kurve, klapperte aber so laut, daß eine Unterhaltung, wie ich dankbar merkte, unmöglich war.

Wir fuhren etwa zwei Meilen. Dann hielt der Wagen an einer Wegkreuzung an, um uns dort abzusetzen.

Unsere Straße führte jetzt fast offen am Hang entlang, und wir blieben, weil es sich hier leichter ging, auf ihr. Die Fahrt in dem Auto hatte Philippe etwas aufgeheitert; er plapperte munter von dem Hund und dem Schwein. Ich hörte abwesend zu, ließ die staubige Straße vor uns nicht aus den Augen und horchte gespannt auf jeden Laut, der von hinten kam. Die Straße wand sich an einem mit Ginster bewachsenen Hang entlang und ich ertappte mich dabei, daß ich im Vorbeigehen immer wieder dachte, dort könnten wir Deckung finden.

Eine halbe Meile, eine dreiviertel Meile. Philippe hatte einen Stein im Schuh, und wir blieben stehen, damit er ihn herausnehmen konnte. Dann gingen wir langsam weiter. Eine Meile, anderthalb Meilen; er sprach nicht mehr und begann ein bißchen zurückzubleiben. Ich dachte beklommen, daß er sich vielleicht Blasen gelaufen hatte, und verlangsamte das Tempo noch mehr.

Gerade wollte ich ihm vorschlagen, die Straße zu verlassen und eine Stelle zu suchen, wo wir etwas essen konnten, da hörte ich ein anderes Auto. Es kam diesmal von Norden, und obwohl es schnell bergan fuhr, machte es weniger Lärm als der alte Renault. Ein großer Wagen, ein schwerer Wagen... Ich will nicht behaupten, daß ich das leise Surren des Motors erkannt hätte, aber ich wußte, wer da kam. Es war, als bohrte sich eine Klaue in meinen Rücken.

»Da kommt ein Wagen«, sagte ich leise. »Versteck dich, Philippe.«

Ich hatte ihm gesagt, was er in diesem Fall tun sollte. Mit affenartiger Geschwindigkeit rannte er die Böschung hinauf und ich hinter ihm her. Oben war sie dicht mit Ginster bewachsen, ein bis zwei Meter hohe grüne Büsche mit kleinen Lücken dazwischen, in denen Gras wuchs und wo man ungesehen liegen konnte. Wir verschanzten uns schnell in einer dieser kleinen Zitadellen, als der Cadillac dreihundert Meter entfernt die Kurve nahm. Die Straße führte schnurgerade unter uns entlang. Staub aufwirbelnd fuhr er vorüber. Das Verdeck war heruntergelassen, und ich sah Raouls Gesicht. Wieder bohrte sich die Klaue in meinen Rücken.

Der einzige Laut in der goldenen Mittagsstille war der Gesang einer Lerche. Philippe flüsterte neben mir: »Das war mein Vetter Raoul, Mademoiselle.«

»Ja.«

»Ich dachte, er sei in Paris.«
»Ich auch.«
»Hätte er uns nicht helfen können?«
»Ich weiß es nicht, Philippe.«
Eine Pause. Dann sagte Philippe im verwunderten Ton: »Mein Vetter Raoul? Mein Vetter Raoul auch? Trauen Sie ihm nicht, Mademoiselle?«
»Doch«, sagte ich, und dann verzweifelt: »Nein.«
»Aber warum nicht?«
»Bitte, Philippe, frag nicht weiter. Ich kann nicht...« Ich wandte den Blick von ihm ab und sagte mit belegter Stimme: »Verstehst du nicht, daß wir kein Risiko auf uns nehmen können? Wir können uns noch nicht in Sicherheit wiegen. Verstehst du das nicht?«
Er lag entspannt, das Kinn in eine Hand gestützt, und beobachtete die Straße unten durch eine Lücke in dem dichten Grün. Ich legte mich auf den Rücken, so daß die Sonne mein Gesicht beschien, und schloß die Augen. Selbst da wollte ich das Entsetzliche verscheuchen.
Alles, was geschehen war, seit Raoul auf der Bühne erschien, alles, was er gesagt und getan hatte, konnte ebenso der Beweis für seine Unschuld wie für seine Schuld sein... Daß Bernard Berthe gegenüber behauptet hatte, Raoul habe im Walde auf Philippe geschossen, war für mich kein Beweis. Selbst in seinem betrunkenen Zustand, und wie sehr er auch Berthes sicher sein mochte, Bernard hätte bestimmt gezögert, ihr seine Schuld einzugestehen. Dann auf dem Ball...
Aber um Philippes willen mußte ich an Raouls Schuld glauben. Ich konnte nicht anders handeln. Das Kind hatte nur ein Leben zu verlieren, und ich mußte es hüten. Raoul war schuldig, bis er seine Unschuld beweisen konnte. Er war hier, aber wir konnten nicht zu ihm.
»Mademoiselle«, flüsterte mir Philippe ins Ohr.
Ich schlug die Augen auf. In seinem Gesicht dicht neben meinem spiegelte sich eine große Angst. »Auf der Höhe über uns ist jemand«, wisperte er. »Er ist gerade aus dem Wald gekommen. Ich glaube, es ist Bernard. Meinen Sie, daß er auch darein verwickelt ist?«
Ich nickte, legte einen Finger auf die Lippen, hob dann vor-

sichtig den Kopf und spähte durch den Ginster zu der Höhe hinter uns. Erst sah ich nichts als Bäume und Gestrüpp, aber dann bemerkte ich ihn. Es war Bernard. Er stand über uns neben einer hohen Tanne, etwa zweihundert Meter entfernt. Ich brauchte Philippe nicht erst zu sagen, er solle sich nicht rühren: wir lagen beide so still wie Kaninchen in unserem grünen Dickicht. Bernard stand reglos dort oben und blickte den Hang hinunter. Er sah in unsere Richtung, sein Blick schien auf uns zu verweilen, von uns wegzuschweifen und sich dann uns wieder zuzukehren...

Er kam schnell den Berg herunter und auf uns zu.

Ich glaube, ein Kaninchen liegt noch ruhig da, wenn der Tod es trifft, nur weil es wider jede Hoffnung hofft, daß es nicht der Tod ist. Und so ähnlich machten wir es.

Ohne sich zu eilen, hatte er schon die Hälfte des Weges zurückgelegt, als ich den Cadillac zurückkommen hörte.

Meine Hand preßte sich in dem kurzen Gras auf Philippes. Ich wandte den Kopf und reckte ihn, um die Straße hinaufblicken zu können. Meine Muskeln spannten sich, als ob sie mich gegen meinen Willen ihm entgegentragen wollten.

Ich weiß bis heute nicht, ob ich in dem Augenblick zu ihm gelaufen wäre, aber noch ehe ich mich rühren konnte, hörte ich den Wagen bremsen. Die Räder knirschten im Kies der Straße, und der Wagen hielt etwa fünfzig Meter von uns entfernt. Ich konnte Raoul durch den Ginstervorhang sehen. Er blickte zu Bernard hinauf. Die Hupe tutete zweimal. Bernard war stehengeblieben. Ich sah, wie Raoul die Hand hob. Bernard änderte die Richtung und ging schnell bergab auf den Wagen zu. Er sprang über den Graben, und Raoul sagte etwas zu ihm. Bernard schüttelte den Kopf und machte dann eine weite Geste, die den Berg von dort, wo wir lagen, bis nach Dieudonné einschloß. Da machte ihm Raoul ein Zeichen mit dem Kopf, und Bernard ging um die Kühlerhaube herum und setzte sich neben ihn in den Wagen.

Der Cadillac fuhr langsam unter uns weiter. Raoul steckte sich eine Zigarette an und beugte dabei den Kopf, und Bernard redete auf ihn ein.

Ich blickte Philippe stumm an.

Nach einer Weile stand ich langsam auf und streckte eine Hand zu ihm aus.

»Komm«, sagte ich, »wir wollen uns etwas weiter von der Straße entfernt eine Stelle suchen, wo wir essen können.«

Nachdem wir gegessen hatten, gingen wir wieder durch den Wald, ohne einer Menschenseele zu begegnen, und im Laufe des Nachmittags gelangten wir aus einem wilden Gestrüpp auf ein kleines grünes Plateau, und dort sahen wir endlich durch die noch kahlen Wipfel der Bäume hindurch nicht sehr weit im Norden den blauen Genfer See.

Siebzehntes Kapitel

Noch heute erinnere ich mich deutlich an den Geruch und den Geschmack von allem, was wir in Thonon aßen. Erst Suppe, das erste köstliche Warme nach fast vierundzwanzig Stunden... Es war Spargelsuppe, und sie wurde dampfend in braunen irdenen Tassen mit Henkeln serviert. Dazu gab es knusprige Brötchen und Butter.

Philippe blühte bei der Suppe wieder auf wie eine Pflanze beim Regen. Als sein Omelett kam, eine an den Rändern knusprige lockere Rolle, aus der Pilze herausquollen, machte er sich mit dem Appetit eines kleinen Jungen darüber her. Ich brauchte etwas Kräftigeres und aß darum ein Steak. Es war prächtig angerichtet mit Pilzen und Tomaten und Nierenstückchen und einem Berg gebratener Zwiebeln. Nachdem ich das saftige Steak verzehrt hatte, hätte ich es ganz allein mit dem ganzen Valmy-Klan aufnehmen können. Ich machte dem Kellner Komplimente, als er kam, um abzuräumen, und sein düsteres Gesicht hellte sich ein wenig auf.

»Und was nehmen Sie als Nachtisch, Mademoiselle? Käse, Obst?«

Ich blickte zu Philippe hinüber, der schläfrig den Kopf schüttelte. Ich lachte. »Mein kleiner Bruder schläft schon fast. Nein, keinen Käse für mich. Danke, Monsieur. Einen Filterkaffee bitte und einen *café au lait*.« Ich fingerte nach dem Portemonnaie in meiner Tasche. »Und einen Benediktiner.«

»Un filtre, un café au lait, une bénédictine.«

Er fegte die letzte Krume von dem Tisch, polierte die glänzende rote Platte und wandte sich zum Gehen.

»Könnten Sie mir vielleicht ein paar Telefonmünzen bringen?«

»Selbstverständlich.« Er nahm das Geld, das ich ihm reichte, und gleich darauf standen die Tassen auf dem Tisch, und vor mir lag ein kleiner Stapel Telefonmünzen.

Ich erhob mich.

Philippe blinzelte mich an.

»Wohin gehen Sie?«

»Nur in die Ecke hinter der Bar. Siehst du das Telefon dort? Ehe mein Kaffee durch den Filter gelaufen ist, bin ich wieder da. Du bleibst hier und trinkst deinen – und, Philippe, guck nicht so interessiert zu den Männern da drüben hin. Tu so, als seist du schon viele Male hier gewesen.«

»Sie achten gar nicht auf uns.«

Das taten sie auch nicht. Die einzigen Gäste außer uns in dem kleinen Lokal waren ein paar stämmige Arbeiter, die in irgendein Kartenspiel vertieft waren, und ein schlanker junger Mann mit Bürstenhaarschnitt, der einer hübschen kleinen Brünetten, die einen engen schwarzen Pullover anhatte, verliebte Worte ins Ohr flüsterte. Die dicke Wirtin, die hinter der Bar etwas Grellbuntes strickte, lächelte mich an und nickte, als ich an ihr vorüber zum Telefon ging. Hier spähte jedenfalls niemand nach einer jungen Frau mit braunem Haar und grauen Augen aus, die mit dem geraubten Comte de Valmy auf der Flucht war.

Es war nicht nur das Glück, das uns schützte, dachte ich, während ich mich mit den halb vergessenen Kniffen des Telefons herumschlug. Es sprach alles dagegen, daß uns hier jemand erkannte. Hier hatte wirklich niemand Interesse an uns.

Aber da hob einer der Kartenspieler die Augen und sah mich an. Dann stieß er seinen Nachbarn in die Seite und sagte etwas. Dieser blickte ebenfalls auf und nahm mich aufs Korn. Trotz der beschwichtigenden Logik meiner Gedanken begann mein Herz wild zu schlagen, und ich bemühte mich krampfhaft, ein gleichgültiges Gesicht zu machen. Ich lehnte mich mit einer Schulter an die Wand und wartete gelangweilt auf meine Verbindung. Aus dem Augenwinkel sah ich, wie der zweite Mann etwas sagte und grinste. Mit amüsierter Erleichterung wurde mir klar, daß die beiden mich aus ganz anderen Gründen, die nichts mit der Flucht des Comte de Valmy zu tun hatten, verfolgen würden.

»*Ici le Coq Hardi*«, quakte eine Stimme in meinem Ohr.

»Ich möchte bitte Monsieur Blake sprechen.«

»Wen?«

»Monsieur Blake, den Engländer aus Dieudonné.« Ich sprach leise, und zum Glück spielte das Radio so laut, daß es meine Stimme übertönte. »Soviel ich weiß, wohnt er bei Ihnen. Ist er im Augenblick dort?«

Ich hörte Flüstern, konnte aber kein Wort verstehen. Dann wurde es plötzlich still, als ob jemand eine Hand auf die Sprechkapsel gelegt hätte. Ich merkte, daß meine Hand, die den Hörer hielt, feucht von Schweiß war.

Dann ließ sich die Stimme wieder vernehmen. »Nein, er ist nicht hier. Wer ist dort bitte?«

»Wird er heute abend noch kommen?«

»Vielleicht.« War ich nervös, oder war es Argwohn, der in der unfreundlichen Stimme mitklang? »Er hat nichts gesagt. Wenn Sie in einer halben Stunde noch einmal anrufen... Wer ist dort bitte?«

»Vielen Dank«, sagte ich. »Ich werde das tun. Entschuldigen Sie...«

In barschem Ton sagte die Stimme: »Von wo aus sprechen Sie?«

Verdacht. Er biß wie eine Viper. Wenn ich die Frage nicht beantwortete, konnten sie feststellen lassen, woher der Anruf kam. Ich überlegte gar nicht, aus welchem Grunde sie das sollten. Es genügte mir, daß der *Coq Hardi* sich auf Valmyer Boden befand und daß die Nachricht vermutlich das Schloß blitzschnell erreichen würde. Wenn ich sie auf die falsche Fährte brachte, war ich für eine weitere halbe Stunde in Sicherheit...

Freundlich und ohne jedes Zögern sagte ich: »Aus Evian. Aus den *Cent Fleurs*. Sie brauchen Monsieur Blake nichts zu bestellen. Ich rufe später noch einmal an. Vielen Dank.«

Und als man noch eine weitere Frage stellen wollte, hängte ich ein.

Wie blind starrte ich einen Augenblick auf das Telefon. Ich brauche wohl kaum zu sagen, daß ich nicht die Absicht hatte, in dem Lokal zu bleiben und später noch einmal anzurufen. Aber indem ich meine Verfolger auf die falsche Fährte gebracht, hatte ich zugleich William Blake auf die falsche gebracht. Wenn man ihm überhaupt berichtete, daß ich angerufen hatte und er von der Geschichte wußte, die inzwischen gewiß in ganz Soubirous herum war, würde er glauben, ich brauchte Hilfe und sich sofort auf den Weg nach Evian und in die überfüllten *Cent Fleurs* machen, wo sich bestimmt niemand daran erinnern würde, daß eine von einem kleinen Jungen begleitete junge Frau im Laufe des Abends das Telefon benutzt hatte. Eines wußte ich: ich konnte nicht zur Polizei gehen, solange noch nicht feststand, daß Raoul etwas mit der Sache zu tun hatte. Ich war eine Närrin, und wenn ich das Kind unnötiger Gefahr aussetzte, sogar eine verbrecherische Närrin... Aber ich mußte die Polizei noch aus dem Spiel lassen...

Ich war irgendwie ganz sicher, daß William Blake helfen wollte und dazu fähig war. Jetzt hatte ich mir das selber verscherzt, und erst da wurde mir klar, wie sehr ich seines tröstenden Beistands bedurft hätte, wenn die Bombe platzte. Ich war mir bewußt, daß selbst die Unterredung mit Hippolyte nicht ganz glatt verlaufen würde. Noch nie hatte ich so dringend einen Freund gebraucht – jemanden, der, selbst wenn er nichts tun konnte, nur da war.

Ich ging zu meinem Tisch zurück, wickelte drei Zuckerstücke aus und trank meinen schwarzen, viel zu süßen Kaffee. Den Benediktiner trank ich ohne wahren Genuß. Ich kippte ihn viel zu schnell hinunter, wobei ich verstohlen zu den Kartenspielern in der anderen Ecke hinblickte.

Als sie wieder ganz vertieft in eine neue Runde waren, bezahlte ich, nickte der Wirtin zu und verließ mit Philippe das Café.

Die Villa Mireille stand unmittelbar am Ufer des Genfer Sees. Sie war eins in einer Reihe großer luxuriöser Häuser – Schlösser geradezu –, die den See säumten und die man über eine hübsche kleine Straße erreichte, die etwa siebzig Meter tiefer als die Hauptstraße der Stadt verlief. Die meisten der Häuser waren von großen Gärten mit hohen Bäumen umgeben und vor der Straße durch hohe Mauern und schwere Tore geschützt. Es war schon dunkel, als wir die Villa Mireille erreichten. Das Tor war abgeschlossen, und als wir davor stehenblieben, hörte man drinnen das Rasseln einer schweren Kette, und ein Hund begann zu bellen.

»Das ist Beppo«, flüsterte Philippe.

»Kennt er dich?«

»Nein – ich weiß es nicht. Ich habe Angst vor ihm.«

Da öffnete sich die Tür des Pförtnerhauses, und der Lichtschein, der durch sie fiel, glitt über das dichte dunkle Laub der Bäume hinter dem Tor. Eine Frauenstimme rief etwas in schrillem Ton. Das Bellen verwandelte sich in Knurren. Die Tür schloß sich, und die Bäume versanken wieder in Finsternis.

»Gibt es nicht noch eine andere Möglichkeit hinein zu gelangen?« fragte ich.

»Man kann vom Seeufer hinein. Der Garten reicht bis ans Ufer, und dort ist ein Bootshaus. Ich kenne den Weg unten am See aber nicht.«

»Wir werden ihn schon finden.«

»Müssen wir noch weitergehen?« sagte er, vor Erschöpfung fast weinend.

»Nur zum See hinunter. Wir können an Beppo und Madame nicht vorüber – wie, sagtest du, heißt sie?«

»Vuathoux.«

»Es sei denn, du möchtest zu ihr.«

»Nein.«

»Bei ihr wärst du aber geborgen, Philippe.«

»Sie würde meinen Onkel Léon anrufen.«

»Höchstwahrscheinlich.«

»Und dann würde mein Vetter Raoul kommen.«

»Das ist durchaus möglich.«

Er blickte mich an. »Ich möchte lieber auf meinen Onkel Hippolyte warten.«

»Nun gut. Dann warten wir.«

»Wollen Sie auch lieber auf ihn warten?«

»Ja.«

»Vielleicht finden wir den Weg schnell.«

Und wir fanden ihn – drei Häuser entfernt von der Villa Mireille. Eine angelehnte kleine Tür führte in dunkles Gebüsch, und als wir vorsichtig hineinschlüpften, sahen wir ein dunkles Haus zwischen hohen Bäumen aufragen. Kein Hund bellte. Wir schlichen einen langen sich windenden Pfad hinunter, an einer Rasenfläche entlang und dann wieder zwischen hohen Bäumen auf den leise plätschernden See zu.

Weder der Mond noch Sterne schienen. Über dem See lag stellenweise dichter Nebel, aber hier und dort war es nur ein dünner Schleier, der sich über die Wasserfläche zog. Der Abend war nicht kalt, doch vom See stieg eine Kühle auf, und die langsam dahintreibenden Nebelschleier machten die Luft so feucht, daß mich fror.

»Da ist das Bootshaus«, flüsterte Philippe. »Ich weiß, wo sie den Schlüssel aufbewahren. Gehen wir hinein?«

Das Bootshaus war ein kleiner, viereckiger zweistöckiger Bau über dem Wasser, an der Spitze einer künstlichen Bucht, die von geschwungenen Steinmolen gebildet wurde. Das Ufer war hier sehr schmal, und von dem ein Meter breiten Strand stieg die steile mit Bäumen bewachsene Böschung auf, die die Grenze des Gartens der Villa Mireille bildete. Hinten war das Bootshaus dicht an diese Böschung gebaut, und die Äste der Buchen hingen über das Dach. Nebel und Dunkelheit ließen alles nur undeutlich erkennen, aber die Verlassenheit hier war nicht gerade das, wonach es Philippe und mich im Augenblick verlangte.

»Ich werde jetzt durch den Garten hinaufgehen und einen Blick auf das Haus werfen«, sagte ich energisch. »Denn er könnte schon hier sein. Möchtest du in dem Bootshaus bleiben? Du könntest dich dort einschließen, und wir verabreden ein Signal...«

»Nein«, sagte Philippe.

»Nun gut. Dann komm mit mir. Aber du mußt sehr leise gehen.«

»Madame Vuathoux ist taub.«

»Aber Beppo ist es nicht. Komm, *petit*.«

Die steile Böschung war von dem Lehm und den feuchten Blättern, die zwischen den Wurzeln der hohen Bäume lagen, glitschig. Dahinter erstreckte sich eine ebenfalls mit Bäumen bestandene Wiese. Wir tasteten uns beide von einem der riesigen Baumstämme zum nächsten.

Das Frühlingsgras war weich und naß, und es roch seltsamerweise nach Veilchen. Es kamen jetzt Ulmen und Kastanien. Dicht vor uns glänzte ein kleiner Teich, und etwas, das wie eine Statue aussah, beugte sich darüber.

Ich nahm Philippe an der Hand, und wir gingen leise hinter der Statue weiter, wo die Weiden wie ein Teppich zu der Wasserfläche hinunterhingen. Ich schob die Zweige zur Seite und betrachtete die Fassade des Hauses. Keines der Fenster war erleuchtet, aber über der Haustür schien eine Lampe zu brennen, die die Auffahrt erhellte. Die Tür selbst konnten wir nicht sehen. Doch der Schein der Lampe machte einen Teil der Auffahrt und Rhododendronbeete sichtbar. Der Nebel war hier oben nur noch ein Dunst.

»Die Türen der Terrasse«, sagte ich leise. »In welches Zimmer führen die?«

»In den Salon. Er wird nie benutzt. Meines Onkels Arbeitszimmer ist oben. Das letzte Fenster. Es brennt dort kein Licht.«

Ich blickte zu dem Fenster auf. »Dann wird er, fürchte ich, noch nicht zu Hause sein.«

»Gehen wir hinein?«

Ich überlegte einen Augenblick. »Wo ist der Lieferanteneingang?«

»Auf der anderen Seite, in der Nähe des Pförtnerhauses.«

»Und in der Nähe von Beppo? Dann geht es nicht. Und ich bezweifle, daß ein Fenster offensteht. Und dann ist da die Lampe über der Haustür... Nein, Philippe, ich glaube, wir werden warten. Was meinst du?«

»Ja. Ich... Ach, da kommt ein Wagen.«

Seine Hand umklammerte meine so fest, daß es fast

schmerzte. Die Straße war nicht mehr als zwanzig Meter rechts von uns. Ein Wagen kam sie entlanggefahren, verlangsamte sein Tempo. Bremsen quietschten. Eine Tür schlug. Schritte. Eine Klingel ertönte, und Sekunden später eilte Madame Vuathoux herbei, um das Tor zu öffnen.

»Mein Onkel Hippolyte!« flüsterte Philippe erregt.

Hinter den Büschen hörte man eine Männerstimme, die etwas Unverständliches sagte.

»Nein«, sagte ich mit verhaltenem Atem. »Raoul.«

Ich hörte die Concierge mit der lauten tonlosen Stimme stocktauber Menschen sagen: »Nein, Monsieur. Nichts, Monsieur. Ist keine Spur von ihnen gefunden worden?«

»Keine. Haben sie bestimmt nicht hier hereingelangen können? Denn die Villa ist zweifellos ihr Ziel. Ist die Lieferantentür abgeschlossen?«

»Nein, Monsieur, aber ich kann sie von meinem Fenster aus sehen. Es ist niemand dort gewesen. Und auch nicht an der Haustür. Das weiß ich genau.«

»Die Fenster?«

»Die sind alle geschlossen, Monsieur.«

»Kein Telefonanruf? Nichts?«

»Nichts, Monsieur.«

Schweigen. Ich hörte das laute Hämmern meines Herzens.

»Trotzdem«, sagte er dann, »will ich im Hause nachsehen. Lassen Sie das Tor bitte offen. Bernard wird jeden Augenblick kommen.«

Wieder ein Schweigen. Dann fuhr der Wagen herein, und die Scheinwerfer glitten langsam von der Straße über die Auffahrt und die Rhododendronbeete. Er hielt vor der Tür an und stieg aus. Ich hörte ihn die Treppe hinaufeilen und dann die Tür hinter sich schließen. Der Hund knurrte immer noch leise. Die Concierge, die wieder in ihr Häuschen zurückgekehrt war, rief ihm etwas zu, und gleich darauf verstummte er.

Die kalte Hand verkrampfte sich in meiner. Ich blickte hinunter und flüsterte: »Wir wollen uns hinter der Statue verstecken. Er macht vielleicht ein paar Lampen an.«

Ich hatte das kaum gesagt, da wurde es im Salon hell, und der Lichtschein fiel über die Terrasse auf den Rasen. Wir standen noch im Schatten. Wir warteten erregt hinter der Statue. Es war die Gestalt eines nackten Jungen, der sich über das Wasser beugte, um sich darin zu spiegeln; ein in sich versunkener, sich selbst genügender Narziß.

In einem Zimmer nach dem anderen ging das Licht an und wieder aus. Wir verfolgten seinen Weg durch das Haus; Helle und schwarze Finsternis. Die Glastüren auf der Terrasse uns gegenüber blieben erleuchtet. Er öffnete eine dieser Türen und trat auf die Terrasse hinaus. Sein Schatten fiel über den Rasen bis an den Rand des Teiches. Er stand dort ein oder zwei Minuten reglos und blickte in die Nacht. Ich legte meine Hand sanft auf Philippes Kopf und drückte ihn hinunter, damit kein noch so dünner Lichtstrahl auf sein Gesicht fiel. Wir hatten uns hingehockt, und meine Wange berührte den Sockel. Er war kalt und glatt und roch nach Moos. Ich wagte nicht, den Kopf zu heben, um zu Raoul hinzusehen, und beobachtete die Spitze seines Schattens.

Plötzlich war er fort. Im gleichen Augenblick hörte ich einen weiteren Wagen schnell die Straße entlanggefahren kommen, und gleich darauf glitt das Licht der Scheinwerfer durch das Tor. Im Salon wurde es dunkel. Ich hob den Kopf und wartete mit gespitzten Ohren.

Schritte auf dem Kies. Raoul rief von der Terrasse aus: »Bernard?«

»Monsieur?« Bernard kam schnell um das Haus herum, und ich hörte Raoul die Terrassenstufen hinuntersteigen. In dem raschen harten Ton, in dem er zu Madame Vuathoux gesprochen hatte, sagte er:

»Noch immer keine Spur?«

»Keine, Monsieur, aber...«

Ich hörte Raoul leise fluchen. »Waren Sie in der Hütte?«

»Ja. Sie waren nicht dort.«

»Aber sie sind sicher dort gewesen. Der Engländer war gestern bis Mitternacht dort. Ich weiß es. Sie haben ihn gesucht. Haben Sie erfahren, wo er ist?«

»Er ist noch nicht zurück. Er ist mit mehreren Männern heute morgen in aller Frühe zu der Schonung hinter Bois-Roussel hinaufgegangen, und sie sind noch nicht zurück.

Aber ich habe eben angerufen, und man hat mir im *Coq Hardi* gesagt, sie habe ihn angerufen. Sie ...«

»Sie hat ihn angerufen? Wann?«

»Vor dreißig bis vierzig Minuten.«

»Sacré Dieu! Von wo aus hat sie gesprochen?«

»Von den *Cent Fleurs* in Evian aus. Sie sagten ...«

»Vor einer halben Stunde?«

»Oder vor einer Stunde. Aber bestimmt nicht eher.«

»Dann kann der Engländer nichts gehört haben. Er ist sicher noch mit den anderen unterwegs. Sie ist noch nicht bei ihm.«

Plötzlich drehten sich die beiden um. Ich hörte ihn sagen: »Fahren Sie sofort mit dem Wagen nach Evian. Ich fahre auch hin. Wir müssen sie finden, und zwar schnell. Verstehen Sie? Sie finden.«

Bernard sagte etwas zu seiner Verteidigung, und ich hörte Raoul von neuem fluchen. Dann verhallten die Stimmen hinter der Ecke des Hauses. Ein paar Sekunden später vernahm man das Brummen des Cadillacs, und er fuhr zum Tor hinaus. Der Hund bellte wieder. Madame Vuathoux mußte, als sie den zweiten kleinen Wagen hörte, aus dem Pförtnerhaus gekommen sein, denn Bernard sprach mit ihr, und sie antwortete ihm mit ihrer hohen schrillen Stimme. »Er hat gesagt, er sei um zwölf Uhr hier. Um zwölf spätestens.«

Dann war auch Bernard davongefahren. Ich hob den Kopf von dem kalten Sockel und legte einen Arm um Philippe. Ich wartete einen Moment. Erregt flüsterte Philippe: »Er kommt um zwölf. Haben Sie es gehört?«

»Ja. Es wird jetzt wohl bald neun sein. Wir müssen nur noch drei Stunden warten. Und sie sind nach Evian gerast.«

»Er ist die Terrassenstufen heruntergekommen. Er muß eine Tür offengelassen haben. Sollen wir hineingehen?«

Ich zögerte und sagte dann mit matter Stimme: »Nein. Nur noch drei Stunden. Wir wollen ganz sichergehen und uns darum in dem Bootshaus einschließen.«

Die Zeit kroch wie eine Schnecke dahin. Ich hörte hin und wieder Tropfen leise von den Ästen fallen, die über uns hingen, und einmal mußte ein Windhauch die Bäume bewegt haben, denn die Zweige mit den Knospen schlugen gegen das Dach. Unten in dem Bootshaus gurgelte das Wasser und sprach von Dunkelheit und Leere und einer Welt des Nichts... Verglichen mit diesem scheußlichen Loch war unser Schlupfwinkel in der Nacht zuvor geradezu gemütlich gewesen, und, Bernard oder kein Bernard, ich dachte fast sehnsüchtig an ihn zurück.

Und es war kalt. Philippe, der sich zu einer Kugel zusammengerollt hatte und sich mit dem Rücken an mich schmiegte, schien nicht zu frieren. Jedenfalls schlief er fast sofort ein. Aber je mehr Minuten verstrichen, desto mehr spürte ich, wie mir die Kälte durchs Gebein kroch. Erst traf sie mich im Rücken, dann glitt sie langsam durch meinen ganzen Körper. Endlich hielt ich es nicht mehr aus und stand auf. Philippe wachte auf und fragte angstvoll: »Wie spät ist es?« Ich tastete nach der Taschenlampe. »Dreiviertel zwölf.« Ich blickte ihn an.

»Friert dich?« Er nickte.

»Dann gehen wir besser hinaus. In der Villa brennt noch kein Licht, und darum bin ich dafür, daß wir versuchen, durch die Terrassentür hineinzugelangen. Es sind jetzt nur noch ein paar Minuten...»

Der Nebel war dichter geworden. Unsere kleine Taschenlampe kämpfte verzweifelt gegen ihn an. Schwer wie eine Wolkenbank hing er zwischen den Bäumen, aber über dem Rasen vor dem Hause war er nur ein blasser Schleier, der im Schein der Taschenlampe flatterte.

Die Lampe über der Haustür brannte noch. Aber sonst war alles dunkel.

Wir schlichen uns leise über den Rasen und die Terrassenstufen hinauf. Die hohe Glastür stand einen Spaltbreit offen, und wir gingen hinein.

Der Salon war ein großer Raum und wirkte im Schein der Taschenlampe sogar noch größer, als er war.

Wir blieben zögernd hinter der Tür stehen.

»Wir werden in deines Onkels Hippolyte Zimmer gehen«, flüsterte ich. »Da brennt bestimmt ein Feuer zu seinem Empfang. Und ist nicht dort auch ein Telefon?«

Er nickte und ging mir schnell durch den Salon voraus. Wenn er Angst hatte, so zeigte er sie jedenfalls nicht. Er bewegte sich fast automatisch wie in einem bösen Traum, stieß eine massive Tür auf, die in die Halle führte, und ohne einen Blick nach rechts oder links zu werfen, durchquerte er sie. Ich folgte ihm.

Ich konnte im Dunkeln nur eine sich anmutig verzweigende Treppe erkennen. Die Fliesen hallten hohl von unseren schnellen Schritten wider. Kein Laut sonst. Wir eilten hinauf. Philippe bog links in eine breite Galerie ein und blieb schließlich vor einer Tür stehen.

»Dies ist Onkel Hippolytes Arbeitszimmer«, flüsterte er und legte eine Hand auf die Klinke.

In diesem Zimmer war es tatsächlich warm. Wir rannten über den Teppich zu dem großen Ofen und setzten uns so dicht wie möglich vor ihn, um uns aufzuwärmen. Ich leuchtete das Zimmer mit der Taschenlampe ab und sagte: »Wohin führt diese Tür?«

»In einen anderen Salon. Einen größeren. Er wird aber nie benutzt.«

Ich ging hinüber und stieß die Tür auf. Der Strahl der Taschenlampe glitt über die in ihren Winterüberzügen gespenstisch wirkenden Möbel. Es roch modrig, und die mit Seide bespannten Wände fühlten sich, als ich sie leise mit dem Finger berührte, staubig und spröde an, wie die Flügel einer toten Motte. Im Dunkel über uns hörten wir das geisterhafte Klirren eines Lüsters.

Ich blieb neben einem mit einem Überzug bedeckten Möbelstück stehen, das wie ein Sofa aussah. Ich hob den Überzug und griff mit der Hand darunter... ein wenig durchgescheuerte Damastkissen. »Philippe«, rief ich leise.

Wie ein kleines Gespenst tauchte er neben mir auf. Er zitterte ein wenig, und ich sagte ganz sachlich: »Ich glaube nicht, daß es nötig sein wird, aber jeder Kämpfer muß sich überlegen, wohin er sich notfalls zurückziehen kann. Wenn wir uns aus irgendeinem Grunde verstecken müssen, würde ich sagen, dies ist das beste Versteck: unter dem Überzug. Man ist da wie in einem Zelt. Und völlig unsichtbar.«

Er nickte stumm. Ich zog den Überzug wieder über das

Sofa, folgte ihm in das Arbeitszimmer zurück und ließ die Salontür einen kleinen Spalt breit offenstehen.

Ich sah auf meine Armbanduhr: fünf Minuten vor zwölf. Von einem der Fenster konnte man die Auffahrt überblicken. Von einem Wagen war noch nichts zu sehen. Ich ging zu Hippolytes Schreibtisch und nahm den Telefonhörer ab.

Neunzehntes Kapitel

Eine Männerstimme sagte: »*Coq Hardi.*«

Gott sei Dank war es nicht dieselbe unangenehme und argwöhnische Stimme, aber es konnte nichts schaden, sie noch mehr zu entwaffnen. Es war fünf Minuten vor zwölf, doch im Fall, daß...

Heiter sagte ich: »Guillaume? Bist du's, *chéri*? Hier ist Clothilde.«

Verblüfft antwortete er: »Clothilde?«

»Ja, Ja. Aus Annecy. Du hast es doch wohl nicht vergessen? Du hast mir gesagt, ich sollte...«

Amüsiert sagte die Stimme: »Einen Moment, Mademoiselle. Wen möchten Sie sprechen?«

»Ich... Ist denn dort nicht Guillaume? Ach, *mon Dieu*, wie dumm von mir.« Ich kicherte nervös. »Entschuldigen Sie, Monsieur. Würden Sie vielleicht die Güte haben, wenn er noch nicht im Bett liegt, ihn zu holen?«

Er war die Geduld selbst. »Aber natürlich. Mit dem größten Vergnügen. Doch welchen Guillaume meinen Sie, Mademoiselle Clothilde? Guillaume Rouvier?«

»Nein, nein. Monsieur Blake, den Engländer. Ist er dort? Er hat mir gesagt...«

»Ja, er ist hier. Seien Sie ohne Sorge, Mademoiselle Clothilde. Er ist noch nicht zu Bett gegangen. Ich hole ihn.« Ich hörte ihn lachen, als er sich von dem Telefon entfernte. Wahrscheinlich würde Williams Ansehen in *Coq Hardi* steigen...

Philippe war dicht zu mir herangekommen. In dem schwachen Schein der Lampe über der Haustür, der durch das vorhanglose Fenster fiel, wirkten seine dunklen Augen in dem blassen Gesicht riesig. Ich blinzelte ihm zu, schnitt ein Gesicht, und er lächelte. Verwundert und argwöhnisch sagte William: »Hier Blake. Wer ist dort bitte?«

»Verzeihen Sie, wenn ich Sie in eine peinliche Lage gebracht habe«, erwiderte ich, »aber ich mußte Sie irgendwie erreichen, und dies schien mir der beste Weg. Linda Martin.«

»Ach, Sie sind's. Der Kellner sagte, es sei eine kleine Freundin. Ich konnte ja nicht ahnen... Was ist los? Wo sind Sie? Sind Sie wohlauf? Und der Junge...?«

»Um Himmels willen! Kann jemand Sie hören, William?«

»Was? O ja, vermutlich. Aber ich glaube nicht, daß sie Englisch verstehen.«

»Trotzdem, seien Sie vorsichtig. Ich wage nicht, lange mit Ihnen zu sprechen, weil das gefährlich sein könnte, aber ich... ich brauche Hilfe, und ich dachte...«

»Natürlich«, sagte er ruhig. »Ich habe schon gehört, was vorgefallen ist, und ich habe... erwartet, daß Sie sich mit mir in Verbindung setzen würden. Ich habe mir große Sorgen gemacht – ich meine, weil Sie ganz auf sich gestellt sind. Was ist? Was kann ich tun?«

Dankbar sagte ich: »Ach, William... Hören Sie, ich kann es Ihnen jetzt nicht erklären. Es würde zu lange dauern. Aber machen Sie sich keine Sorgen mehr. Wir sind beide in Sicherheit. Und ich glaube, das Ganze wird in wenigen Minuten ausgestanden sein. Aber... ich wäre Ihnen sehr, sehr dankbar, wenn Sie herüberkämen. Es ist keine Gefahr mehr. Doch es wird... Szenen geben, und ich fühle mich ihnen so allein nicht gewachsen. Ich weiß, es ist viel verlangt, da Sie mich kaum kennen, und es ist schon so spät, aber ich dachte...«

»Sagen Sie mir, wo Sie sind, und ich komme. Ich habe den Jeep hier. Sind Sie in den *Cent Fleurs*?«

»Nein, nein. Man hat Ihnen also ausgerichtet, daß ich schon einmal angerufen habe?«

»Ja. Ich bin gerade aus Evian zurückgekommen.«

»Ach, William, nein!«

»Nun, ich glaubte, Sie seien dort. Ich habe von der Sache erst heute abend erfahren. Ich habe gestern bis spät in die Nacht in der Hütte gearbeitet, aber ich mußte heute mit ein paar Männern zu den Pflanzungen im Süden gehen, und da wir früh aufbrechen wollten, habe ich hier geschlafen. Wir waren den ganzen Tag draußen und sind erst spät zurückgekommen. Und da sagte man mir, Sie hätten von den *Cent Fleurs* aus angerufen, und ich habe natürlich von all den Geschichten gehört, die umgingen. Ich rief in den *Cent Fleurs* an, aber man konnte sich dort nicht an Sie erinnern, und so bin ich in dem Jeep nach Evian gefahren...«

»Haben Sie Raoul de Valmy dort gesehen?«

»Ich kenne ihn nicht. Sucht er Sie auch?«

»Ja.«

»Ach, ich dachte, Sie hätten... Ich meine, jemand hat erzählt...« Er hielt verlegen inne.

»Was Sie auch gehört haben, es ist nicht wahr«, sagte ich. »Wir sind hier ganz allein.«

»Oh. Ach. Ja. Nun«, sagte William heiter, »sagen Sie mir, wo Sie sind, und ich komme sofort hinüber.«

»Wir sind in Thonon, in der Villa Mireille. Das ist Hippolyte de Valmys Haus. Er ist der Bruder...«

»Ich weiß. Haben Sie ihn gesehen?«

»Er ist noch nicht zurück. Wird jeden Augenblick erwartet. Ich werde Ihnen erklären, wenn ich Sie sehe, warum wir nicht gleich zur Polizei gegangen sind. Aber bitte sagen Sie niemandem etwas. Kommen Sie?«

»Aber bestimmt. Ich bin schon halb dort. Sagen Sie mir bitte noch einmal, wie die Villa heißt.«

»Mireille. Jeder wird Ihnen den Weg sagen können. Sie steht am Seeufer. Fahren Sie die untere Staße. Mireille. Haben Sie's verstanden?«

»Ja, danke... Sherry.«

»Was? Ach, ich verstehe. Hört der Kellner zu?«

»Ja.«

»Dann werden Sie sich besonders nett von mir verabschieden müssen.«

»Ich weiß nicht, wie.«

»Sagen Sie: *à bientôt, chérie.*«

»A bientöt, sherry«, sagte William grimmig, und dann lachte er. »Ich freue mich jedenfalls, daß Sie so guter Stimmung sind«, fügte er hinzu.

»Ja«, sagte ich traurig. »Auf bald. Und vielen Dank, William. Es ist schön... nicht ganz auf sich allein gestellt zu sein.«

»Ich tue es gern«, sagte William und hängte ein.

Der Hörer lag kaum wieder auf der Gabel, da kam der Wagen die Straße hinunter. Wir standen dicht hinter dem dunklen Fenster und beobachteten die Scheinwerfer. Er fuhr langsam in das Tor ein.

Philippe faßte nach meiner Hand, die zitterte.

»Das ist er«, sagte er.

»Ja. Ach, Philippe.«

»Sie haben sich auch die ganze Zeit gefürchtet, nicht wahr?«

»Ja. Sehr.«

»Ich habe das gar nicht gemerkt.«

»Gott sei Dank nicht.«

Der Wagen hatte angehalten. Die Lichter und dann der Motor wurden ausgeschaltet. Füße gingen über den Kies, und die Tür des Autos schlug zu. Jemand schritt schnell und sicher zu der Haustür hinauf. Wir hörten, wie sich die Klinke bewegte. Dann wurde es draußen still. Die große Tür öffnete sich leise.

Er war da. Es war vorüber.

Mit bebender Stimme sagte ich: »Gott sei gelobt«, und ging zu der Tür des Arbeitszimmers.

Ich hatte noch gar nicht überlegt, was ich Hippolyte sagen würde. Es war möglich, daß er bereits davon wußte. Es war ebenso möglich, daß er noch nicht von mir gehört hatte. Aber das war mir gleich.

Er war da, und ich konnte ihm Philippe übergeben. Ich lief über die mit Teppichen ausgelegte Galerie und die schön geschwungene Treppe hinunter.

In der Halle brannte kein Licht. Die Haustür stand einen Spaltbreit offen, und die Lampe, die draußen über ihr hing, warf einen langen goldenen Streifen über die Fliesen. Draußen im Nebel sah ich den Wagen glänzen. Der da gekommen war, stand in der Tür und hatte eine Hand gehoben, als ob er die Lampen anknipsen wolle. Er hob sich dunkel von dem

Licht hinter ihm ab. Ein kräftig gebauter Mann, der reglos dastand wie jemand, der horcht.

Auf dem dicken Treppenläufer waren meine Schritte kaum zu hören. Ich hatte die Mitte der Treppe erreicht und zögerte, eine Hand auf dem Geländer, dann ging ich langsam die Stufen hinunter ihm entgegen.

Da sah er mich und hob den Kopf.

»Du bist also hier«, sagte er.

Weiter nichts, aber ich blieb stehen, als hätte er auf mich geschossen. Am liebsten hätte ich kehrtgemacht und wäre davongerannt, aber ich stand wie angewurzelt.

Mit fast brechender Stimme sagte ich: »Raoul?«

»Lui-même.« Ein Schalter klickte, und dann ging der große Lüster an mit seinen tausend glitzernden Kristallen.

Das grelle Licht blendete mich, und ich blinzelte und hob eine Hand, ließ sie sinken und starrte ihn an. Philippe, Hippolyte, William Blake, der jetzt in seinem Jeep von Soubirous herunterraste – alle waren vergessen. Ich sah nur noch den Mann, der dort stand und zu mir aufblickte.

Dann schloß er die Tür hinter sich. Sein Gesicht war kreideweiß, und seine Augen waren hart wie Steine. Über seine Wangen zogen sich Falten, die ich früher nie bemerkt hatte. Er sah genau wie Léon de Valmy aus.

»Ist er hier? Philippe?« fragte er. Seine Stimme klang sehr ruhig, aber ich glaubte den Unterton von Wut zu vernehmen, die zu unterdrücken er sich nicht bemühte.

Die Frage wurde von Philippe selbst beantwortet. Er war mir bis auf die Galerie gefolgt und instinktiv dort stehengeblieben. Als sein Vetter die Frage stellte, mußte er sich bewegt haben, denn der Schatten, der sich über ihm bewegte, ließ Raoul den Kopf heben. Ich blickte in die gleiche Richtung wie er und sah Philippe, der wie ein Gespenst stumm im Dunkel stand.

Dann kam Raoul, immer zwei Stufen auf einmal nehmend, die Treppe herauf, und das geschah so schnell, daß ich von Panik ergriffen wurde. Ich weiß nur noch, wie ich das Geländer losließ und vor ihm die Treppe hinaufflüchtete, und oben angekommen, drehte ich mich um und schrie: »Lauf weg, Philippe«, wobei ich die Hände hob, um Raoul aufzuhalten.

Aber noch ehe ich ihn packen konnte, blieb er stehen. Seine Arme hingen schlaff an den Seiten herunter. Ich tat ein paar Schritte rückwärts und lehnte mich an das Geländer. Ich glaube, ich wäre sonst hingefallen. Er blickte nicht Philippe nach, sondern blickte mich an. Ich wandte den Kopf ab.

Ich hörte, wie sich hinter mir die Tür zum Arbeitszimmer sehr leise schloß.

Raoul hörte es auch. Er hob den Kopf, dann blickte er mich wieder an.

»Ich verstehe«, sagte er.

Ich verstand es auch. Ich hatte es schon verstanden, als ich in meiner törichten Panik vor ihm ausgerissen war. Und jetzt sah ich den Ausdruck bitteren Stolzes in seinem Gesicht, der stärker war als die Wut, und ich wußte, daß ich wieder das Aschenbrödel war, daß ich mein schönes Schiff mit meinen eigenen verruchten Händen versenkt hatte. Ich brachte kein Wort heraus, aber ich begann zu weinen – nicht laut oder verzweifelt, sondern stumm und ohne Hoffnung. Die Tränen flossen an meinen Wangen hinunter.

Er rührte sich nicht. Sehr ruhig sagte er: »Als ich heute morgen ins Schloß Valmy kam und mein Vater sagte mir, daß du weg seist, schien er zu glauben, du seist zu mir gefahren, um mich um Hilfe zu bitten. Ich erwiderte ihm, nein, du habest geglaubt, ich sei bis Donnerstag in Paris, aber ich hätte meine dortige Wohnung am Dienstag verlassen und du könntest nicht wissen, wo ich sei. Erst später erfuhr ich, daß du gar nicht versucht hattest, dich mit mir in Verbindung zu setzen. Es gab für mich nur einen Grund, daß du nicht angerufen hattest. Als ich ihn meinem Vater nannte, stritt er ab, daß dir ein Leid geschehen sei. Ich glaubte ihm nicht.«

Er hielt inne. Ich hob eine Hand, um die Tränen aus meinem Gesicht zu wischen, aber sie flossen weiter.

»Ich habe ihm dann gesagt, ich wolle dich heiraten und daß, wenn dir oder dem Jungen etwas zustieße, ich ihn – meinen Vater – mit meinen eigenen Händen erwürgen würde.«

Da blickte ich ihn an. »Raoul...« Aber die Stimme versagte mir.

Leise sagte er: »Ja. Ich glaube, es war mein Ernst in dem Augenblick.«

Wir hatten beide den anderen Wagen nicht kommen hören. Als sich die Tür der Halle öffnete und ein Mann und eine Frau hereinkamen, drehten wir uns beide jäh um. Den Mann kannte ich nicht; die Frau war Héloise de Valmy. Sie sahen uns beide nicht, denn in dem Augenblick kam Madame Vuathoux, die diesmal die Scheinwerfer des Wagens gesehen zu haben schien, von hinten in die Halle geeilt und begrüßte das Paar mit lauten Willkommensrufen.

»Monsieur – wie schön, daß Sie da sind! Ich fürchtete schon bei dem Nebel... Ach!« Sie vestummte und hob entsetzt die Hände. »Ach, Madame – ist sie krank? Was ist los? Natürlich, natürlich. Wie schrecklich! Hat man immer noch nichts gehört?« Ich hatte es bis dahin noch nicht bemerkt, aber Héloise de Valmy klammerte sich tatsächlich an Hippolytes Arm, als ob sie eine Stütze brauche. In dem grellen Licht des Lüsters wirkte ihr Gesicht grau und verhärmt, wie das einer alten Frau. Die Concierge floß vor Mitleid über.

Man hatte noch nichts von dem kleinen Jungen gehört? Und natürlich war Madame erregt. *La pauvre*... Madame sollte hinaufgehen. Dort brannte ein Ofen... ein Cognac... etwas Bouillon vielleicht?

Hippolyte de Valmy unterbrach sie. »Ist Monsieur Raoul hier?« – »Noch nicht, Monsieur. Er war heute abend hier und ist dann nach Evian gefahren. Er sagte, er würde gegen Mitternacht wiederkommen. Es ist aber schon...«

»Sein Wagen steht draußen.«

»Guten Abend, Onkel«, sagte Raoul plötzlich, fast lässig.

Madame Vuathoux starrte ihn an und brachte kein Wort heraus. Hippolyte drehte sich um und hob die Augenbrauen. Héloise sagte nur, wie ich es getan hatte, und nicht weniger entsetzt: »Raoul!« Sie schwankte, und Hippolyte faßte sie fester am Arm. Dann sah sie mich hinter Raoul am Geländer lehnen, und fast schreiend rief sie: »Miß Martin!«

Da fand Madame Vuathoux ihre Stimme wieder und schrie ebenfalls. »*La voilà!* Da ist sie! Hier im Hause! Monsieur Raoul.«

»Seien Sie still«, sagte Hippolyte kühl, »und lassen Sie uns bitte allein.«

Alle schwiegen, bis sich die Tür hinter ihr geschlossen

hatte. Dann blickte er wieder zu uns hinauf. Er musterte mich mit ausdruckslosem Gesicht, nickte und sagte zu Raoul: »Hast du sie gefunden?«

»Ja, ich habe sie gefunden.«

»Und Philippe?«

»Er ist auch hier.«

Mit heiserer Stimme sagte Héloise: »Ist ihm nichts geschehen?«

»Nein, Héloise«, sagte Raoul. »Es ist ihm nichts geschehen. Er war mit Miß Martin zusammen.«

Sie stöhnte leise auf.

»Ich glaube, es ist besser«, sagte Hippolyte, »wir besprechen das in aller Ruhe. Kommt in das Arbeitszimmer hinauf. Héloise, kannst du die Treppen steigen?«

Niemand beachtete mich. Ich war ein Schatten, ein Geist, ein welkes Blatt, das vom Sturm in eine Ecke geweht war. Meine Rolle war beendet. Hippolyte würde mich nicht einmal um eine Erklärung bitten. Ich war gerettet, und ich wünschte, ich wäre tot.

Héloise und Hippolyte kamen langsam die Treppe herauf. Raoul ging an mir vorüber, als ob ich nicht existierte. Ich ging ihm nach. Ich hatte aufgehört zu weinen, aber mein Gesicht brannte noch von Tränen, und ich war müde, so müde. Wie eine alte Frau schleppte ich mich, mich am Geländer festhaltend, hinter ihm her.

Raoul hatte die Tür zum Arbeitszimmer geöffnet und machte Licht. Er wartete. Ich sah ihn nicht an. Mit gesenktem Kopf ging ich an ihm vorüber geradenwegs durch das Arbeitszimmer zu der Tür, die in den Salon führte.

Ich stieß sie auf.

»Philippe?« sagte ich leise. »Du kannst herauskommen.« Ich zögerte, da ich merkte, daß Raoul mir nachgekommen war und hinter mir stand. Dann sagte ich: »Du hast jetzt nichts mehr zu befürchten. Dein Onkel Hippolyte ist da.«

Ohne jeden Grund waren uns alle anderen in den Salon gefolgt, obwohl es hier im Gegensatz zum Arbeitszimmer kalt war.

Hippolyte hatte den Überzug von dem Sofa abgenommen und saß jetzt dort neben Philippe, um den er den Arm gelegt hatte. Auf der anderen Seite des Kamins kauerte Héloise in einem kleinen mit goldenem Brokat bezogenen Sessel. Jemand hatte die Schutzhülle von ihm abgezogen, und sie lag wie ein Bündel zu ihren Füßen. Jetzt, da hier Licht brannte, wirkte der Salon noch gespenstischer als vorher. Das Licht des großen Lüsters tropfte eisig aus den hundert glitzernden Prismen herunter. Kalt fiel es auf die weißen Überzüge der Möbel und spiegelte sich in dem blassen Marmor des Kamins, an dem Raoul stand, einen Ellbogen auf dem Sims, so wie ich ihn in der Bibliothek in Valmy hatte stehen sehen.

Am Ende des langen Zimmers stand ein Flügel in einer grünen Flanellhülle. Dorthin hatte ich mich stumm zurückgezogen und setzte mich auf die lange Bank davor, mit dem Rücken zu dem Instrument. Ich fühlte mich wie ausgehöhlt. Sollten die Valmys sich aussprechen und mich gehen lassen. Ich hatte mit dem allem nichts mehr zu tun. Ich hob den Kopf und blickte zu ihnen hin. Sie dünkten mich Millionen Meilen fern.

Hippolyte sprach mit gedämpfter Stimme mit Philippe. Auch in ihm war das Valmysche stark ausgeprägt. Er war das jüngere, sanftere Ebenbild Léon de Valmys – Luzifer vor dem Fall. Er wirkte freundlich, und seine Stimme klang angenehm. Aber trotzdem sah ich in ihm die gleiche große Energie wie in den anderen Männern – kühler vielleicht und bedächtiger, aber wenn es sein mußte, konnte auch er zuschlagen. Mein *Deus ex machina* würde Gott sei Dank Herr der Situation sein.

Er blickte zu Raoul auf und sagte mit seiner ruhigen Stimme: »Wie du es dir vielleicht schon gedacht hast, hat Héloise mich auf dem Flughafen in Genf abgeholt. Sie hat mir eine recht... merkwürdige Geschichte erzählt.«

Raoul nahm sich eine Zigarette. Ohne die Augen zu heben, sagte er: »Es wäre besser, du erzähltest mir die Geschichte. Ich habe schon mehrere Versionen von ihr gehört, und ich gestehe, ich finde mich da nicht mehr zurecht. Ich würde gern wissen, welche Héloise sich ausgedacht hat.«

Sie stöhnte leise, und Hippolyte sagte streng: »Mein lieber Raoul...«

»Es geht hier nicht mehr«, fiel Raoul ein, »um Höflichkeit

oder Konventionen oder Sohnespflicht. Wir kommen viel weiter, wenn wir die Wahrheit sagen.« Seine Augen ruhten gleichgültig auf Héloise. »Du brauchst jetzt kein Theater mehr zu spielen, Héloise. Du weißt bestimmt, daß mein Vater heute morgen sehr offen mit mir gesprochen hat. Er wird vermutlich das alles jetzt abstreiten, aber ich wüßte nicht, was das ihm oder dir nützen würde. Ich weiß nicht, was er dich beauftragt hat, in Genf zu sagen. Aber damit ist es jetzt aus, Héloise. Du brauchst dich nicht mehr zu verstellen. Auf die Zeugen hier kommt es nicht an, und du wirst meinen Onkel Hippolyte bestimmt brauchen, damit er dir hilft, einen Skandal zu vermeiden. Warum gibst du es nicht auf und gestehst alles ein?«

Sie antwortete nicht, sondern kauerte dort wie ein Häufchen Unglück.

Er beobachtete sie einen Augenblick. Dann zuckte er die Schultern und wandte sich wieder Hippolyte zu. »Nun«, sagte er, »da Héloise nichts sagen zu wollen scheint, ist es besser, ich fange an.«

Als Hippolyte von einem zum anderen blickte, sah sein Gesicht plötzlich sehr erschöpft aus. »Gut«, sagte er. »Leg los. Du hast mich am Montagabend in Athen angerufen und mich gebeten, zurückzukommen, da du dir Philippes wegen Sorgen machtest. Du sprachst von Unfällen und sagtest immer wieder, Philippe scheine in Gefahr zu sein. Du erwähntest auch Philippes Erzieherin, aber was du von ihr sagtest, klang ziemlich dunkel. Auch Héloise hat heute abend von ihr gesprochen – ebenfalls ziemlich dunkel. Ich nehme an, es geht dabei um die junge Dame dort, und es hat sich da in letzter Zeit Beunruhigendes entwickelt, das Héloise mir zu erklären versucht hat. Ich bin aber nicht daraus klug geworden. Außerdem bin ich sehr müde, ich hoffe, du wirst es uns kurz und sachlich sagen können.«

»Philippes Erzieherin kannst du aus dem Spiel lassen«, sagte Raoul (Philippes Erzieherin, das war ich. Er hatte mich nicht einmal angeblickt. Er war Millionen Meilen weit weg). »Sie ist nur zufällig in die Sache verwickelt«, fuhr er fort. »Die Geschichte beginnt und endet mit meinem Vater. Denn du mußt wissen, Onkel, dein Bruder – mein Vater – hat mit Hilfe

– oder jedenfalls mit Duldung seiner Frau – seit einiger Zeit versucht, Philippe zu ermorden.«

Wieder stöhnte Héloise leise auf, und ich sah, wie Philippe den Kopf wandte und zu ihr hinblickte. In einem scharfen Ton, der mir sonst fremd war, sagte ich: »Philippe ist erst neun Jahre alt. Er hat einen anstrengenden Tag hinter sich und ist sehr müde und wahrscheinlich hungrig. Ich möchte Sie darum bitten, mir zu erlauben, ihn zu jemand Verläßlichem in die Küche hinunter zu bringen.«

Sie fuhren alle zusammen, als ob ein Gepenst gesprochen hätte. Dann sagte Hippolyte: »Ja, er soll hinuntergehen. Aber es wäre mir lieb, wenn Sie hierblieben. Klingle bitte, Raoul.«

Raoul blickte mich an, ein Blick, aus dem ich nichts lesen konnte, und tat wie geheißen.

Wir warteten stumm, und dann öffnete sich die Tür. Es war nicht Madame Vuathoux, die dort stand, sondern ein älterer Diener mit einem freundlichen Gesicht.

»Gaston«, sagte Hippolyte, »nehmen Sie, bitte, Monsieur Philippe mit hinunter und sorgen Sie dafür, daß er etwas zu essen bekommt. Madame Vuathoux oder Jeanne soll dann ein Zimmer für ihn herrichten... Am besten mein kleines Ankleidezimmer. Philippe, geh jetzt mit Gaston. Er wird sich deiner annehmen.« Philippe, der schon aufgesprungen war, lächelte, und der grauhaarige Diener erwiderte das Lächeln. »Komm«, sagte er und streckte eine Hand aus. Philippe lief zu ihm, ohne sich noch einmal umzublicken. Die Tür schloß sich hinter ihnen.

Hippolyte wandte sich wieder Raoul zu. Ich sah ihm an, wie er sich beherrschte. Seine Stimme klang zwar ein wenig erregt, aber freundlich und sanft wie zuvor. »Nun, Raoul«, sagte er, »du fährst jetzt am besten mit deiner Geschichte fort. Aber halte dich nur an Tatsachen. Du... Er ist mein Bruder, vergiß das nicht.«

»Und mein Vater«, sagte Raoul barsch. Er schnippte die Asche seiner Zigarette mit einer abrupten Bewegung in den leeren Kamin. »Was die Tatsachen betrifft, so kann ich zwar nicht mit vielen, aber immerhin mit einigen aufwarten. Ich habe nämlich erst heute morgen von dieser Geschichte erfahren.« Er hob dabei die Augen und blickte mich an.

Er machte eine kurze Pause und fuhr dann fort:

»Du weißt, daß mein Vater, wenn Philippe nie geboren worden wäre, Valmy geerbt hätte, wo er sein ganzes Leben verbracht hat und das er, besonders seit seinem Unfall, geradezu krankhaft liebte. Da sein älterer Bruder nicht heiratete, nahm er an, daß Valmy ihm eines Tages gehören würde, und er zögerte nie, die Einnahmen von seinem eigenen Gut Bellevigne nach Valmy fließen zu lassen. Ich habe seit meinem zwanzigsten Lebensjahr Bellevigne verwaltet, und ich weiß darum nur allzu gut, wie das Gut alles hat hergeben müssen, wodurch es selber hätte gedeihen können. Mein Vater und ich haben uns deswegen immer wieder in den Haaren gelegen... Schließlich ist es ebenso mein Erbe, und ich war nicht so sicher wie er, daß Etienne nicht selber eines Tages einen Sohn bekommen würde.«

»Ich weiß«, sagte Hippolyte. »Léon wollte nie etwas davon hören.«

»Nun«, sagte Raoul, »Etienne hat geheiratet, und dann wurde Philippe geboren. Ich will dich nicht betrüben und dir schildern, wie mein Vater darauf reagiert hat. Gott sei Dank ist er so vernünftig gewesen, Etienne seine Gefühle zu verbergen... Vielleicht damit Etienne ihn weiter in Valmy leben ließ. Aber die unmittelbare Folge war, daß die Einnahmen von Bellevigne dort blieben, wohin sie gehörten, und meine Aufgabe war es zu versuchen, das wiederaufzubauen, was jahrelang zugrunde gerichtet worden war.« Ein Lächeln huschte über den harten Mund. »Ich darf sagen, mir hat der Kampf Freude gemacht... Aber im vorigen Jahr ist Etienne ums Leben gekommen.«

Er blickte zu Hippolyte hinunter. »Und von da an hat Valmy wieder begonnen, das Geld aus Bellevigne herauszuziehen.«

»Da schon?« sagte der Ältere.

Raoul lächelte von neuem. Es war kein freundliches Lächeln. »Es freut mich, daß du so schnell von Begriff bist. Ja. Er muß dann beschlossen haben, Philippe aus dem Wege zu räumen. Es dauerte noch sechs Jahre, bis der Junge erbte. Und es würde sich schon eine Gelegenheit bieten.«

In scharfem Ton sagte Hippolyte: »Halt dich an die Tatsachen!«

»Das tue ich. Ich spare uns Zeit, wenn ich dir klipp und klar sage, daß mein Vater seine Absicht, Philippe zu ermorden, eingestanden hat.«

Eine Pause. Dann sagte Hippolyte: »Nun gut. Wem hat er es eingestanden?«

»Mir. Aber sei ohne Sorge, es ist immer noch nur eine Familienangelegenheit.«

»Ich – verstehe. Und ich bin nach Griechenland gefahren und habe Philippe ihm überlassen.«

»Ja. Mir war natürlich die Bedeutung dessen, was mit Bellevigne geschehen war, gar nicht aufgegangen. Man nimmt ja nicht ohne weiteres an, daß der Vater ein Mörder ist«, sagte Raoul ruhig. »Ich verstand das alles nicht und war wütend – so wütend, wieder an den Fuß des Felsens zurückgeschleudert zu sein, den ich erklommen hatte, daß ich mir gar keine Gedanken über das Warum und Wofür machte. Ich setzte nur meine ganze Energie dafür ein, wieder hochzukommen. Als ich Anfang April nach Valmy kam, gedachte ich herauszufinden, wie es Philippe dort erging. Ich behaupte nicht, daß ich etwas Schlimmes argwöhnte. Ich habe dir ja schon gesagt, so etwas vermutet man nicht in seiner eigenen Familie und bei Menschen, die man kennt. Aber jedenfalls bin ich nach Valmy gefahren, um zu sehen, wie die Dinge standen. Und es schien alles in Ordnung zu sein. Ich hatte gehört, daß Philippe eine neue Erzieherin hatte, und ich fragte mich...« Hier blickte er mich einen Augenblick an und hielt inne. Dann fügte er hinzu: »Valmy war nie ein Haus für Kinder, aber diesmal schien alles gut zu gehen. Am nächsten Tage dann kam es zu einem Zwischenfall, der verhängnisvoll hätte sein können.«

In kühlem gleichmäßigem Ton berichtete er Hippolyte von dem Schuß im Walde, wobei Hippolyte mehrmals rief: »So etwas!« und Héloise in ihrem Sessel hin und her rutschte und auf den Fußboden starrte. Sie sagte nichts, aber ich sah, daß die zarte goldene Seide der Lehne des Sessels unter ihren Nägeln gerissen war. Raoul beobachtete sie jetzt. Ihr Gesicht war völlig ausdruckslos.

»Selbst da«, sagte er, »ahnte ich nicht, was wirklich vorging. Wie sollte ich das auch? Ich habe mir später deswegen bittere Vorwürfe gemacht, aber man kommt eben einfach nicht auf solche Gedanken.« Er warf seinen Zigarettenstummel in den Kamin und trat ihn dann mit dem Absatz aus. Wie zu sich selbst sagte er: »Vielleicht hatte ich einen Argwohn; ich weiß es nicht. Ich glaube, ich habe gegen ihn angekämpft.« Er blickte seinen Onkel an. »Kannst du das verstehen?«

»Ja«, erwiderte Hippolyte. »Ja.«

»Das habe ich mir doch gedacht«, sagte Raoul. »Das ist verdammt schwer, nicht wahr?« Er steckte sich eine neue Zigarette an.

»Aber du hattest immerhin so viel Argwohn, daß du sehr bald nach Valmy zurückkehrtest. Und zu Ostern noch einmal.«

»Es war nicht nur der Argwohn, der mich nach Valmy zurücktrieb. Noch sah ich keinen Grund, mir Sorgen zu machen – bis zum dem Osterball – dem Abend, an dem ich dich anrief. Aber an jenem Abend geschah zweierlei. Miß Martin sagte mir, die Brüstung des Westbalkons habe sich über Nacht bedenklich gelockert, und nur weil sie es bemerkt und etwas davorgestellt hatte, wurde Philippe davor bewahrt, einen qualvollen Tod auf den Eisenspitzen des Gitters unter dem Balkon zu sterben.«

Bei diesen Worten blickte Hippolyte mich an, und ich fragte mich zum erstenmal, was Héloise auf dem Wege von Genf hierher über mich gesagt haben mochte. Nach dem Ausdruck in seinem Gesicht zu urteilen, war es nichts Günstiges gewesen. Als Raoul fortfuhr und von dem Mitternachtsfest mit Philippe berichtete, wurde mir das noch klarer – das Bild, das Raoul von mir zeichnete, war so ganz anders als das, das Héloise gezeichnet hatte. »Und Héloise wirkte an jenem Abend sehr merkwürdig«, sagte Raoul. »Sie schien unbegreiflicherweise Angst zu haben, und dann war da Miß Martins Bericht von den Alpträumen ... Aber eigentlich erst dieser zweite ›Unfall‹ öffnete mir die Augen. Ich ging sofort zum Telefon und erreichte dich schließlich. Es schien mir das Beste, daß wir ihn gemeinsam zur Rede stellten, um herauszubekommen, was vorging, und ihn zu zwingen, Vernunft anzunehmen. Ich glaubte auch, du würdest das Kind meiner

Obhut übergeben, wenn du noch einmal verreisen mußtest. Ich habe keinerlei Vollmacht in allem, was Philippe betrifft, und aus nur allzu klaren Gründen wollte ich lieber nicht die Hilfe der Polizei in Anspruch nehmen. Daher mein SOS-Ruf an dich.« Er lächelte seinen Onkel freudlos an. »Im übrigen hatte mein Vater, was die Polizei betraf, immer noch einen Trumpf in der Hand, nämlich den, daß nichts passiert war. Er hatte und hat kein beweisbares Verbrechen begangen. Aber ich glaubte, wenn du telegrafierst, daß du zurückkämest, würde das die Pläne, die er vielleicht hegte, durchkreuzen.«

Wieder schwiegen alle. Hippolyte blickte zu Héloise hinüber, und nach einer Weile fuhr Raoul fort: »Es kommt mir jetzt merkwürdig vor, daß ich so lange Zeit dazu gebraucht habe, um ihn eines Mordes für fähig zu halten. Ich hätte wissen müssen... aber so ist das nun einmal. Man findet sich mit so etwas nicht leicht ab. Es war nicht etwas, dessen ich ihn beschuldigen konnte – und selbst wenn ich es getan hätte, hätte es wohl auch nicht viel genützt. Wenn das Gespräch, das ich heute morgen mit ihm hatte, etwas ergeben hat, das...« Er verstummte und zuckte dann die Schultern. »Nun, ich hatte dich benachrichtigt. Ich hatte getan, was ich konnte, um mein eigenes Unbehagen zu beschwichtigen, und ich wußte, Miß Martin war zuverlässig. Ich sagte mir, ich sei ein Narr. Ich wollte Valmy nicht am nächsten Morgen verlassen, aber ich bekam früh morgens einen Anruf aus Paris und mußte fort. Es hatte etwas mit Geld zu tun, das ich für Bellevigne aufnehmen wollte, und der Mann, den ich deswegen sprechen mußte, kam an jenem Nachmittag durch Paris. Ich mußte ihn erreichen. Und so fuhr ich nach Paris. Ich hatte vor, bis Mittwoch nachmittag dort zu bleiben, dann hierher zu kommen und nach deiner Rückkehr aus Athen mit dir zu sprechen und am Donnerstag mit dir nach Valmy zu fahren. Aber als ich von Valmy weg war, machte ich mir immer größere Sorgen. Es war, als ob ich ihn aus der Ferne deutlicher sehen konnte. Jedenfalls glaubte ich zum erstenmal zu erkennen, daß das Unmögliche wahr sein könnte und daß wirklich Gefahr drohte – unmittelbare Gefahr. Ich rief am Nachmittag in Valmy an und sprach mit ihm. Ich erfand irgendeinen Vorwand, ich weiß nicht mehr welchen, und stellte ein paar Fragen. Er berichtete mir von deinem Telegramm, und ich möchte schwören, die Aussicht, dich bald zu sehen, erfreute ihn sogar. Alles schien normal zu sein, und als ich einhängte, war ich von neuem davon überzeugt, daß das Ganze Gefasel sei.« Er zog an seiner Zigarette. »Aber – nun, am Abend konnte ich es nicht mehr ertragen. Ich rief den Flughafen an, und ich hatte Glück. In dem Nachtflugzeug war noch ein Platz frei. Ich hatte meinen Wagen in Genf gelassen und fuhr von dort sofort nach Valmy hinauf. Als ich heute morgen in aller Frühe dort ankam, waren Miß Martin und Philippe verschwunden. Nur weil es mich interessiert, Héloise, wie hast du das meinem Onkel erklärt, als du ihn vom Flughafen abholtest?«

Sie sagte noch immer kein Wort und schien überhaupt nicht zuzuhören. Ihr Gesicht war grau und tot. Nur ihre Finger bewegten sich, rissen immer weiter an der goldenen Seide.

»Sie hat alles ziemlich durcheinander berichtet«, sagte Hippolyte. »Ich entnahm daraus...«

»Das spielt keine Rolle«, fiel ich ein. »Ich werde Ihnen sagen, was geschehen ist. Am Dienstagabend habe ich erfahren, was Monsieur de Valmy plante. Bernard hatte sich auf dem Ball betrunken und hat es Berthe, einem der Mädchen, erzählt. Sie hat es mir wiedererzählt. Ich mußte Philippe wegbringen. Aber ich... ich wußte nicht, wohin. Wir versteckten uns, und dann sind wir hergekommen, um auf Sie zu warten. Das ist alles.«

Ich spürte, wie Raouls Augen auf mir ruhten. Ich sagte nichts weiter. Ich konnte ihm hier unmöglich berichten, was im einzelnen geschehen war.

Hippolyte wandte sich wieder zu Raoul. »Fahr fort. Du kamst zurück und entdecktest, daß die beiden auf und davon waren. Vermutlich hast du darüber Léon zur Rede gestellt.«

»Ja. Es waren da verschiedene Theorien, warum die beiden weggelaufen waren, aber für mich bedeutete es nur eins: Miß Martin hatte einen Beweis, daß Philippe in Gefahr war, und hatte ihn darum weggebracht. Ich machte mir bittere Vorwürfe, daß ich meinen Verdacht zu leicht genommen hatte. Und so griff ich meinen Vater an. Es war keine angenehme

Unterredung. Um es kurz zu machen: er leugnete zunächst alles und – du kennst ihn ja – leugnete es so gut, daß ich wie ein Narr dastand. Aber die Tatsache blieb, daß Lin – Miß Martin ausgerissen war. Ich kam immer wieder darauf zurück, und schließlich änderte er seine Taktik. Er ließ durchblicken, daß Miß Martin vielleicht an Philippes Schicksal nicht ganz uninteressiert sei.«

»Was meinst du damit?«

Raoul antwortete nicht, und ich sagte kurz: »Monsieur de Valmy hatte Grund zu glauben, daß ich in Monsieur Raoul verliebt sei.« Ich sah, wie Hippolyte die Brauen hob. Auf seine Art war er so schnell von Begriff wie Léon: »So daß Sie also ein Interesse daran haben konnten, ihn aus dem Weg zu räumen? Eine sehr weitblickende junge Dame. Und wie war deine Reaktion auf diese – Andeutung, Raoul?«

»Sie war so absurd, daß ich nicht einmal ärgerlich darüber war. Ich lachte. Dann sagte ich ihm, er sehe die Sache nur in einem Punkt richtig. Das Interesse sei auf beiden Seiten, und es sei ernst – mit anderen Worten, ich beabsichtigte, Miß Martin zu heiraten, und wenn ihr oder Philippe etwas zustieße, würde er sich mir ebenso wie der Polizei gegenüber verantworten müssen.«

Hippolyte warf einen Blick von Raoul zu mir und wieder zu ihm und sah dann auf seine Hände. Eine lange Pause folgte. Schließlich sagte Hippolyte: »Und dann?«

»Er änderte wieder seine Taktik«, erwiderte Raoul, »und schlug vor, daß ich mich daran beteiligen sollte. Ja. Wirklich. Er wies auf die Vorteile hin, die Philippes Tod meiner Frau und mir bringen würde. Er schien nicht zu verstehen, daß sie mich nicht locken konnten, und er war davon überzeugt, ich würde sie als meine Frau dazu zu bringen vermögen, seinen Plänen zuzustimmen. Und er und ich könnten dich beruhigen, wenn du kamst, dafür sorgen, daß du nach Griechenland zurückkehrtest und dann in alle Ruhe Philippe beseitigen. Wir könnten irgendeine Geschichte erfinden, daß Linda weggelaufen sei, um mich zu treffen – das sagten sowieso alle –, und den größten Skandal dadurch vermeiden, daß wir es als eine rein sexuelle Angelegenheit hinstellten. Darum schlug er vor, ich solle Linda suchen und die Leute glauben lassen, sie sei weggelaufen, um mich zu treffen.«

Es war vielleicht das Furchtbarste an diesem Gespräch, daß weder Léons Sohn noch sein Bruder sich überrascht zeigten. Betrübt, ja; entsetzt, vielleicht; aber nicht überrascht. Nicht einmal über eine Gemeinheit, die sich nicht vorstellen konnte, daß jemand ohne Hintergedanken etwas Gutes tat.

»Ich habe nicht viel gesagt«, sagte Raoul. »Ich... ich konnte es nicht, sonst hätte ich Hand an ihn gelegt. Ich sagte nur, keiner von uns würde jemals dulden, daß Philippe ein Leid geschehe, und wir sollten lieber aufhören, dummes Zeug zu reden, und die beiden suchen, sonst käme es zu einem Skandal, dem er nur schwer würde entrinnen können. Ich glaubte, das Linda vielleicht versucht hatte, mich in Paris anzurufen, und ich rief vor ihm dort an, aber es hatte niemand angerufen. Ich hinterließ bei der Concierge eine Nachricht, falls Linda später anriefe. Aber ich war so sicher gewesen, daß sie mich anrufen würde, daß ich glaubte, mein Vater habe mich belogen; sie sei gar nicht aus Valmy geflüchtet, und es sei den beiden etwas passiert, und darum – ach, jetzt spielt das ja keine Rolle mehr. Und schon sehr bald wußte ich, daß ich mich geirrt hatte, denn Bernard – kennst du seinen Diener? – kam herein. Offenbar hatte er draußen nach ihnen gesucht. Er war ein wenig überrascht darüber, mich zu sehen, und ich machte ihm sofort klar, es liege in seinem eigenen Interesse, daß Philippe und Linda schnell gefunden würden. Es konnte sein, daß sie zu dem Engländer gegangen waren, der auf Dieudonné arbeitet, um ihn um Hilfe zu bitten. Ich habe entdeckt, daß Linda ihn kannte, und war froh, daß sie wenigstens einen Freund in der Gegend hatte. Ich rief im *Coq Hardi* in Soubirous an, wo er manchmal übernachtet, aber er war bereits fort und wurde erst zum Abendessen wieder erwartet. Ich sagte Bernard, er solle zu der Hütte hinaufgehen, in der der Engländer seine Sachen hat, aber er erwiderte, er sei schon dort gewesen, und sie seien nicht in der Hütte. Er sagte mir, wo er sonst überall noch gewesen war. Ich schickte ihn noch mal fort und gab ihm Instruktionen, wo er mich treffen konnte, um mir zu berichten, und stellte eine Art Plan für die Suche auf, soweit ich das mit dem wenigen, das ich wußte, vermochte... Nun, das alles ist jetzt gleichgültig. Er wußte sehr genau, es war besser für ihn, sich auf meine Seite zu stellen. Als er gegangen war, sagte ich meinem Vater noch einmal klipp und klar, daß, wenn den beiden auch nur das geringste zustieße, selbst, wenn sich kaum daran zweifeln ließe, daß es ein Unfall sei, ich ihn umbringen würde. Dann fuhr ich mit dem Wagen ab.« Seine Stimme klang plötzlich sehr müde. »Das ist die ganze Geschichte.«

Ich saß reglos da und blickte auf meine Füße hinunter. Das war die ganze Geschichte. Er hatte sechzehn Stunden lang damit verbracht, alle Täler zu durchkämmen, Paris anzurufen, sich vorsichtig (wie ich später erfuhr) bei dem Konsulat, den Krankenhäusern, der Polizei zu erkundigen...

Zweierlei wurde klar: erstens, Léon de Valmy hatte keine Ahnung gehabt, daß das ihm so zupaß kommende Gerücht von meiner Verlobung in Wirklichkeit wahr war; zweitens, Raoul wußte nichts von dem in letzter Minute gefaßten Plan, Philippe zu vergiften, und ahnte nicht, daß Léon de Valmy auch die Absicht gehabt hatte, mir Schaden zuzufügen.

Schon eine ganze Weile sagte niemand ein Wort. Der Lüster klirrte leise. Es klang wie die Musik eines Geisterspinetts. Ich blickte zu der Gruppe am Kamin hinüber.

Die beiden Männer beobachteten die Frau in dem Sessel.

Sie begann zu weinen, ein Wimmern, das furchtbar anzuhören war.

Hippolyte de Valmy, dessen Gesicht jetzt ebenso grau war wie das ihre, blickte sie hilflos an und betupfte sich mit zitternder Hand die Lippen. Nachdem er ein paar Augenblicke gezögert hatte, setzte er sich in einen Sessel neben sie, nahm die eine ihrer Hände und begann sie leise zu streicheln. Er murmelte etwas, ein paar tröstende Worte sicherlich, aber sie hatten keine Wirkung.

Raoul stand stumm ein paar Schritte von den beiden entfernt. Er sah mich nicht an.

Ich glaube, ich öffnete den Mund, um etwas zu ihm zu sagen, aber da begann Héloise endlich zu sprechen. Mit keuchender Stimme hauchte sie:

»Es ist wahr, ja es ist wahr, was er sagte, Hippolyte. Er hat Léon dazu gebracht, es zu gestehen... es war eine Szene...

furchtbare Dinge... Er hatte kein Recht...« Sie wandte sich plötzlich ihm zu und legte ihre freie Hand auf seine und klammerte sich an ihm fest. »Aber ich bin froh, daß du es jetzt weißt, Hippolyte. Du wirst uns da heraushelfen, nicht wahr? Du wirst dafür sorgen, daß kein Wort darüber verlautet. Du wirst keine weiteren Schritte unternehmen. Es ist keine Sache, die die Polizei angeht. Du hast gehört, was Raoul gesagt hat – es geht nur die Familie an. Ja, es geht nur die Familie an. Bernard wird nicht wagen, den Mund aufzumachen, und Raoul kann nichts sagen. Wie könnte er es auch? Léon ist schließlich sein Vater.« Sie schüttelte seinen Arm und sagte mit atemloser Stimme: »Du kannst nicht zulassen, daß das alles herauskommt. Du weißt das! Du kannst das Léon nicht antun, und Raoul kann es auch nicht. Es ist niemandem ein Leid geschehen... Der Junge ist heil und gesund, und dem Mädchen geht es auch gut. Mach nicht ein so düsteres Gesicht, Raoul. Du weißt, ihr könnt alles wieder einrenken, wenn ihr es wollt. Die Martin ist in dich verliebt; sie wird den Mund halten und...«

»Héloise, bitte«, sagte Hippolyte scharf. Er hatte sich von ihr losgemacht, war etwas von ihr abgerückt und blickte sie an, als hätte er sie noch nie gesehen. »Du sagst, das sei alles wahr? Du hast davon gewußt? Du?«

Sie war in ihren Sessel zurückgesunken. Unter Schluchzen stammelte sie: »Ja, ja, ja. Alles, was er dir gesagt hat. Ich gebe alles zu, wenn du nur hilfst. Ich, ich bin kein böser Mensch, Hippolyte. Du weißt das. Ich wollte Philippe nichts antun, aber – nun, es war um Léons willen. Ich habe es für Léon getan.« Sie sah seinen kalten Blick und fügte scharf hinzu: »Du weißt genauso wie ich, daß Valmy ihm gehören sollte. Und er hat doch wohl das größte Recht darauf. Es ist sein Zuhause. Du weißt das. Du hast es sogar selber gesagt. Und er ist nicht wie andere Menschen. Auch das weißt du. Er hätte Valmy erben müssen. Er hat schon genug leiden müssen, ohne daß man ihn noch aus seinem Haus vertreibt!«

»Ich glaube nicht, daß Léon dir für dieses Plädoyer dankbar sein würde, Héloise«, erwiderte ihr Schwager. »Und im Augenblick geht es auch nicht darum. Wir sprechen über etwas viel Ernsteres: Mordversuch an einem Kind.«

»Ja, ja, ich weiß. Es war unrecht. Es war unrecht. Ich gebe das zu. Aber es ist doch nichts passiert. Raoul hat das selber gesagt. Und darum kann man es auf sich beruhen lassen. Ach, du wirst mit Léon darüber sprechen müssen. Das sehe ich ein. Aber du wirst dafür sorgen, daß er in Valmy bleiben kann. Es gibt keinen Grund, daß er nicht dort bleiben sollte. Die Leute reden, aber das alles wird bald vergessen sein, wenn du uns beistehst und es nicht in die Öffentlichkeit bringst. Und ich weiß, du wirst es nicht tun. Du weißt, wie Léon an Valmy hängt. Du wirst dafür sorgen, daß er es behält. Er hätte schon eher mit dir sprechen müssen – ich wollte, daß er das tat, statt zu versuchen, die Dinge auf diese Weise zu regeln. Ich war sicher, du würdest seinen Standpunkt verstehen, und du verstehst ihn, nicht wahr? Ich bin überzeugt, es gibt eine Möglichkeit, die Dinge zu regeln. Du kannst bestimmt einen Weg finden, daß alles in Ordnung kommt.«

»Es hat keinen Sinn, hier noch weiter darüber zu sprechen«, entgegnete er ruhig. »Das führt zu nichts, Héloise...«

»Versprich mir nur, daß du es nicht der Polizei meldest.«

»Ich kann nichts versprechen. Ich kann nur sagen, daß wir versuchen wollen, einen Kompromiß zwischen dem, was recht, und dem, was das beste ist, zu finden.«

Sie schien nicht zuzuhören. Etwas war in ihr zerbrochen, und jetzt konnte sie nicht mehr an sich halten. Sie hatte jede Selbstbeherrschung verloren. Ihre Hände und Lippen zitterten.

»Es wird sein Tod sein«, schrie sie, »wenn er nach Bellevigne ziehen muß, und unser ganzes Geld steckt in Valmy. Wir haben Valmy gut verwaltet. Du kannst nicht behaupten, wir hätten es nicht getan. Du kannst nicht behaupten, er sei ein schlechter Treuhänder gewesen.«

»Nein«, sagte Hippolyte.

Sie bemerkte nicht einmal die Ironie. Daß sie alles so unumwunden zugab, erklärte nur allzusehr, daß Léon sie dazu gebracht hatte, ihm gegen ihr besseres Wissen zu helfen. »Es geschah um Léons willen«, fuhr sie fort. »Valmy gehörte ihm. Du weißt das. Etienne hatte kein Recht, ihm das anzutun. Das Kind hätte nie geboren werden dürfen.«

»Lieber Gott, Héloise« sagte Raoul plötzlich, »du denkst bereits wie er.«

Das ließ sie verstummen. Sie wandte ihm rasch ihren Kopf zu. Ich konnte ihre Augen nicht sehen, aber ihre Hände verkrampften sich an den Lehnen des Sessels. Leise sagte sie: »Du... Du hast ihn immer gehaßt!«

Er antwortete nicht. Er hatte sich wieder eine Zigarette genommen und zündete sie in aller Ruhe an.

»Er ist dein Vater«, sagte sie. »Ändert das nicht alles? Kannst du zusehen, wie er ruiniert wird? Bedeutet es dir nichts, daß er dein Vater ist?«

Raoul schwieg noch immer. Es sah fast so aus, als höre er ihr gar nicht zu.

Plötzlich hämmerte sie mit den Händen auf die Sessellehnen und schrie ihn an: »Verdammst du deinen eigenen Vater?« Ihre Stimme wurde immer schriller. »Du stellst dich hin und nennst ihn einen Mörder! Du, der alles, alles hat. Und er ist ein Krüppel, der nichts sein eigen nennt außer dem verwahrlosten Gut im Süden. Du verdammst ihn. Du redest große Töne von Recht und Unrecht, von Polizei und Mord, und wer weiß, was du getan hättest, wenn du an seiner Stelle gewesen wärest? Was wäre aus dir geworden, wenn du eines Tages mit deinem Auto auf dem Zickzackweg verunglückt wärest, dir die Wirbelsäule gebrochen und damit das Leben von zwei Menschen zerstört hättest? Ja, zwei... Hätte sie sich dann noch um dich gekümmert? Ach, jetzt bedarf es nur eines Blickes von dir, aber hätte sie es getan? Wäre sie bei dir geblieben und hätte dich so geliebt, wie ich ihn alle die Jahre geliebt habe, und für dich getan, was ich für ihn getan habe – und gern? Laß dir das sagen. Gern! Ach nein, du hast kein Recht, dich aufs hohe Roß zu setzen. Er ist mit seinem halben Körper ein besserer Mensch, als du es je sein wirst, Raoul de Valmy! Du weißt nicht... Ach, lieber Gott, wie kannst du wissen...?«

Dann legte sie die Hände vors Gesicht und begann zu weinen. Die Szene wurde plötzlich unerträglich. Und ich hatte mit dem allem nichts mehr zu schaffen. Ich stand abrupt auf.

In diesem Augenblick öffnete sich die Tür und William Blake kam wie ein wütender Bär hereingestürmt.

Zwanzigstes Kapitel

»Wer, zum Teufel, sind Sie? fragte Raoul.

Da er es auf französisch sagte, nahm William Blake nicht die geringste Notiz davon. Er blieb keuchend in der Tür stehen. Wie immer wirkte er riesengroß, sehr englisch mit dem zerzausten blonden Haar und sehr sicher. Er blickte zu mir hin, alle anderen ignorierend.

»Linda? Was geht hier vor? Haben sie Ihnen etwas angetan?«

Halb lachend, halb schluchzend erwiderte ich: »Ach William«, und lief auf ihn zu.

Er schloß mich nicht eigentlich in seine Arme, fing mich aber auf.

»Nicht so ungestüm«, sagt er. »Ist Ihnen wirklich nichts geschehen?«

»Nein, gar nichts.«

Hippolyte hatte sich, überrascht über diese Unterbrechung, erhoben, aber Héloise war in einem Zustand, in dem ihr alles gleich war. Sie ließ ihren Tränen jetzt freien Lauf, und ihr lautes Schluchzen paßte so gar nicht in die gedämpfte Atmosphäre dieses Salons. Hippolyte blickte hilflos von William zu ihr. Ohne sich vom Fleck zu rühren, sagte Raoul: »Es ist der Engländer. Ich habe dir schon von ihm erzählt.«

Ich sah, daß William das Schluchzen auf die Nerven ging, aber er stand wie angewurzelt da und hatte sein Kinn gefährlich vorgereckt.

»Haben sie Ihnen etwas angetan?« fragte er noch einmal.

»Nein, ach nein. Sie nicht, William. Es ist alles worüber, wirklich.«

»Kann ich etwas tun?«

»Nichts, außer... Bringen Sie mich von hier fort.«

»Gut. Gehen wir«, sagte William. Er legte einen Arm um meine Schultern und führte mich zur Tür.

Hippolyte kam auf uns zu: »Miß Martin...«

Aber da sagte plötzlich Héloise: »Ich habe Sie immer gemocht. Ich habe Sie von Anfang an gemocht.«

»Ich weiß es«, erwiderte ich besänftigend.

»Man hätte Ihnen bestimmt nicht die Schuld an den Unfällen gegeben. Das war nicht unsere Absicht.«

»Nein.«

»Léon mochte Sie auch. Er sagte, Sie seien zuvorkommend. Ja, das war das Wort. Er sagte: ›Sie ist ein zuvorkommender kleiner Teufel, und es wäre ein Jammer, wenn wir uns ihrer entledigen müßten.‹«

Sehr ruhig sagte Raoul hinter mir: »Was hat er damit gemeint?« Madame de Valmy beachtete die Frage nicht. Sie schien vergessen zu haben, daß außer ihr und mir noch andere hier waren. Sie blickte mich mit ihren blassen, verstörten Augen an und redete ohne Unterlaß mit einer müden, monotonen Stimme: »Er hat das erst gestern wieder gesagt. Nach dem zweiten Unfall, dem auf dem Balkon, wollten wir Sie entlassen. Er sagte, Sie paßten zu sehr auf, und wenn jetzt noch etwas geschähe, würden Sie beginnen, uns zu verdächtigen. Wir waren froh, als Sie uns den Vorwand gaben, Sie zu entlassen. Sie glaubten, ich sei ärgerlich, nicht wahr?«

»Ja, Madame.«

»Dann bekamen wir das Telegramm. Wir mußten eilig etwas tun. Im Dorf gingen Gerüchte über Sie und Raoul und Ihre bevorstehende Entlassung um, aber Léon meinte, es wäre vielleicht besser, es wäre vielleicht später nützlich, wenn die Leute im Dorf von Ihnen als Brautpaar sprächen.«

Ich hörte, wie Raoul hinter mir Atem holte, als ob er etwas sagen wolle. Um sie davon abzulenken, sagte ich rasch: »Ja, Madame, ich weiß. Albertine hat mit dem Klatsch begonnen. Aber denken Sie jetzt nicht mehr daran.«

»Sie hat nicht gewußt, was wir vorhatten«, sagte Madame de Valmy. »Aber sie mochte Sie nicht. Sie hat Sie nie gemocht. Sie hat mir von dem Wirrwarr mit den Rezepten berichtet, den Sie angerichtet hatten. Sie wollte Sie damit nur verpetzen. Ich sollte glauben, Sie seien unzuverlässig. Es war nur Haß. Aber das hat uns auf den Gedanken mit dem Gift gebracht. Wir wollten Ihnen das nicht in die Schuhe schieben, Miß Martin. Es mußte wie ein unglücklicher Zufall aussehen. Das Gift war in dem Traubenzucker, in dem, den Sie jeden Abend in seine Schokolade taten.«

»Madame...«

»Zum Glück war nicht mehr viel in der Dose, und wir zerstampften die Gifttabletten und machten eine starke Mixtur. Eine zu starke vielleicht. Sie hat vielleicht bitter geschmeckt. Er hat die Schokolade nicht getrunken, nicht wahr?«

»Nein. Aber nicht darum.« Ich blickte verzweifelt zu Hippolyte hin, der stumm am Schreibtisch stand. »Darf ich klingeln und um etwas Kaffee bitten, Monsieur de Valmy? Ich glaube wirklich...«

»Wir hatten keine Zeit, uns etwas Besseres auszudenken«, sagte Héloise. »Es sollte wie ein unglücklicher Zufall aussehen. Wenn er die Schokolade getrunken hätte und daran gestorben wäre, hätte man vielleicht nicht an einen Mord gedacht. Der Arzt hätte vielleicht angenommen, er habe die Tabletten für Bonbons gehalten. Kinder tun so etwas. Wir wollten die Büchse mit dem Traubenzucker leeren und eine oder zwei Tabletten auf seinen Nachttisch legen. Wie hatten auch einige in eine Büchse auf Ihren Kaminsims getan, wo er sie gefunden haben und dann verzehrt haben konnte. Man hätte Ihnen nicht die Schuld geben können. Man hätte geglaubt, Sie hätten vergessen, sie Mrs. Seddon zu geben. Und Léon meinte, selbst das könne man Ihnen nicht ankreiden.«

Hinter mir sagte Raoul: »Wovon redest du eigentlich, Héloise?«

Sie blickte mit ihren toten Schlafwandleraugen zu ihm auf und antwortete mechanisch: »Von dem Gift. Es war kein sehr guter Plan, aber wir mußten sichergehen, und uns fiel nichts anderes ein, das wie ein unglücklicher Zufall aussehen könnte. Aber er hat es nicht genommmen. Es ist alles gut. Und ich habe ihr eben erklärt, daß wir ihr nichts haben antun wollen.«

»Und wenn Miß Martin zur Verantwortung gezogen worden wäre? Wenn man an einen Mord geglaubt hätte? Du hattest das Gerücht verbreitet, daß sie und ich ein Interesse daran haben könnten, uns Philippes zu entledigen.«

Sie schwieg.

»Was hätte mein Vater sonst gemeint haben können, als er sagte, der Klatsch könne später nützlich sein?«

Hippolyte wollte etwas sagen, aber Raoul fiel ihm ins

Wort. »Am Dienstagabend, Héloise... wer hat da entdeckt, daß Philippe fort war?

»Léon. Er war wach geblieben. Wir wollten den Rest des Traubenzuckers wegschütten und...«

»Das hast du schon gesagt. Er entdeckte also, daß Philippe fort war. Und dann?«

»Er glaubte, ihm sei übel geworden und er sei zu Miß Martin gegangen. Aber bei ihr brannte kein Licht. Auch sie war fort.«

»Und als er die beiden nicht fand, was tat er da?«

»Er schickte Bernard aus, um sie zu suchen.«

»Mit welchen Instruktionen?« sagte Raoul.

Sie schwieg. Unter seinen bohrenden Fragen schien sie wieder halb zum Leben erwacht zu sein. Sie blinzelte ihn nervös an.

»Mit was für Instruktionen, Héloise?«

Sie antwortete wieder nicht. Sie brauchte es nicht, denn der Ausdruck in ihrem Gesicht sagte alles.

»Das genügt, Raoul«, sagte Hippolyte schroff.

»Ja«, antwortete Raoul. »Es genügt.«

Er verließ das Zimmer und schloß die Tür hinter sich.

Einen Augenblick waren alle wie erstarrt. Dann sprang Héloise auf und schob mich beiseite, so daß ich nach vorn auf den Teppich fiel.

Sie stand dort mit schlaff herunterhängenden Armen und sagte, ohne die Stimme zu heben: »Léon. Er wird Léon umbringen.« Dann fiel sie neben mir ohnmächtig auf den Teppich.

Ich ließ sie dort liegen. Ich erinnere mich noch, wie ich mich erhob und auf die geschlossene Tür starrte. Hippolyte lief hinaus und rief: »Raoul! Komm zurück, du Narr!«

Aber im selben Augenblick schlug die Haustür zu. Er kam stöhnend wieder herein und griff nach dem Telefonhörer. Als er den Apparat berührte, begann er zu läuten.

Und schon war ich in der Galerie und raste die Treppe hinunter. Ich hörte Schritte hinter mir, und William packte mich am Arm. »Linda! Linda! Wohin gehen Sie? Halten Sie sich heraus! Sie können doch nichts tun.«

Draußen begann ein Motor laut zu brummen. Der Cadillac

fuhr auf die Straße hinaus, hielt noch einmal an und brauste dann davon.

Ich schüttelte Williams Hand ab und lief weiter die Treppe hinunter, lief durch die Halle und kämpfte mit der schweren Tür... William griff über meine Schulter und riß sie auf. Die Lampe über ihr ließ ihren Schein auf die runde Auffahrt und die vom Nebel eingehüllten Bäume fallen... Ein großer schwarzer Wagen... ein alter Jeep... Die Spuren in dem Kies, die der Cadillac hinterlassen hatte. Der Geruch der Auspuffgase hing noch in der Luft.

Ich rannte hinaus.

Wieder packte mich William am Arm. »Um Gottes willen, Linda...«

»Wir müssen ihn daran hindern! Wir müssen ihn daran hindern!«

»Aber...«

»Haben Sie es nicht verstanden? Er ist weggefahren, um Léon umzubringen. Er hat gesagt, er werde es tun, und dafür wird er hingerichtet werden. Begreifen Sie denn nicht...?«

Er hielt mich immer noch fest. »Aber was können Sie tun? Sie haben sich schon genug in ihr schmutziges Spiel verstrickt. Ich werde Sie von hier wegbringen. Sie können doch nichts tun. Sie haben selber gesagt, es sei vorüber. Was geht es Sie an, wenn sie einander ermorden?«

»Ach, lieber Gott, was geht es mich an? William« – ich klammerte mich an ihn –, »William Sie müssen helfen. Ich... ich kann nicht Auto fahren. Bitte, William, bitte, bitte...«

Ruhig sagte er: »Nun gut, fahren wir«, und er drückte kurz meine Hand. Gleich drauf sah ich, daß er die Tür des Jeeps öffnete. Am ganzen Leibe zitternd, sagte ich: »Nein. Der andere.« Ich lief zu dem großen Chevrolet und riß die Tür auf. Es war der Wagen der Valmys. Héloise mußte in ihm Hippolyte vom Flughafen abgeholt haben.

William folgte mir. Zweifelnd fragte er: »Dürfen wir das denn?«

»Er fährt schneller. Der Zündschlüssel steckt. Ach, William, beeilen Sie sich!«

»Nun gut.«

Und schon fuhren wir. Die Reifen kreischten, als sie über den Kies glitten. Die Scheinwerfer strichen über die Bäume, das Pförtnerhaus, die Weiden in ihren Nebelschleiern... Vorsichtig fuhren wir durch das Tor, erreichten die Straße und fuhren sie dann rechts hinauf. Dann bogen wir in die Straße nach Valmy ein.

William war, dachte ich, ein ebenso guter Fahrer wie Raoul. Aber Raoul hatte nicht nur einen Vorsprung, sondern einen schwereren Wagen und zudem einen, den er genau kannte. Aber nach einer Weile begann ich zu hoffen, daß ihm diese Vorteile nicht allzuviel helfen würden, denn schon sehr bald, nachdem wir Thonon verlassen hatten, kamen wir von neuem in den Nebel. Nicht den grauen Nebel, der von dem See aufgestiegen und wie ein Wall von der Villa Mireille aufgeragt hatte, sondern kleine Wolken und Klumpen weißen Nebels, die vom Fluß kamen und sich in alle Löcher der von ihm nicht sehr weit entfernten Straße einnisteten. Jedesmal, wenn der Kühler des Wagens in eine Nebelwolke stieß, fiel das Licht der Scheinwerfer auf uns zurück, blendete uns, verschlang uns, aber noch während der Wagen sein Tempo verlangsamte, tauchten wir wieder aus der Wolke auf, und vor uns dehnte sich wieder die stille Nacht. Im Anfang ging das auf die Nerven; es war, als ob eine große weiße Hand sich auf unser Gesicht legte, so daß man unwillkürlich ins Polster zurückwich und die Augen weit aufriß. Aber je öfter wir in solche Nebelwolken kamen, desto weniger spürte man, daß der Wagen langsamer fuhr, und nach einer Weile merkte ich, daß William die Geschwindigkeit nur sehr wenig verringerte. Er schien genau zu wissen, wo die Straße anstieg und eine Biegung machte, wo fünfzig Meter und wo nur fünf Meter lang dichter Nebel sein würde; er glitt durch die Nebelfelder mit der Sicherheit eines Mannes, der den Weg auch mit verbundenen Augen findet. Während seines Hierseins mußte er die Straße schon oft gefahren sein; wahrscheinlich kannte er sie sogar besser als Raoul, der eine Zeitlang den größten Teil des Jahres teils in Bellevigne, teils in Paris gewohnt hatte. Wir würden ihn vielleicht doch noch einholen...

Das sagte ich mir jedenfalls, als ich da neben William kauerte und durch die wandernden Nebelwolken starrte und nach dem Aufleuchten des in einer Kurve vor uns verschwindenden Schlußlichts ausspähte.

»Worum ging es eigentlich, Linda?« fragte William.

»Was meinen Sie? Ach – ich vergesse immer wieder, daß Sie nicht französisch sprechen.« Ich lachte nervös auf. »Verzeihen Sie, William. Ich kann heute nacht nicht klar denken. Ich habe mich nicht einmal bei Ihnen bedankt, daß Sie gekommen sind. Ich habe Sie in meine Angelegenheiten hineingezogen und einfach über Sie verfügt. Aber ich bin Ihnen wirklich sehr, sehr dankbar.«

»Aber ich bitte Sie. Es wäre jedoch besser gewesen, Sie hätten mich ins Bild gesetzt.«

Und so erzählte ich ihm die Geschichte von Anfang an – ein wenig verworren, fürchte ich, und immer wieder stockend und Pausen machend, weil ich müde war und die Angst an mir zerrte, während der Wagen die elende Talstraße hinaufbrauste und die Nacht so sanft wie ein Traum an uns vorüberglitt. Die dunkle Straße entschwand hinter uns, die dünnen grauen Bäume taumelten an uns vorüber ins Nichts. Die Nebelwolken wanderten, flohen, rissen und zerstoben wie Spreu im Wind.

Das rote Schlußlicht bohrte sich in meine Augen wie ein Dolch.

Mit heiserer Stimme sagte ich: »Dort, William. Sehen Sie dort.«

Er antwortete nicht, aber ich wußte, er hatte es gesehen. Dann verschwand es, und einen Augenblick später verschlang uns das blendende Weiß von neuem. Dann war wieder die klare dunkle Nacht um uns, aber gleich darauf fuhren wir in eine neue Nebelwolke, die jedoch diesmal dünn war, so daß unsere trübgelben Lichter Regenbogen in sie zeichneten, die über unsere Kotflügel strichen; und schon waren wir hindurch.

Der Wagen fuhr in schnellem Tempo eine gerade steile Steigung hinauf. Und dort vor uns, kaum dreihundert Meter entfernt, war das flüchtende rote Licht.

Raoul schien nicht so sehr schnell zu fahren, während unser Tempo immer mehr zunahm. Zweihundert Meter, hundertfünfzig ... Der Abstand wurde immer kleiner. Wir holten ihn schnell ein.

»Es ist nur ein Lastwagen«, sagte William und hob seinen Fuß vom Gaspedal.

Wir waren jetzt dicht hinter ihm und hupten, damit er uns vorbeiließ.

Es war eines dieser entsetzlichen Monstren, wie man sie in Frankreich so häufig sieht. Viel zu hoch und breit für jede Straße und viel zu schnell für ihre Größe. Und sehr bald stellte sich heraus, daß dieser nicht die Absicht hatte, uns vorbeizulassen. Das Flackern unserer Scheinwerfer ignorierend, raste er weiter, schwankte ein wenig in den Kurven, gab aber nicht einen Zentimeter der Straße preis.

Ich weiß nicht, wie lange wir hinter ihm waren. Es dünkte mich ein Jahr. Ich bohrte meine Nägel in die Handflächen und biß mir auf die Lippen, während ich voller Haß auf die schmutzige Rückwand starrte, auf die das Licht unserer Scheinwerfer fiel. Er hatte Kies geladen, der durch die Spalten auf die Straße tröpfelte. Jemand hatte mit Kreide eine Fratze auf das linke Rückbrett gemalt. Noch heute sehe ich deutlich das Nummernschild, an dessen einer Ecke die Emaille abgesplittert war, und ich habe auch die Nummer behalten: 920/D. E. 75 ... Ich starrte darauf, ohne es zu sehen, und dachte an den Cadillac, der vor dem Lastwagen dahinbrauste, an Raoul und Léon und an die furchtbare Szene, die sich bald in der Bibliothek des Schlosses abspielen würde.

Ich sagte wieder: »William ...«

»Wenn der Cadillac an ihm vorbeigekommen ist«, sagte William ruhig, »können wir es auch. Halten Sie sich fest.«

Nicht eine Spur von Nervosität klang in seiner Stimme mit. Er scherte nach links aus, gab ein Zeichen mit den Scheinwerfern und wartete. Aber der Lastagen fuhr unbeirrt weiter. Er versperrte die Straße, und von neuem fuhren wir geduldig hinter ihm.

Und so gelangten wir den Berg hinauf. Ein Schluchzen stieg in mir auf, und ich preßte die Hand an den Mund, um es zu unterdrücken.

Der Lastwagen fuhr immer langsamer, und wir krochen hinter ihm her.

Die Bäume oben auf der Höhe wurden von einem Licht überflutet, das auf uns zukam. Es waren die Scheinwerfer eines Autos, das auf der anderen Seite des Berges schnell angefahren kam. Der Lastwagen hatte jetzt den höchsten Punkt der Straße erreicht, hob sich schwarz von dem sich nahenden grellen Licht ab und bog dann scharf nach rechts, um dem uns entgegenkommenden Wagen Platz zu machen.

Unsere eigenen Scheinwerfer blitzten einmal auf und wurden trüber. Es ging mir durch und durch, als der Chevrolet wie ein Torpedo in die Lücke schoß.

Es war fast, als höre man das Aufeinanderprallen der Scheinwerfer. Dann schnellten wir nach rechts und stießen beinahe gegen die vordere Stoßstange des Lastwagens. Eine Hupe heulte auf, und ich hörte etwas, das wie ein Schrei klang, aber wir hatten es um Haaresreite geschafft und fuhren schnell wie ein Lift bergab.

»Ach, mein Liebling«, sagte William zärtlich zu dem Wagen, und dann grinste er mich an. Ich hatte mich vor Angst in den Handrücken gebissen, aber ihn hatte es ganz kalt gelassen. »Es ist hübsch«, sagte er, »so viele Pferde zu haben...«

Wieder stieg die Straße an und schüttelte den Nebel von sich ab. William gab Gas, und die Pferde zeigten, was sie konnten. Meine Augen spähten durch das Dunkel nach dem Schlußlicht des Cadillacs aus.

Aber erst als wir in die Kurve kamen, von der die Straße zur Valmy-Brücke hinunterführt, sahen wir das Licht von Scheinwerfern das Dunkel der etwa eine halbe Meile von uns entfernten Zickzackstraße durchschneiden.

Ich muß leise gestöhnt haben, denn William blickte mich an und sagte: »Machen Sie sich keine Sorgen, meine Liebe. Sie werden sich bestimmt aussprechen.« Aber es klang nicht überzeugt, und ich war es auch nicht. Wir hatten beide Raouls Gesicht gesehen. Und die Art, wie die fernen Scheinwerfer über die Zickzackstraße zuckten, verriet, daß er sich noch nicht beruhigt hatte. Ich sah sie oben unter den hell erleuchteten Fenstern des Schlosses verschwinden. William gab wieder Gas, und wir schossen den letzten Berg hinunter, fuhren gegen eine Nebelwand, verlangsamten das

Tempo, schalteten den zweiten Gang ein, ehe wir auf die Brücke fuhren – und hielten mit quietschenden Bremsen.

»Was ist?« sagte ich atemlos.

»Können zwei Wagen auf der Straße aneinander vorbeikommen?«

»Auf der Zickzackstraße. Nein. Aber...«

Er deutete auf sie. Ich folgte seinem Blick und sagte fast schluchzend: »Ach, lieber Gott.« Ein Wagen fuhr von der Auffahrt auf die Zickzackstraße und bog vorsichtig in die erste Haarnadelkurve ein.

»Wohin wollen Sie?« fragte William scharf.

Ich fummelte an der Tür. »Von der Brücke führt ein Pfad geradenwegs durch den Wald hinauf... Eine Treppe... Ich glaube, ich könnte...«

Er legte seine Hand auf meine. »Seien Sie nicht töricht. Sie würden einen Herzschlag bekommen, und er wäre trotzdem vor Ihnen dort. Bleiben Sie sitzen.«

»Aber, William...«

»Meine Liebe, ich weiß. Doch man kann nichts anderes tun.« Seine Stimme klang ruhig. »Sehen Sie, jetzt ist er fast unten. Bleiben Sie sitzen.«

Ich zitterte am ganzen Leibe. »Natürlich Ihnen kann das alles ja gleich sein.«

Seine Augen waren ernst und sanft. »Und Ihnen kann es nicht gleich sein? Wirklich nicht?«

Ich schwieg. Der herunterkommende Wagen fuhr in die letzte Kurve, und das Licht seiner Scheinwerfer fiel auf die Brücke. Über ihr hing Nebel wie an jenem Abend.

Leise sagte William: »Verzeihen Sie mir, Linda.«

Der Wagen glitt durch den Nebel über die Brücke und dann auf die Straße. Williams Hand bewegte sich, und der Chevrolet fuhr langsam über die Brücke.

Eine Sekunde, ehe der Felsen es dem Blick entzog, sah ich zum Château Valmy hinauf, das sich hell vom Nachthimmel abhob. Das war es, was William meinte; ich wußte es. Das Luftschloß. Der Aschenbrödeltraum – die Torheit einer Nacht.

Das ist nichts für dich, meine liebe Linda. Du kehrst hübsch nach Camden Town zurück.

Der Chevrolet nahm die letzte Kurve und kam auf dem Kies der Auffahrt ins Schleudern. Dann hielt er schwankend gleich hinter dem dort geparkten Cadillac. Vor dem Hause stand noch ein anderes Auto und eins, das wie ein Lieferwagen aussah. Aber ich beachtete sie kaum. Noch ehe unser Wagen anhielt, hatte ich die Tür geöffnet, sprang hinaus und stolperte die Stufen zum Portal hinauf.

Seddon war in der Halle. Er kam auf mich zu, als er mich sah, und sagte: »Ach, Miß Martin...«, aber ich eilte an ihm vorüber, als ob er nicht existierte, und den langen Flur hinunter, der in die Bibliothek führte. Die Tür stand einen kleinen Spalt breit offen, und ein Lichtstrahl fiel heraus,. Als ich sie erreichte, verließ mich der Mut, und ich blieb jäh stehen.

In dem Zimmer regte sich nichts.

Ich stieß die Tür leise auf, tat ein paar Schritte und blieb von neuem stehen.

Es waren mehrere Männer in der Bibliothek, aber ich sah nur zwei von ihnen.

Raoul de Valmy stand mit dem Rücken zur Tür und starrte auf seinen Vater hinunter.

Diesmal saß Léon de Valmy nicht in seinem Rollstuhl. Er war aus ihm nach vorn auf den Boden gefallen. Sein Kopf war zur Seite geneigt, und die eine Wange berührte den Teppich. Sein Gesicht war glatt, jede Falte war ausgelöscht. Das Schöne und das Böse waren aus ihm verschwunden. Es war nur noch eine leere Hülle. Von dort, wo ich stand, konnte ich kaum das schwärzliche Loch in der Schläfe sehen.

Ich wäre hingefallen, wenn nicht William seine Arme von hinten um mich gelegt hätte. Er hielt mich fest und führte mich schnell aus dem stillen Zimmer hinaus.

»Hier, Linda, trinken Sie dies«, sagte William.

Die Flüssigkeit brannte auf meiner Zunge, und ich keuchte. Ich schlug die Augen auf.

Ich war in dem kleinen Salon, lag auf dem Sofa vor dem Kamin, in dem jemand erst vor kurzem ein Feuer angezündet hatte. Bleiche Flammenzungen leckten die neuen Scheite. Ich starrte sie verwirrt an. Noch nie zuvor war ich ohnmächtig gewesen, und die Erinnerung an den furchtbaren Schwindel erschreckte mich, und ich legte eine Hand vor meine Augen. Der grell erleuchtete Salon drehte sich noch immer um mich herum, und ich nahm alles nur verschwommen wahr.

»Trinken Sie es aus«, sagte William.

Ich gehorchte ihm demütig.

Es war ein widerliches Zeug, was es auch sein mochte, aber es wärmte und stärkte mich, so daß ich nach ein paar Augenblicken wieder ganz zu mir kam. Und alles fiel mir wieder ein.

»Wie fühlen Sie sich jetzt?« fragte William.

»Ach gut. Ganz gut. Es tut mir leid, William, das war völlig unnütz.«

Er nahm das Glas aus meiner Hand und stellte es auf den Kaminsims. Dann setzte er sich neben mich auf das Sofa. »Alles, was wir heute abend getan haben, war recht unnütz, nicht wahr?«

Ich starrte ihn verwundert an. Ja, freilich, für ihn bedeutete das nichts. »Haben sie«, stammelte ich... »haben sie ihn schon weggebracht?«

»Noch nicht.«

»William... Ich muß... ihn sehen. Nur einen Augenblick. Ich muß es.«

Bestürzt erwiderte er: »Aber, meine liebe Linda...«

»Wann wird er weggebracht?«

»Ich habe keine Ahnung. Die Polizei ist mit ihrer Arbeit noch nicht fertig. Der Krankenwagen wartet.«

Ich stöhnte leise auf und hob den Kopf. »Krankenwagen? Ist er verletzt? Was ist passiert?« Ich setzte mich auf und packte seinen Arm. Wieder hüllte mich ein Nebel ein. Verschwommen sah ich durch ihn Williams erschrockenes Gesicht. Verschwommen hörte ich ihn sagen: »Aber, Linda, wußten Sie es denn noch nicht? Er ist tot.« Er legte ruhig seine Hand auf meine: »Er hat sich erschossen«, sagte er. »Kurz bevor Raoul und Sie und ich herkamen.«

»Ach«, sagte ich. »Léon hat sich erschossen. Der Krankenwagen ist Léons wegen hier.«

»Für wen sonst?«

»Ja, für wen sonst«, sagte ich und brach in Tränen aus.

Es war nicht leicht für William, und für einen schüchternen Engländer machte er seine Sache recht gut. Er gab mir noch mehr von dem scheußlichen Zeug zu trinken, streichelte meine Hand von neuem und legte seinen Arm tröstend um mich.

»Ich glaubte, Sie hätten die Situation erfaßt«, sagte er. »Ich glaubte, nur durch den Schock, Monsieur Léon dort liegen zu sehen, seien Sie ohnmächtig geworden... Der Diener hat mir eben, als er das Getränk für Sie brachte, alles erzählt. Ich glaubte, Sie hätten es gehört. Ich ahnte ja nicht, daß Sie gar nicht bei Bewußtsein waren.«

»Ich... ich war nicht wirklich bewußtlos. Ich habe Sie sprechen hören. Aber ich habe es nicht verstanden. Es war wie Stimmen in einem Traum, die anschwellen und verhallen.«

Er drückte mich einen Augenblick an sich. »Sie armes Kind. Ist Ihnen jetzt besser?«

Ich nickte. »Erzählen Sie mir alles. Was hat Seddon gesagt?«

»Heißt er so? Gott sei Dank ist er Engländer. Nun, er sagte mir, er sei kurz nach elf in die Bibliothek gegangen, um nach dem Feuer zu sehen, und habe ihn tot auf dem Boden liegend gefunden, so wie Sie ihn gesehen haben. Niemand hat den Schuß gehört. Er hat sofort die Polizei und den Arzt angerufen und dann die Villa Mireille. Hippolyte ist auf dem Wege hierher. Er wird bald hier sein.«

»Wenn er einen Jeep steuern kann.«

»Ach, verflucht«, sagte William. »Daran habe ich noch gar nicht gedacht.«

»Ist es bestimmt ein Selbstmord?«

»Ja. Er hielt den Revolver noch in der Hand, und er hat auch einen Brief hinterlassen.«

»Einen Brief? Léon de Valmy hat einen Brief hinterlassen?«

»Ja. Die Polizei hat ihn an sich genommen. Seddon hat ihn nicht gelesen, aber an den Fragen, die die Polizei ihm gestellt hat, hat er erraten, was darin steht. Léon hat die beiden ersten Mordversuche an Philippe zugegeben, hat Bernard als Mittäter genannt, aber sonst niemand. Kategorisch erklärt er, weder Raoul noch Madame de Valmy hätten etwas davon gewußt. Von dem geplanten Giftmord erwähnt er nichts – weil dadurch sicherlich auch seine Frau hineingezogen würde. Er schreibt nur, Bernard müsse Ihnen etwas von den beiden ersten Mordversuchen angedeutet haben, und da seien Sie in Ihrer Panik mit Philippe ausgerissen. Das ist so ungefähr das Wichtigste in dem Brief. Sie brauchen sich also gar keine Sorgen mehr zu machen.«

»Nein.« Ich schwieg einen Augenblick, dann sagte ich: »Nun, wenn man mir keine Fragen stellt, werde ich von mir aus nichts anderes sagen. Ich will es nicht für Madame de Valmy noch schwerer machen, was sie auch getan haben mag. Er ist tot. Und das ist schon bitter genug für sie. Seltsam, man hat das Gefühl, sie müsse jetzt leise verlöschen, so wie der Mond verlöschen würde, wenn die Sonne verschwände. Es ist typisch für Léon, daß er sie und mich nicht hineingezogen hat, dafür aber den erbärmlichen Bernard ... obwohl ich auch glaube, daß sich seine Beteiligung nicht gut verschweigen ließ. Und Bernard hat ja schließlich auch versagt.«

»Das ist nicht der Grund«, sagte William. »Bernard hatte heute nacht – vor drei oder vier Stunden – versucht, noch etwas von dem verlorenen Vermögen zu retten, indem er Léon erpreßte.«

»Er hat ihn erpreßt?«

»Ja. So steht es in dem Brief. Er hat gedroht, ihn anzuzeigen. Und ich glaube, das hat Léon de Valmy dazu bestimmt, sich das Leben zu nehmen. Denn ein Erpresser gibt nie Ruhe.«

»Da haben Sie wahrscheinlich recht«, sagte ich leise. »Es wundert mich nur, daß er nicht Bernard erst getötet hat. Aber wahrscheinlich hat Bernard sich davor geschützt, und außerdem war er ihm ja körperlich überlegen. Was ist übrigens mit Bernard?«

»Er ist verschwunden. Man wird wahrscheinlich einen Steckbrief gegen ihn erlassen, aber man muß wohl hoffen, daß man ihn nicht schnappt und damit die ganze Geschichte ein Ende findet.«

»Ja«, sagte ich. »Arme kleine Berthe.«

»Wer ist das?«

»Ach, es ist eine von denen, die am meisten leiden müssen, wenn gemeine Männer auf unredliche Weise Karriere machen wollen. Ach Gott, William, ich bin so erschöpft.«

Angstvoll sagte er: »Möchten Sie jetzt gehen? Vielleicht könnten wir...«

»Gehen? Wohin?«

Er fuhr sich mit den Fingern durchs Haar. »Aber Sie wollen doch nicht hier bleiben?«

»Was kann ich sonst tun? Sobald Monsieur Hippolyte dazu kommt, wird er dafür sorgen, daß man mir die Rückreise nach England bezahlt.«

»Sie wollen nach England zurück?«

»Ja.« Ich blickte ihn lächelnd an. »Wissen Sie, in meiner Lage kann man sich keine großmütige Geste leisten, William. Ich kann nicht einfach verschwinden. Ich fürchte, ich muß hier warten, bis die Polizei alle ihre Fragen gestellt hat. Ich werde jetzt mal nach Berthe sehen, und dann komme ich hierher zurück und warte auf die Polizei.«

»Moment, da kommt jemand«, sagte William. »Ja, da kommt der Inspektor.«

Ich muß immer noch halb betäubt gewesen sein, denn, obwohl ich mich genau erinnere, wie der Polizeiinspektor aussah, auf unsere Unterredung kann ich mich kaum noch besinnen. Der Inspektor benahm sich mir gegenüber sehr höflich und geradezu respektvoll, und ging, als Hippolyte hereinkam.

William erhob sich ein wenig verlegen. Ich wollte mich ebenfalls erheben, aber Hippolyte sagte schnell: »Bleiben Sie, bitte, sitzen«, und dann auf englisch zu William: »Gehen Sie nicht.«

»Monsieur de Valmy«, begann ich, »es tut mir – uns entsetzlich leid...«

Aber er unterbrach mich mit einer Geste, kam zu dem Sofa herüber, beugte sich über mich und ergriff meine beiden Hände. Und ehe ich noch wußte, wie mir geschah, küßte er sie.

»Das ist für Philippe«, sagte er. »Wir stehen, scheint es, sehr in Ihrer Schuld, Miß Martin. Mein Dank kommt recht spät, und ich bitte Sie, mir zu verzeihen, daß ich in der Villa Mireille so unhöflich zu Ihnen gewesen bin.«

»Sie hatten anderes im Kopf, Monsieur«, erwiderte ich leise. Und während er weitersprach, dachte ich darüber nach, wie ähnlich seine Stimme der Raouls war.

Plötzlich merkte ich, daß er nicht mehr von der Vergangenheit, sondern von der Zukunft sprach.

»... Er wird zunächst bei mir in der Villa Mireille bleiben. Miß Martin – darf ich hoffen, daß Sie nach Ihrem furchtbaren Erlebnis bei ihm bleiben werden?«

Ich starrte ihn einen Augenblick blöde an, ehe mir klar wurde, worum er mich bat. Er schien über all seinen anderen Sorgen vergessen zu haben, was Raoul ihm, sich und mich betreffend, gestanden hatte.

»Ich...«, sagte ich, »ich weiß es noch nicht. Im Augenblick...«

»Ich verstehe. Ich habe kein Recht, Sie jetzt damit zu behelligen. Sie wirken erschöpft, Kind. Und das ist ja auch kein Wunder. Sie können es sich vielleicht später überlegen.«

Vom Flur hallte ein seltsames Geräusch herein. Es klang wie ein leises, schwerfälliges Schlurfen. Dann ging mir auf, was es war: Léon verließ das Château Valmy. Ich blickte auf meine Hände hinunter.

Mit fester Stimme sagte Hippolyte: »Wenn Sie unter den Umständen lieber nicht die Nacht hier verbringen wollen, in der Villa Mireille ist ein Zimmer für Sie. Und Sie können dort so lange bleiben, wie Sie wollen.«

»Ach, ich danke Ihnen. Ja, das würde ich gern tun.«

»Vielleicht finden wir jemanden, der sie hinunterfährt...«

Er hatte dabei William angeblickt, der sofort sagte: »Gern.« Dann fügte er verlegen stammelnd hinzu: »Entschuldigen

Sie bitte noch einmal, Sir, daß ich den Wagen genommen habe. Wir glaubten... das heißt, wir hatten es eilig. Ich bedaure es wirklich sehr.«

»Es macht nichts«, winkte Hippolyte ab. »Ich glaube, Sie hofften, eine Tragödie verhindern zu können, eine schlimmere als die, die geschehen ist.« Seine Augen schweiften düster zur Tür. »Sie werden mich gewiß verstehen, wenn ich sage, daß dies... eigentlich keine Tragödie war.« Wieder ein Blick zu William hin, in dem sich diesmal ein Lächeln spiegelte: »Sie finden Ihr eigenes – seltsames – Vehikel draußen. Und nun gute Nacht!« Er ging. Ein Scheit fiel herunter, und man hörte das leise Knistern von Funken. Im Flur regte sich nichts. Ich sah auf meine Uhr. Sie war stehengeblieben.

»Linda«, sagte William, setzte sich neben mich auf das Sofa und nahm meine kalten Hände in seine. Feste, sanfte, sensible Hände. »Linda«, sagte er noch einmal und räusperte sich.

»William«, sagte ich, »ich möchte Ihnen sehr, sehr danken für das, was Sie getan haben. Ich weiß nicht, was ich heute abend ohne Sie gemacht hätte. Wirklich, ich weiß es nicht. Ich hätte Sie nicht so behelligen dürfen, wie ich es getan habe, aber ich war so furchtbar verlassen, und Sie waren mein einziger Freund.«

»Es ist das Privileg eines Freundes, gebraucht zu werden«, erwiderte er. Er ließ meine Hände los, und nach kurzem Schweigen sagte er: »Wenn Sie bei Philippe bleiben, könnte ich Sie vielleicht hin und wieder sehen.«

»Ich glaube nicht, daß ich dort bleiben werde.«

»Ach so.« Er stand auf und lächelte zu mir herunter. »Soll ich Sie jetzt in dem Jeep zur Villa Mireille fahren?«

»Nein, danke, William, ich – ich will noch warten.«

»Gut. Dann sage ich Ihnen gute Nacht. Aber wir sehen uns noch, ehe Sie fortgehen, nicht wahr?«

»Natürlich. Gute Nacht. Und vielen, vielen Dank, William, für alles!«

Kaum hatte sich die Haustür hinter ihm geschlossen, da hatte ich ihn schon fast vergessen. Jemand war aus der Bibliothek gekommen. Ich hörte Hippolytes und Raouls

Stimmen. Sie unterhielten sich ruhig und gingen zusammen durch den Flur.

Mein Herz schlug wild. Ich sprang auf und ging zur Tür. Hippolyte sagte etwas über Héloise. Ich stellte mich dicht an die Wand neben der Tür, damit sie mich nicht sahen, als sie vorüberschritten.

»... ein Pflegeheim«, sagte Hippolyte. »Ich habe sie bei Dr. Fauré gelassen. Er wird sich ihrer annehmen.« Dann sprachen sie von so etwas wie einer Unterstützung, einer Pension und ›irgendwo weitweg von Valmy, Paris oder Cannes‹ und schließlich, daß ihr Herz nicht sehr gut sei und sie vielleicht nicht mehr lange leben werde...

Sie hatten die Halle erreicht. Hippolyte verabschiedete sich. Ich ging leise in den Flur hinaus und wartete dort, bis Hippolyte sich von ihm trennte. Ich zitterte vor Angst. Léon und Héloise mochten bereits in der Vergangenheit versunken sein, arme Gespenster, die keine Macht mehr hatten, einen zu erschrecken. Aber da war noch ein anderes Gespenst, das ich bannen mußte. Ich hörte Raoul eine Frage stellen und Seddon etwas darauf antworten, was ich nicht ganz verstehen konnte. Es klang wie ›fort‹. Und auf eine neue Frage von Raoul erwiderte Seddon, diesmal deutlich vernehmbar: »Ja, Sir. Vor ein paar Minuten.« In grimmigem Ton sagte Raoul: »Aha. Ich danke Ihnen. Gute Nacht, Seddon.«

Da wurde mir klar, was er gefragt hatte. Ich vergaß Hippolytes und Seddons Anwesenheit, rannte den Flur hinunter und rief:

»Raoul!«

Meine Stimme wurde von der Haustür übertönt, die zuschlug. Als ich in die Halle kam, hatte er den Motor bereits angelassen. Seddon sagte überrascht: »Ach, Miß Martin. Ich dachte, Sie seien mit Mr. Blake weggefahren.« Ich antwortete nicht, lief durch die Halle, riß das Portal auf und rannte ins Dunkel hinaus. Der Cadillac hatte sich bereits in Bewegung gesetzt. Als ich die unterste Stufe erreichte, rief ich noch einmal. Aber er hörte es nicht, jedenfalls fuhr der Wagen weiter. Obwohl das keinen Sinn hatte, jagte ich hinter ihm her.

Ich war noch zwanzig Meter von ihm entfernt, als er in die erste Kurve der Zickzackstraße glitt und meinen Blicken entschwand.

Wenn ich darüber nachgedacht hätte, hätte ich nie getan, was ich tat. Aber ich dachte nicht nach. Ich wußte nur, ich mußte etwas sagen, das gesagt werden mußte, wenn ich je meine Ruhe wiederfinden wollte. Und ich war nicht die einzige, der das so ging. Ohne zu zögern, eilte ich die Abkürzung der Zickzackstraße hinunter.

Es war nur ein Pfad, der steil den Berghang zur Valmybrücke hinabführte. Ich war ihn viele Male mit Philippe gegangen. Er war gut gehalten, und die Stufen zwischendurch waren breit und fest, aber er konnte glitschig sein, und im Dunkel war es fast Selbstmord, ihn zu gehen.

Doch mir war das gleich. Zum Glück hatte ich Philippes Taschenlampe noch in meiner Tasche, und in ihrem schwachen Schein rannte ich den Pfad, wie von Furien verfolgt, hinunter.

Zur Linken sah ich noch in der ersten Kurve der Zickzackstraße die Lichter des Cadillacs. Er fuhr langsam, und der Motor brummte sehr leise. Unbekümmert darum, ob ich mir den Fuß verstauchte oder mir blaue Flecken holte, hastete ich durch den Wald.

Ich würde es natürlich nicht schaffen. Er war noch unter mir, als er um die erste Kurve herumfuhr und das Licht der Scheinwerfer nach Norden fiel und die Schatten der Bäume, unter denen ich lief, zurückweichen und sich bewegen ließen, so daß sie meine Füße wie ein Netz zu fangen schienen.

Der Pfad wand sich wie eine Schlange. Der ganze Wald tanzte im Scheinwerferlicht wie in einem Alptraum. Kurz bevor er um die nächste Kurve fuhr, sah ich, daß der Pfad drei Meter unter mir eine Biegung machte. Ich ging darum in die Hocke und rutschte schräg hinunter, wodurch ich sieben kostbare Sekunden gewann, ehe es wieder dunkel um mich wurde.

Die dritte Kurve der Zickzackstraße war die längste. Sie führte ohne starkes Gefälle ziemlich weit nach links... Ich würde es schaffen. An der nächsten nördlichen Kurve konnte ich auf der Straße sein, ehe er dort war.

Ich lief die Treppe hinunter, hielt mich am Geländer fest, um nicht zu fallen, und nahm immer drei Stufen auf einmal. An dem Geländer hatte sich ein Splitter in meine Hand gebohrt, aber ich spürte es kaum. Ein Zweig peitschte mein Gesicht, machte mich halb blind, aber ich kniff nur die Augen zu und rannte weiter. Die Stufen hinunter, um eine neue Biegung herum, über eine kleine Schlucht, über die eine Steinbrücke führte... Und die Scheinwerferlichter schwangen wieder nach Norden, und die Schatten tanzten von neuem um mich und entfernten sich dann wieder.

Doch ich war jetzt tiefer als er. Ich konnte es schaffen. Nur fünfzig Meter weiter stieß der Pfad rechts auf die Kurve der Straße, wo eine hohe Böschung aufragte.

Ich keuchte, und das laute Schlagen meines Herzens übertönte das Motorengeräusch des näher kommenden Wagens. Ich hatte die hohe Böschung erreicht. Unter ihr lag die Straße vor seinen Scheinwerfern, wie ein Kanal aus Licht. Ich hatte es geschafft. Aber als ich meine Hände oben auf die Böschung legte, um mich auf die Straße hinuntergleiten zu lassen, hörte ich, daß sich das Motorengeräusch veränderte. Er fuhr jetzt schneller. Von einem Teufel der Ungeduld angetrieben, gab er gerade in diesen paar Sekunden – in diesen paar Sekunden Gas.

Der Wagen fuhr unter mir mit einem Seufzer vorüber, wirbelte Staub auf, und wieder war der dunkle Wald um mich.

Wenn ich auf die Vernunft gehört hätte, wäre ich stehengeblieben, wo ich war, aber ich hätte sowieso nicht hören können, weil mein Herz so laut schlug und ich immer wieder betete: »Bitte, bitte, bitte...«

Ich lief weiter. Noch zwei Kurven auf der Zickzackstraße, dann über die Valmybrücke – und er war fort. Ich verließ den Pfad und rannte einfach den kürzesten Weg zwischen meiner Böschung und der nächsten Haarnadelkurve hinunter. Daß es ein nicht sehr steiler Hang war, der nur mit harmlosem Bingelkraut bewachsen war und auf dem noch das welke Buchenlaub vom letzten Jahr lag, war mein Glück – und mehr, als ich verdient hatte. Ich machte an einem Buchenstamm unweit der Straßenböschung halt, während der Wagen noch ein ganzes Stück entfernt war. Aber diesmal versuchte ich nicht, über die Böschung auf die Straße zu klettern.

Meine Buche stand am Rande eines kleinen Felshangs, und unter mir lag die Brücke. Der weiße Nebel über dem Fluß wirbelte silbern auf, als der Cadillac in die Kurve neben mir kam und dann das letzte Gefälle zur Valmybrücke hinunterfuhr.

Ich betrachtete den Felshang genau. Das Gestein glänzte seltsam im Widerschein des Nebels. Die Felsen waren rauh und türmten sich steil, aber sie waren fest, und man konnte sie leicht hinunterklettern. Ich habe mir wohl Beine und Hände dabei aufgeschürft. Aber ich weiß es nicht mehr genau. Ich weiß jedoch, daß ich einmal ausrutschte, mich an einem Ilexbusch festhielt, und noch während ich den Schrei unterdrückte, hörte ich das Quietschen der Bremsen des Cadillacs.

Später habe ich erfahren, daß irgendein Tier über die Straße gelaufen war. Ich male mir gern aus, daß es das gleiche anonyme kleine Geschöpf war, das dort gewesen war, als Raoul mich zum erstenmal küßte. Jedenfalls hielt er den Wagen für ein paar Sekunden an... Und diese Sekunden genügten.

Ich gelangte genau in dem Augenblick auf die Straße, als das Licht der Scheinwerfer um die letzte Kurve glitt.

Ich rannte auf die Brücke. Der Nebel wirbelte einen Meter hoch. Er war grau, er war weiß, er war blendendes Gold, als das Licht auf ihn fiel.

Ich schloß die Augen, streckte beide Hände aus und blieb genau dort stehen, wo ich war.

Kreischend hielt der Wagen. Ich schlug die Augen wieder auf. Der Nebel schäumte um die nur drei Meter von mir entfernte Kühlerhaube. Dann erloschen die Scheinwerfer, und ein gnädiges Dunkel senkte sich hernieder. Im dünnen Schein der Seitenlichter zerriß der Nebel wie Rauch. Ich tat drei schwankende, zitternde Schritte vorwärts und legte eine Hand auf den Kotflügel. Ich lehnte mich dagegen und rang nach Atem.

Er stieg aus dem Wagen und ging nach vorn. Er stand an der anderen Seite der Motorhaube. Im Nebel wirkte er größer denn je.

Mühsam stammelte ich: »Ich... habe gewartet. Ich mußte dich sprechen.«

»Man hat mir gesagt, du seist schon fort«, erwiderte er und fügte nüchtern hinzu: »Du kleine Närrin. Ich hätte dich überfahren können.«

Ich konnte wieder atmen, aber meine Beine zitterten noch. »Ich mußte dir sagen«, sagte ich, »daß es mir leid tut, Raoul. Es klingt ein bißchen sonderbar, einem Mann zu sagen, den man eines Mordes verdächtigt hat, es tue einem leid... Aber es tut mir leid. Es tut mir leid, daß ich es auch nur einen Augenblick habe glauben können. Mehr war es nicht. Ich schwöre es.« Er hatte seine Handschuhe in der Hand und spielte mit ihnen.

Da er schwieg, fuhr ich kläglich fort: »Ich will mich nicht entschuldigen. Ich weiß, du wirst mir nicht vergeben. Ohne das, was zwischen uns war, wäre es schon schlimm genug gewesen, aber so... Raoul, ich möchte nur, daß du es ein wenig verstehst. Aber ich weiß nicht, wie ich es erklären soll.«

»Du brauchst es nicht zu erklären. Ich verstehe es.«

»Das glaube ich nicht. Man hat mir klipp und klar gesagt, du seist ebenso wie – wie die anderen darein verwickelt. Bernard hat das zu Berthe gesagt. Er hat ihr gesagt, du habest im Walde geschossen. Er hat wohl gewußt, auch wenn er soweit gegangen war, daß es besser war, sich nicht als Täter zu bekennen.

Und er hat vielleicht geglaubt, du würdest den Mord verzeihen, wenn du die Vorteile sahst, die er dir brachte. Ich glaubte es nicht, als sie es mir sagte. Ich konnte es nicht. Aber das übrige war so sonnenklar, als ich erfuhr, was sie vorhatten und es nichts gab, was bewiesen hätte, daß du nicht daran beteiligt warst. Nichts – außer dem, was ich für dich empfand.«

Ich hielt inne und versuchte, den Ausdruck in seinen Augen zu erkennen. Er schien sehr weit weg zu sein.

»Ich erwarte nicht, daß du es glaubst, Raoul«, fuhr ich fort. »Aber ich habe auf deiner Seite gekämpft. Die ganze Zeit. Ich habe seit Dienstag abend in einer Hölle gelebt. Du hast es eine verfluchte Übung genannt, erinnerst du dich? Alles wirkte zusammen, um dich zu bezichtigen. und ich war halb verrückt vor Unglück und – Zweifel, bis ich schließlich nicht einmal mehr meinen eigenen Gefühlen trauen konnte. Ach, ich will dich jetzt nicht mit dem allem quälen. Du hast schon genug durchgemacht. Und du willst von dem allem und mir nichts mehr wissen, aber ich... ich mußte dir das sagen, ehe du gehst. Ich konnte einfach nicht das Risiko eingehen, Raoul. Das verstehst du doch, nicht wahr? Sag, daß du es verstehst.«

Er spielte immer noch mit seinen Handschuhen.

Fast gleichgültig sagte er: »Du warst einmal bereit, Risiken auf dich zu nehmen.«

»Für mich, ja. Aber hier ging es um Philippe. Ich hatte nicht das Recht, ihn in Gefahr zu bringen. Ich wagte es nicht. Er war mir anvertraut, stand in meiner Obhut.« Die jämmerlichen Worte klangen eingebildet und äußerst albern. »Ich war alles, was er hatte. Davor mußte das andere zurücktreten.«

»Was?«

»Daß du alles warst, was ich hatte.«

Wieder ein Schweigen. Er stand jetzt reglos da. War es eine vom Nebel bewirkte optische Täuschung, oder war er wirklich sehr weit von mir weg, eine einsame Gestalt im Halbdunkel. Plötzlich dachte ich, daß ich dieses Bild nie vergessen würde, wie er da allein stand, getrennt von den anderen, selbst von seiner eigenen Familie. Und ich glaube, zum erstenmal sah ich ihn so, wie er wirklich war, nicht mehr als das Bild meiner jungen romantischen Sehnsucht, nicht mehr als den Märchenprinzen, den Tiger, den ich vorzuziehen glaubte... Dies war Raoul, der ein stiller einsamer kleiner Junge in einem Hause gewesen war, das ›kein Haus für Kinder‹ war, ein im Schatten eines größenwahnsinnigen Vaters aufgewachsener Jüngling, ein junger Mann, der hart darum kämpfte, sein kleines Erbe vor dem Ruin zu retten... ungestüm vielleicht, hart vielleicht, mehr als einmal aus der Art schlagend... aber immer einsam. Nur an meine eigene Gefahr und Einsamkeit denkend, hatte ich nicht erkannt, daß es ihm nicht anders ging als mir.

Leise sagte ich: »Raoul, verzeih mir. Ich hätte dich gerade jetzt nicht damit behelligen dürfen. Ich glaube wirklich, du hast mehr als genug durchgemacht. Was kann ich dir über deinen Vater sagen außer, daß es mir leid tut?«

»Glaubst du wirklich, ich hätte es fertiggebracht, ihn zu erschießen?«

»Nein, Raoul.«

Eine Pause. Dann sagte er mit seltsamer Stimme: »Ich glaube, du verstehst mich.«

»Das glaube ich auch.« Ich schluckte. »Selbst in den letzten vierundzwanzig Stunden – als eine ganze Welt einstürzte – muß ich tief in meinem Innern gewußt haben, daß du du bist, und das genügte. Raoul, du sollst das wissen, dann gehe ich. Ich habe dich die ganze Zeit geliebt, unaufhörlich. Und ich liebe dich auch jetzt.«

Er hatte sich immer noch nicht gerührt.

Ich drehte mich um und blickte zu dem Schloß hinauf. Dann sagte ich: »Ich gehe jetzt. Gute Nacht.«

»Wohin gehst du?«

»Jemand wird mich zur Villa Mireille fahren. Dein Onkel Hippolyte hat mich gebeten, erst einmal dort zu bleiben. Ich... ich mag nicht mehr in Valmy sein.«

»Steig ein. Ich fahre dich hinunter.« Und dann, als ich zögerte: »Los, steig ein! Wohin, glaubtest du, fuhr ich?«

»Ich habe mir keine Gedanken darüber gemacht. Weg von hier.«

»Ich war auf dem Wege zur Villa Mireille, um zu sehen, ob du dort warst.«

Ich sagte kein Wort und rührte mich nicht. Mein Herz begann wieder wild zu schlagen.

»Linda.«

»Ja?«

»Steig ein.«

Ich stieg ein. Der Nebel wirbelte und riß, als die Tür zuschlug. Wirbelte von neuem auf, als er einstieg und sich neben mich setzte. Im Auto war es dunkel.

Ich zitterte. Er zog mich nicht an sich. Ich räusperte mich

und sagte das erste, was mir einfiel: »Von was hast du dir diesen Wagen angeschafft? Von Gewinnen im Roulett?«

»Im Ecarté. Linda, hast du vor, eine Weile mit Philippe in der Villa Mireille zu bleiben?«

»Ich weiß es nicht. Ich bin mir noch nicht klar darüber. Ich liebe ihn sehr, aber ...«

»Er wird sogar bei Hippolyte einsam sein. Sollen wir ihn später zu uns nach Bellevigne nehmen?«

Mit bebender Stimme sagte ich: »Raoul, Raoul ... Ich glaubte nicht ...« Ich verstummte und hielt meine zitternden Hände vors Gesicht.

»Was ist, Liebste?«

Leise sagte ich in meine Hände: »Willst du damit sagen, daß du mich ... immer noch liebst?«

Er antwortete nicht. Dann wandte er sich plötzlich mir zu und zog mich an sich, aber alles andere als sanft. Was wir uns dann sagten, wird nie ein anderer erfahren. Wir sprachen eine lange Zeit.

Später, als wir wieder lachen konnten, sagte er heiter: »Und du hast mich noch nicht gedrängt, es zuzugeben, meine Geliebte. Findest du nicht, es wäre an der Zeit, daß ich es täte?«

»Wovon sprichst du? Was zugeben?«

»Daß ich dich liebe! Dich liebe! Dich liebe!«

»Ach, das.«

»Ja, verflucht noch mal, das!«

»Ich werde das Risiko auf mich nehmen«, sagte ich. Und dann konnte ich eine lange Zeit nichts sagen.

Schließlich setzte sich der Wagen in Bewegung und bog im Nebel hinter der Valmy-Brücke in die in nördliche Richtung führende Straße ein.